# 蚱蜢

グラスホッパー

# GRASSHOPPER

伊坂幸太郎

Kotaro Isaka

王華懋——譯

# 目錄

## 導讀

# 奇想・天才・傳說

張筱森

雖然是篇談論伊坂幸太郎的文章，不過請先讓我稍微離題談一下二〇〇六年的第一百三十四屆直木獎。這屆的大事當然是東野圭吾在五度鎩羽而歸之後，終於以《嫌疑犯X的獻身》獲獎；可說是了卻他一樁心願，也替其出道二十年錦上添花一番。東野連續五度提名五度落選的事蹟，讓日本大眾文壇和讀者之間開始悄悄地流傳著一個聽來有點辛酸的名詞「東野圭吾路線」，意指不斷被提名、不斷落選，然後過了該得直木獎年紀的作家。而東野總算在第六次的提名擺脫了這個看似不太名譽，不過差一步就會變成傳說的不幸陰影。但是在東野終於獲獎的這樣可喜可賀的事實背後，其實也存在著一名極爲有力的「東野圭吾路線」候選人，那就是本文主角——伊坂幸太郎。

伊坂幸太郎，一九七一年出生於千葉，畢業於位在仙台的東北大學法學部。小學時和一般小孩一樣閱讀各式各樣的兒童讀物，年紀稍長之後開始看當時流行的國產娛樂小說，如：都筑道夫、夢枕獏、平井正和等人的作品，高中時因爲看了島田莊司的《北方夕鶴2／3殺人》後，成了島田書迷。而在高中時，因爲一本名爲《何謂繪畫》的美術評論集，啓發伊坂認爲能使用想像力生存是件非常幸福的事情，而小說恰好可以一人獨立從頭開始，自己應該也辦得到；因此他決定在進入大學之後開始創作，再加上喜愛島田的作品，便選擇了寫推理小說。進入大學之後則開始閱讀純文學，尤其喜愛諾貝爾文學獎得主大江健三郎的作品。

也因爲他將對運用想像力的憧憬著力於小說創作上，於是各項具有想像力的元素都漂浮在其作品中，如法國藝術電影、音樂、繪畫、建築設計等等，使得讀者在閱讀推理小說的同時，也彷彿看了一場交織著奇異幻境寓言、生命哲思與青春況味的文藝表演。

巧妙地融合脫離現實生活的特殊經歷以及不可思議的冒險活動，一向是伊坂作品的創作主軸，這種奇妙組合，正是伊坂風靡了無數熱愛文學藝術的青年讀者的重要原因。

這樣的他，在一九九六年曾經以《礙眼的壞蛋們》獲得山多利推理小說大獎佳作，不過一直要到二〇〇〇年以《奧杜邦的祈禱》獲得第五屆新潮推理小說俱樂部獎後，才正式踏上文壇。奇特的故事風格、明朗輕快的筆觸，讓他迅速獲得評論家和讀者的熱烈歡迎，不光是在年度推理小說排行榜上大有斬獲。二〇〇三年以《家鴨與野鴨的投幣式置物櫃》拿下吉川英治文學新人獎，二〇〇四年則以《死神的精確度》獲得日本推理作家協會短篇部門獎，更在二〇〇三到二〇〇六年間以《重力小丑》、《孩子們》、《死神的精確度》、《沙漠》四度獲得直木獎提名，可以看出日本文壇對他的期待和重視。

伊坂到二〇〇六年爲止總共發表了八部長篇、四部短篇連作集和一篇短篇愛情小說。因爲喜歡島田，而決定創作推理小說的伊坂，打從一出道就以推理小說新人獎得獎作《奧杜邦的祈禱》獲得各方注意；然而《奧杜邦的祈禱》卻長得一點都不像讀者們所熟悉的推理小說模樣。伊坂曾經說過，「寫作的時候，我並不喜歡描寫眞實的現實生活，而是想寫十分荒唐無稽的故事。」《奧杜邦的祈禱》正是這樣特殊，有著前所未有的奇特設定的一部作品。一個因爲一時無聊跑去搶便利商店的年輕人伊藤，意外來到一座和日本本土隔絕一百五十年的孤島，孤島上有個會說話、會預言未來的稻草人優午。優午告訴伊藤，自己已經等了他一百五十年，而伊藤這個外來者將會帶來島上的人所欠缺的東西。留下這般謎樣話語之後，優午就死了，而且還是身首異處、死得相當悽慘。這短短幾句描寫，就能夠看出伊坂作品最顯而易見的特殊之處：「嶄新的發想」，我想很難有讀者在看了這樣奇異至極的開頭，而不繼續往下翻去，畢竟「會講話的稻草人謀殺案」實在太過特殊。而這種異想天開、奇特的發想，就成了伊坂作品中一個非常重要而且難以模仿的特色，在他往後的作品當中都可以看到這樣的特色，以死神爲主角的《死神的精確度》便是個好例子。

然而空有奇特的發想，沒有優秀的寫作能力也無法讓伊坂獲得現在的地位。第二作《Lush Life》便是讓讀者更認識伊坂深厚筆力的作品，畫家、小偷、失業者、學生、神、心理諮商師等等眾多人物各自在五個故事線中登場、彼此的人生互相交錯。如何將這五條線各自寫得精采絕倫，而在彼此交錯時又不落入混亂龐雜的境地，最後將所有故事線收束於一個點上。伊坂在敘事文脈構成上展現了高超的操控能力，就像不斷地在本作出現的艾雪的畫一般地令人目眩神迷。複雜的敘事方式中包含著精巧縝密的伏線，並且前後呼應，而此極爲高明的寫作方式，在第四作《重力小丑》、第五作《家鴨與野鴨的投幣式置物櫃》中也明顯可見。

筆者和大部分的台灣讀者一樣對伊坂最早的認識來自於《重力小丑》一作，對於本作中那幾乎只能以毫無章法來形容，或者可說是某種文字遊戲的章節名稱印象深刻。但在閱讀了伊坂的其他作品之後，便能夠理解日本文藝評論家吉野仁所指出的伊坂作品的一種極爲另類的魅力來源——「將毫無關聯的事物組合在一起」，像是「鴨子」和「投幣式置物櫃」明明是毫無關聯的東西，卻成了小說。或是書名爲《蚱蜢》內容卻是殺手的故事，這樣的奇妙組合讓伊坂的作品乍看書名就能吸引讀者的目光一探究竟。而更引人注意的是，這樣看似胡鬧的做法，也散見於每部作品的內容和登場人物的言行之中。在《家鴨與野鴨的投幣式置物櫃》中，主角的鄰居甫一登場就邀他一起去搶書店，而目標僅僅是一本《廣辭苑》!?在《重力小丑》中，春劈頭就叫哥哥泉水一起去揍人。然而在這些登場人物的異常行動，或是令人不由得笑出聲來的詞句背後，其實隱藏著各種人性的黑暗面。《奧杜邦的祈禱》中，仙台的惡劣警察城山毫無理由的殘虐行徑、《重力小丑》中的強暴事件、《魔王》中甚至讓這樣的黑暗面以法西斯主義的樣貌出現。伊坂總以十分明朗、輕快並且淡薄的筆觸，描寫人生很多時候總會碰上的毫無來由的暴力。如此高度的反差，點出了一個伊坂作品世界中的重要價值觀——在面對突如其來的暴力時，該如何自處？該怎麼找出最不會令自己後悔的生存方式？

如果將毫無理由的暴力推到最極致，莫過於「死亡」了，只要是人，難免一死，那麼人類該怎麼和終將來臨的死亡相處？從《奧杜邦的祈禱》中的稻草人謀殺案起，這個問題意識就一直在伊坂作品的底層流動，筆者想隨著此次伊坂作品集出版，讀者在全部讀過一遍之後，應該也都能得出屬於自己的答案。

而在熟讀伊坂作品之後，讀者便會發現伊坂習慣讓他筆下所有人物產生關聯，先出現的人物一定會在之後的作品登場。像是深受台灣讀者喜愛的《重力小丑》兩兄弟，也會在之後的某部作品中出現，這樣的驚喜也十足地展現了伊坂旺盛的服務精神。

在文章開頭提到伊坂是極有力「東野圭吾路線」候選人，如實地反映出日本讀者和評論家對於伊坂遲遲不能獲獎的難以理解。但是筆者忍不住想，就這樣成為直木獎史上的傳說，似乎無損於伊坂的成就。畢竟就像日本推理天后宮部美幸說的：「伊坂幸太郎是天才，他將會改變日本文學的面貌。」作為一名讀者，能夠和一位不斷替我們帶來全新小說的天才作家相遇，就是一種十足的幸福。

作者介紹

**張筱森**，推理小說愛好者，推理文學研究會（MLR）成員。結束了日本囤積推理小說的留學生涯後，回到台灣繼續囤積。

# 鈴木

鈴木眺望著城市，想著昆蟲的事。儘管已是夜晚，城市卻絲毫不見黑暗。不僅不見黑暗，還喧鬧不已。華麗的霓虹燈與路燈閃爍，舉目望去盡是人潮，像是色彩俗豔的昆蟲蠕動著。鈴木感到毛骨悚然，回想起大學教授的話。那是十年前他還是大學生的時候。

「個體與個體之間如此貼近生活的動物，可是非常稀少呢。人類這種生物與其說是哺乳類，倒不如說更近似昆蟲吧。」那位教授篤定地說：「更像螞蟻和蝗蟲。」

鈴木提出疑問：「我曾經在照片上看過，企鵝也是群居動物。那企鵝也是蟲嗎？」結果教授聽了滿臉通紅，氣憤地說：「企鵝是例外！」

接著，鈴木想起兩年前過世的妻子，她很喜歡這個話題，笑著說：「這種時候，只要乖乖地附和『老師說得沒錯』，就沒問題了。」的確，每次聽到他說「妳說得沒錯」時，她總是顯得很高興。

「發什麼愣！快推啊。」身後的比與子催促著，鈴木赫然回神。他搖搖頭，甩掉亡妻的記憶，將眼前的年輕人推進車裡，讓他倒在轎車的後座上。

是一名金髮、高個子的男人。他正沉睡著，身穿黑色皮夾克，底下露出黑襯衫，黑底上印著小蟲模樣的花紋，品味低俗。不管是襯衫花色還是人品，都一樣俗不可耐。

男人身旁還有一個女人，也是鈴木費盡千辛萬苦搬進去的。女人一頭黑長髮，穿著黃大衣，大約二十歲出頭。閉著眼睛、嘴巴微張地靠在椅背上，同樣發出鼾聲。

鈴木把年輕人的腳抬進車裡，關上車門。這可真是粗活——他吁了一口氣。

「上車。」比與子吩咐。鈴木順從地打開副駕駛座車門，進入車內。

轎車就停在藤澤金剛町地鐵站最北側的接駁口旁，眼前是擁擠不堪的十字路口。

晚上十點半。雖然是平日，但是靠近新宿這一帶，夜晚比白天熱鬧許多，人潮洶湧。帶著醉意以及清醒的人們以對半的比例在周圍走動。

「很簡單吧？」比與子一副若無其事的模樣。她雪白的肌膚映現出陶瓷般的光澤，即使在車內也十分醒目。一頭褐色短髮蓋過耳垂，或許是單眼皮的關係，表情顯得冷峻。鮮紅色的口紅相當醒目，白襯衫領口敞開著，穿著長至膝上的裙子。聽說她跟鈴木同是二十七歲，神情卻不時流露出一種更老成——也可說是更老奸巨猾的氣質。儘管外表像是享樂至上的輕浮女子，但鈴木懷疑她其實很聰明，有教養。比與子踩著煞車的腳上套的是黑色高跟鞋。穿那種鞋竟然能開車——鈴木不由得佩服。

「哪有什麼簡單不簡單的，我只是把他們搬上車而已。」鈴木說這話時神情都扭曲了。

「我只負責搬來昏睡的男女，把他們搬上車而已。」他像在強調自己沒有更多責任。

「這樣就嚇得縮頭縮腦的，能做大事嗎？你啊，試用期也差不多快結束了，今後要習慣這種事才行。」坐在駕駛座的比與子噘起嘴巴。「不過，你一定想不到我們會帶走這些年輕人吧？」

「是啊。」儘管鈴木嘴上這麼回答，卻不是真的很震驚。他打從一開始就不認爲這是間正派的公司。「我記得『芙洛萊茵』在德文裡好像是『千金』的意思？」

「你很清楚嘛。沒錯，公司的名字是寺原取的。」

從比與子口中說出的姓氏，讓鈴木渾身緊繃。「是父親的寺原？」他確認地問。他指的是社長。

「當然。那個蠢兒子怎麼取得出像樣的名字。」

是啊——鈴木回答的同時，感到一股黏稠的赤褐色情緒從腹部深處湧了上來。

一想到那個蠢兒子——也就是寺原的長男，鈴木總是如此。他拚命壓下這股情緒。妻子過世這兩年，鈴木學到最多的，就是安撫這股難以單純名爲憤怒或憎惡的滿腔憤慨。

「我沒想過叫『千金』的公司，竟然是以年輕女性當做餌食的。」鈴木試著用開玩笑的口吻說。

「意外吧？」比與子的口氣有些自豪。儘管和鈴木同齡，資歷較深的她在公司內已經身居要職，這一個月負責指導新進的約聘員工鈴木。

至於鈴木這一個月來的工作，就是在商店街招攬女客人。他只需要一個勁兒地叫住、呼喚走在鬧區的女性們，即使被拒絕、被忽視、被唾罵，還是不斷出聲招攬。當然，大部分的女性往往頭也不回地走過。這工作完全沒有所謂的訣竅、努力、工夫或技巧，即使對方露出厭惡的表情、警戒或走避，他只要繼續出聲就是了。不過一天之中大概有一人，一千人裡會有一人，對鈴木的話感興趣。他會帶她們到咖啡廳去，介紹化妝品與健康飲料的功效。他滔滔不絕的話語中夾雜威脅、奉承與胡謅，說著「效果不會馬上出來，但是一個月之後，就會出現戲劇性的轉變」等煞有介事的說詞，同時會打開小冊子，上面印有彩色圖表和數據。不過根據比與子的說法，這本冊子上的內容「全是子虛烏有」。

容易上當的女性當場簽下契約，稍微精明一點的人則說「我會再考慮」，揚長而去。如果對方回答的語氣裡透著成交希望，他就尾隨上去。接下來，會有特別行動部隊陰魂不散地展開強迫性的推銷行動。他們會闖進女人家裡賴著不走，以幾近監禁的方法把契約拿到手。——據說如此。這部分的情形，鈴木只耳聞不曾親身經驗過。

「我說你啊，進公司都一個月了，也該進入下個階段了。」約莫一小時之前，比與子這麼對鈴木說。

「下個階段？」

「你不會打算永遠在路上攬客吧？」

「是啊……」鈴木曖昧地回答。

「今天來做點不一樣的。要把人帶進咖啡廳時，我也一起去，記得叫我。」

「哪能這麼簡單就拉到客人。」一個月來的經驗，讓鈴木露出苦笑。

不知幸或不幸，不到三十分鐘，出現願意傾聽鈴木推銷的年輕男女，人現在就在後座。首先是女方表示興趣，她以無可救藥的輕浮語氣問男方：「欸，你不覺得我再瘦一點的話，簡直跟模特兒沒兩樣嗎？」男方也是，他斬釘截鐵地回答：「是啊，怎麼看都像模特兒。」

鈴木聯絡比與子之後，把兩人帶到咖啡廳去，像平常一樣介紹商品。不曉得是缺乏警戒心，或是智慧與經驗不足，他們積極附和鈴木的話，簡直到了匪夷所思的地步。一點稱讚就讓他們喜形於色，看著小冊子上的說明數據用力點頭同意。

「他們也太沒警覺心了，不要緊嗎？」鈴木望著這兩人，不禁擔心起他們的將來。他回想起兩年前還擔任教職的那段期間，幾名學生的身影唐突地在腦中復甦。不知為何，最先浮現腦海的是那些素行不良的學生。「老師，我該做的時候也是會做的。」耳邊彷彿響起這句話，那是他最後一次擔任導師的班上學生說的。那個學生老是在課堂上罵髒話，同學也避之唯恐不及，但是有一次他在鬧區逮到偷行李的竊賊，受到表揚。「我該做的時候也是會做的。」他表情靦腆又驕傲地對鈴木笑著說。接著，像個小學生似地說：「老師，你不會放棄我吧？」

鈴木想到：這麼說來，眼前這名翻著小冊子、臉上有痘疤的男子，與那個學生有些神似。儘管這兩人根本毫無瓜葛，鈴木仍然情不自禁地把他們的身影重疊了。那名學生的父親是個木匠，鈴木現在回想，那名學生也許是不願意繼承家業，才誤入歧途的。

等他回過神來，發現比與子離座去櫃台續點咖啡了，這不是平常的流程。他斜眼窺看，發現她在杯裡動了手腳，八成是下了藥。

不一會兒，年輕男女眼神開始渙散，打起瞌睡來。女方先說：「大家都叫我小黃，叫他小黑唷。這是我們的綽號啦，綽號，所以我才穿黃大衣，他穿黑衣服。」她又喃喃說道：「咦，怎麼有點睏了？」就這麼睡著。隔壁的男人也接話：「可是我的頭髮是黃的，妳的是黑的呢。」說完，才吐出一句：「咦，怎麼……」也睡著了。

「喏，帶他們上車吧。」比與子說，鈴木一一將兩人搬上車。

「這些笨蛋，如果選對用途，也是能賣錢的。」她一臉無所謂地說。我的學生們也一樣嗎？鈴木感到沮喪。他指著自排車的排檔桿，問：「不出發嗎？」

「去哪裡？」

「我不知道，不是要帶走他們嗎？」

「平常的話是沒錯，」比與子的聲音突然尖銳起來。「不過今天不一樣。」

一種不祥的預感讓鈴木的背脊寒毛倒豎，問道：「什麼意思？」

「我得考驗你才行。」

「考驗……考驗什麼？」他發現自己的聲音緊繃得顫抖。

「你被公司懷疑啦。」比與子的話中不帶憐憫，反而帶著看好戲的口氣。

「爲什麼？」鈴木嚥下一口唾液。

「要說可疑之處，可多得是。」駕駛座上的比與子又噘起了嘴巴，說：「我們公司，可是疑神疑鬼到了一種病態的程度。」

「比起完全信任員工，我覺得一家公司疑心病重是應該的。」

「你這人給人感覺很老實，你說你進我們公司之前是做什麼的？」

「老師。」鈴木回答，他不覺得有必要隱瞞。「我以前是國中老師，教數學的。」

反射性地，學生們的臉孔又掠過他的腦海。這次出現的學生，每張臉上都寫著困惑、同情以及厭煩。啊，對了，那是學生們參加亡妻葬禮時的表情。

「我就說吧？你一臉老實樣，一進公司就被懷疑啦。畢竟感覺差太多了。國中數學老師可能會進我們公司，幹這種欺騙年輕人的勾當嗎？」

「至少我就有此打算。」

「不可能的。」

沒錯，的確不可能。「或許妳不知道，可是現在這麼不景氣，要找工作真的很難。我一聽『芙洛萊茵』這家公司在徵約聘員工，就跑來應徵了。」

「騙人的吧。」

「是真的。」騙人的。鈴木經過一番調查，才得知「芙洛萊茵」的存在。

他覺得呼吸急促，胸膛上下起伏。現在可不是在閒聊，這是審問。

他望向窗外。左手邊的飯店噴水池前聚集了一群年輕人，看起來膚淺又聒噪。鈴木想著，我的學生墮落起來應該就是這副德行吧。

才剛進入十一月，聖誕節的裝飾物已經妝點在行道樹及大樓的大型看板上。汽車喇叭聲與年輕人矯揉造作的喧嘩，彷彿隨著行人邊走邊抽的香菸煙霧一同飄起。

「你應該也知道，我們不是什麼正派的公司，可是你知道有多不正派嗎？」比與子口吻悠哉，提問拐彎抹角，聽在耳裡給人一種奇妙的感覺。

「這要怎麼回答，」鈴木臉頰痙攣，歪著脖子說：「這只是我的想像……」

「想像也好，說來聽聽。」

「我在想，或許我賣的根本不是健康食品，而是其他東西。像是吃了會上癮的藥，或用妳喜歡的字眼來說……」

「非……合法的？」

「對，沒錯。」

這一個月以來，鈴木好幾次見到使用「千金」商品的女性，每個看起來都眼球充血，躁動不安，半數以上都以異常迫切的口吻催促：「快點送商品來！」她們皮膚乾燥，為喉嚨乾渴所苦，與其說像在減肥中，更像是藥物中毒。

「答對了。」比與子面不改色。

又不是在猜謎，鈴木板起臉。「可是，像那樣在路上招攬有效率嗎？就像單線釣魚一樣，付出那麼多努力，卻好像沒什麼賺頭呢。」鈴木一邊說，一邊對自己吐槽：我何必為「千金」的經營狀況擔心？

「不要緊，也有一網打盡騙到手的時候。」

「一網打盡？」

「例如說，在大型場地舉辦美容講座，請來一堆女孩子，營造大拍賣的狂熱氣氛，促銷商品。」

「會有人受騙嗎？」

「大部分都是暗樁。五十個人參加，有四十個是我們的同夥，她們會爭先恐後搶購商品，製造假像。」

「其他人會因此上勾嗎？」若是詐騙老人的惡質推銷行徑，鈴木倒是聽說過。

「你知道『劇團』嗎？」

「劇團？在劇場演戲的那種？」

「不是啦，我是指業界的『劇團』。」

鈴木知道她指的是什麼「業界」，就是危險、非法的業者吧。知道愈多愈覺得滑稽，非法業者常用些莫名其妙的叫法來自稱或稱呼同業者。

「有個叫『劇團』的集團，我不曉得他們有多少成員，不過裡頭有各種演員。只要委託他們，什麼角色都能演。橫濱曾經發生過一起外交部官員在保齡球館被刺殺的命案，聽說過嗎？」

「那應該沒印在教科書上吧。」

「當時，保齡球館裡的客人全是『劇團』成員。也就是說在場的人全是共犯，社會大眾根本不知情。」

「所以？」

「我們公司也會委託『劇團』的人，請他們到活動會場當暗樁。」

「這就叫同業間的互助是吧。」

「噯，不過我們跟那裡也鬧翻了。」

「鬧翻？」

「爲了錢的事，出了點小問題。」

「哦。」鈴木漠不關心地應聲。

「而且還有器官的的事。」

「氣關？」

比與子說著「心臟啊，」按下空調按鈕，「腎臟之類的。」然後把調節溫度的桿子移到右邊，彷彿把車內的操作面板當成器官的代替品似的。

「哦，是器官啊。」鈴木佯裝冷靜。

「你知道日本有多少人在等待器官移植嗎？多著呢。換句話說，這是筆好買賣，一本萬利的生意。」

「或許是我見識淺薄，不過國內應該不允許擅自買賣器官吧？」

「我知道的也是這樣。」

「不能開這種公司吧。」

「不會有問題的。」

「爲什麼？」

比與子像在教育無知學生社會運作的方式，轉變成慎重的語調說明了起來：「比如說，以前不是有家銀行倒閉了嗎？」

「嗯。」

「結果政府投入了幾兆圓稅金，挽救銀行。」

「所以呢？」鈴木幾乎弄不清楚現在的話題了。

「這個例子不好的話，喏，不是有雇用保險（註）嗎？上班族都要繳的。你知道那些保險金裡，有好幾百億都花在蓋一些無用的建築物上頭嗎？」

「好像曾在電視新聞看過。」

「也就是花了數百億，建設一些只能製造赤字的無用建築，很奇怪吧？明明這樣，卻又嚷著什麼雇用保險財源不足，聽了不覺得生氣嗎？」

「生氣啊。」

「可是，這些浪費的傢伙卻不會受到懲罰。就算被那些人浪費幾百億、幾兆圓的稅金，我們卻不能生氣，很奇怪吧？你知道爲什麼嗎？」

註：日本於一九七五年取代失業保險法施行的一種社會保險。內容主要有失業給付和教育訓練給付等。

「因爲老百姓很善良？」

「因爲上頭的大人物默許。」比與子豎起食指。「這個世界不是以善惡做標準的，訂定規則的是上頭的大人物，只要有大人物罩你，一切都沒問題。寺原也一樣，他和政客們唇齒相依、兩人三腳，關係切也切不斷。要是政客說『某個傢伙眞礙眼』，寺原就幫他們實現願望。政客則以不找寺原麻煩做爲回報。」

「我從來沒有見過社長。」

比與子調整後照鏡的角度，摸著自己的睫毛，然後斜睨著鈴木。「你要找的，是蠢兒子的寺原吧？」

鈴木宛如被萬箭穿心，震了一下，差點尖叫出聲。過了好一會兒，他才勉強壓抑住那股激動，冷靜地回答：「我……要找，寺原社長的兒子？」

「這就回到我一開始的問題。」比與子用手指繞著圈圈。「你被懷疑了。」

比與子的表情像在閒聊，指著鈴木的左手說：「我一直忘了問你，你結婚了嗎？」

很明顯地，她指的是鈴木左手無名指上的戒指。「不。」他回答。「現在沒有。是以前的事了。」

「可是你卻還戴著戒指？」

鈴木痛苦地扭曲了臉。「因爲胖了，拔不下來。」

這也是騙人的。毋寧說戒指變鬆了，鈴木比結婚當時還瘦，只要一個不留神，戒指就會弄丟。每當那種時候，他總會想起亡妻的話，渾身哆嗦。「千萬別弄丟了戒指。」生前的她曾經鄭重地對他說：「看到戒指，就要想起我唷。」要是丟失了戒指，亡妻地下有知，一定會大發雷霆。

「我來猜猜看。」比與子的眼睛亮了起來。

「又不是在猜謎。」

「你太太八成是被那個蠢兒子害死的，對吧？」

爲什麼妳會知道——鈴木拚命壓制住就要探出去的身子，彷彿自己下一刻就會眼神游移，喉結抽動，眉毛顫抖，耳朵發紅。要把持住，是一件至難之事。內心的動搖彷彿隨時都會從身體的孔穴溢流而出。

同時，鈴木腦裡浮現被壓潰在休旅車與電線桿間的妻子身形，他慌忙甩開這個畫面，腹肌使力，問道：

「爲什麼寺原社長的兒子要殺我太太？」

「正因爲他不需要理由就能殺人，才會被叫做蠢兒子嘛。」比與子一副「你明明知道」的表情接著說：「蠢兒子到處惹事生非。半夜偷車飆車是家常便飯，喝醉撞死人更是一年到頭都有的事。」

「太過分了。」鈴木不帶感情地說。「眞是太過分了。」

「就是說啊。十惡不赦呢。那，你太太的死因是什麼？」

「不要隨便把人家說成死人好嗎？」

鈴木憶起了亡妻被輾過的身軀，原以爲早忘懷的記憶輕易地、鮮明地復甦。他彷彿又看見她渾身是血，鼻梁扭曲，肩膀的骨頭被壓得粉碎。鈴木呆立在現場，聽見一旁跪伏在路面的中年交通事故鑑定人站起來，自言自言地說：「這不只是沒踩煞車，根本是故意加速的。」

「是被車子撞死的吧？」比與子一語中的。

沒錯。「妳不要妄下結論好嗎？」

「如果我記得沒錯，蠢兒子兩年前撞死的女人，就姓鈴木。」

這也沒錯。「騙人。」

「眞的。我常聽蠢兒子吹噓他的英勇事蹟。」

英勇事蹟——這種形容讓鈴木勃然大怒，可是如果對她的話做出反應，就等於一腳踏進了圈套。

「不管蠢兒子再怎麼爲非作歹，也不會受到懲罰。你知道爲什麼嗎？」

「天知道。」

「因爲有人袒護他。」比與子揚起眉毛。「父親跟政客。」

「就是剛才說的稅金跟雇用保險的道理？」

「沒錯。總之，你知道殺害你太太的蠢兒子還逍遙法外吧？所以特別調查他的事，發現那傢伙在他父親的公司工作，也就是『千金』，所以才會進公司做約聘員工。」比與子背書似地流暢說道。「就是這麼一回事吧？」

「我何必大費周章做這種事？」

「因爲想報仇吧？」這還用說嗎？她說：「你想伺機下手幹掉那個蠢兒子，才在我們這裡工作了一個月。不是嗎？」

眞是敗給她了，一語道破。「這是誣賴。」

「就像剛才說的，」比與子說到這裡，揚起嘴角。「你有嫌疑。」她身後的車窗上霓紅燈豔麗地閃爍著。

鈴木嚥下口水，喉頭一動。

「所以，我昨天接到了指示。」

「指示？」

「要我確認你究竟單純只是一個員工，還是一個復仇者。」比與子的眼神就像在看一隻耐人尋味的蝴蝶。「因爲我們公司要的是無腦的員工，而不是聰明的復仇者。」

鈴木半晌無語，只能露出討好的笑容。

「附帶一提，不只是你而已。」

「咦？」

「像你這種憎恨寺原或他的蠢兒子，爲了復仇進公司的人，還有好幾個，所以我們也習慣應付這種狀況了。大概一個月，我們會說是試用期，看看情況，如果對方還是很可疑，就加以試探。」比與子聳聳肩。「就像今天這樣。」

「這是誣賴。」鈴木再一次回答，卻明白自己已陷入絕望中。

不只有自己——這個事實讓他眼前發黑。在可疑的「千金」工作，儘管懷疑自己販賣的是毒品，這一個月之間依舊向年輕女性推銷；然而這一切都是爲了幫妻子報仇。「那些受騙的人是自己活該。」他只能這麼說服自己，以強壓罪惡感，拋開恐懼與冠冕堂皇的說詞，一心只想著報仇。

當他知道這一切只是別人的翻版、再翻版，不由得沮喪起來。恍惚與無力感讓他眼前發黑，一片漆黑。

「現在開始，我得考驗你，看你是不是眞心想爲公司工作。」

「我想，我應該能滿足妳的期待。」鈴木回答，發現自己的聲音愈來愈小。

「所以，」比與子豎起左手拇指，指指後座。「你得殺掉那對男女，儘管他們和你毫無瓜葛。」

鈴木戰戰兢兢地側頭窺看後座，問：「爲……爲什麼……我……」

「爲了洗清你的嫌疑啊。」比與子不疾不徐，若無其事地說。

「我不認爲這可以證明什麼。」鈴木眉間擠出皺紋。

「證明？我們公司很單純的，才不會去分析什麼可能性啊，是不是冤枉的，我們只有簡單的儀式跟規矩而已。聽好了，只要你當場殺了那兩人，你就可以成爲我們眞正的一員。」

「眞正的一員？」

「就是拿掉約聘員工前面的約聘二字。」

「眞是教人感激涕零。」鈴木無計可施，嘆了一口氣。「爲什麼我非得遇到這種事不可？」

引擎熄火，車內一片寂靜，但是仍能感覺到震動，鈴木很快發現那是來自他自身的脈搏。每次呼吸，身體就劇烈起伏，胸口的收縮傳到車身。吐氣，再次吸氣時，他聞到座椅的皮革氣味。

鈴木茫然地眺望窗外，他看見十字路口的行人號誌綠燈開始閃爍，也許是自己精神恍惚，覺得燈號閃爍得很慢，不管怎麼等，燈號遲遲不變成紅色。

這個綠燈到底要閃到什麼時候？

注視那個號誌時，鈴木覺得被拖進了另一個世界，但有一個聲音響起：「你只要用槍把後面那兩人射殺就好了，殺掉他們，你只有這條路了。」他被喚回現實。

「殺……殺掉他們之後會怎麼樣？」

「你說呢。可以用的器官，會立刻取出來賣，女的可以拿去當擺飾。」

「擺飾？」

「切掉雙手雙腳。」

「騙人的吧？」鈴木說，但沒等到「騙你的」這個回答，他甚至覺得「很有可能」。鈴木重新坐正，感到頭昏眼花。

他想起亡妻的臉，但立刻甩開那個畫面。「手槍在哪裡？」在意識到之前，他已經問出口了。

「想動手了？」

「只是問手槍在哪裡而已。」

「槍，就在這裡。」比與子開玩笑似地以恭敬的語氣說，從車座底下取出造形樸素的槍。她把槍口對準鈴木的胸膛。「聽好了，如果你想逃走，我就拿它對付你。」

咦？鈴木感到詫異。身體動不了。只是槍口對著自己，就全身無法動彈。爲什麼？他很疑惑，但立刻明白了；他被槍口強大的壓迫力吞沒了。槍口的黑色洞穴深處似乎有個人正目不轉睛地逼視他。比與子的食指就扣在扳機上，只要指關節一彎，稍加用力，子彈一瞬間就會沒入自己的胸膛吧。實在太輕而易舉了，這個念頭讓鈴木渾身血氣盡失。可怕的是槍口，不是飛來的子彈；他想起曾在某本小說讀過這句話。汗水突然滲出，淌下背。

「你要用這把槍，殺死後面那兩人。」

「假設……」鈴木此刻就連開口都膽怯不已。「如果我接過那把槍，把槍口對準妳的話，妳要怎麼辦？啊，這完全只是假設而已。」

比與子沒有吃驚，甚至露出同情的神色：「現在還不會把槍給你啦。等一下會有其他員工過來，到時才把槍交給你。那麼一來，你也沒辦法輕舉妄動。」

「等一下，妳說誰要來？」

她若無其事地說：「蠢兒子要過來。」

「咦？」鈴木全身僵硬，腦筋一片空白。

比與子把槍換到左手，右手指著前車窗，把食指按在窗玻璃上。「蠢兒子八成會從那裡過來。」

「寺原……？」鈴木剎時感到腦袋裡的東西「轟」地傾瀉一空。空洞，腦袋一片空洞，什麼都無法思考。「寺原他……要來這裡？」

「是兒子。長男。你沒近距離見過他吧？這是好機會呀。等一下他就要來了，殺死你太太的那個蠢兒子就要來見你了。」

「他……他來幹什麼？」

「當然是來確認你的行動呀。考驗員工時他都會在場。」

「眞低級。」

「你還不知道嗎？」

鈴木說不出話來。浮現在腦海的是亡妻的身影。她的三種形象在眼前重複播放；平靜的笑容、遭遇事故後損傷的臉龐、在火葬場看到的白骨——三種畫面依序浮現。

鈴木凝視前方，行人專用時相（註）路口看起來好近。等待號誌的人們聚集成群，像佇立在茫茫大海前一般，在斑馬線前等候著。

人群密集的程度，又讓他想起教授的話。的確，眼前的是一大群昆蟲。

「啊，看到蠢兒子了。」比與子愉快地說，伸出食指。鈴木一驚，坐直身體，伸長了脖子。

右前方的人行道上，有個身穿黑色大衣的男人。看起來二十五歲左右，西裝加上大衣的打扮散發出危險的訊息，威風凜凜。男人索然無味地抽著菸，站在原地。在路燈照亮之下，人行道周圍清晰可見。

比與子手扶車門，說：「那個蠢兒子，該不會是沒看見我們？」話聲剛落，她已經拿著槍打開門走出車外，朝著寺原長男揮動右手。

鈴木也離開了副駕駛座。他站在馬路邊，直直望向寺原長男所在的位置。即使相距數十公尺，鈴木還是能掌握對方的身影。

妻死去的容顏掠過腦海。就是那男人！憤怒湧上心頭。

他想起亡妻的口頭禪。「也只能做了呀。」就是這句話。不管遭遇到什麼狀況，她總是拍拍鈴木的肩膀這麼說。

前方有門的話，也只能開了吧。門開了，不進去看看怎麼行？若是裡頭有人，就出聲招呼，有食物端出來，就嘗嘗滋味。有機會的話，也只能試了呀。她總是一派輕鬆地這麼說。她上網的時候，總是把畫面上所有連結全數點開，害得電腦不時中毒。

「我的視力很好。」鈴木忍不住低聲說道。轎車另一頭的比與子萬無一失地警告：「提醒你一聲，你要是敢逃，我會開槍唷。」

寺原長男整個身影清晰顯現，他站姿威風凜凜，肩幅寬闊，背梁直挺，個子很高，看起來長得也不錯。鈴木不知不覺中伸長了脖子，瞇起眼睛，盯住目標。彷彿愈看距離就會縮短，愈能看清寺原的長相。

註：行人專用號誌的一種，可提供行人從任何方向穿越路口。

寺原有著看來精力十足的粗眉與豐滿的鼻翼，嘴上叼著香菸。他把香菸吐到馬路上，菸蒂在地面反彈，右腳踩上菸蒂，搓揉似地仔細踩熄。好痛——鈴木差點叫出聲來，那菸蒂好似亡妻的身影，兩者重疊在一起了。

昂貴但品味低俗的黑色皮大衣底下，繫著一條紅領帶。那種紅，像是亡妻流下的鮮血顏色。鈴木右手緊握，長長的指甲扎進掌心。

在這裡結束一切吧。鈴木在腦中模擬即將發生的事：燈號轉綠，寺原長男走向這輛車，來到鈴木面前。只要從比與子手上接下手槍，立刻把槍口對準寺原長男就行了。本來就是件沒勝算的事，但也只能做了。

有機會的話，就該試試。也只能做了呀。妳說得沒錯。

「咦？」出聲的是比與子。在馬路的號誌從綠色轉爲黃色的瞬間。

寺原長男朝馬路跨出腳步。行人號誌依然是紅燈，他卻一步、兩步地走向前。

下一瞬間，他被車撞了。一輛黑色的迷你廂型車撞上了寺原長男。

鈴木像要緊緊抓住車禍的瞬間似地睜大了眼。周圍寂靜無聲。就像失去了聽力，視力取而代之，變得愈發敏銳了。

他目擊寺原長男的右大腿衝撞在車子的保險桿上方。

大腿朝著車子的行進方向往內側折斷，腳離開地面，上半身右側朝下摔向引擎蓋，身體越過引擎蓋，撞上擋風玻璃，顏面擦過雨刷。

寺原長男由於反作用力被彈向馬路，身體左半側跌在地上，左臂扭曲了。有什麼東西掉到路面，原來是從西裝彈開的鈕釦。散落的圓形鈕釦畫出弧線，打轉著。

身體跌落之後，在柏油路的凹陷處改變了方向。以脖子為軸似地，身體弓起，脖子以不自然的姿態扭曲。

肇事的迷你廂型車沒有停下，繼續輾過了寺原長男的身體。

右輪輾上右腳，輾上長褲布料、大腿後側，車體開上軀體，鈴木彷彿可以聽見肋骨折斷、肝臟被輾碎的聲音，他的背脊凍住了。迷你廂型車繼續前進了數公尺，總算停了下來。

鈴木看見鈕釦旋轉的弧度變小，「喀」地一聲落地。

交響樂團的演奏結束後，眾人往往屏氣凝神，場內一片寂靜，停了一拍之後，喝采的拍手聲才驟然響起；同此情景，肇事現場的群眾在一片死寂之後，突然發出尖叫。

鈴木的耳朵恢復了聽覺。喇叭、尖叫聲、雜音般的喧鬧，水壩決堤般譁然而至。

儘管內心騷動不已，鈴木依然凝視著前方。因為他看見了人影。他直盯著一名正從混亂路口準備離開的男子，無法移開視線。

「怎麼會這樣？」比與子瞠目結舌。「被撞了。」

「被撞了。」鈴木感覺到自己的心臟噗通亂跳，連眨眼都辦不到。

「喂，你看到了嗎？」比與子面露困惑地問道。

「咦？」比與子也看到了嗎？

「你看到了吧？有個可疑的人走開了，對吧？」她激動地追問：「你也看到了吧？你看到對方了嗎？你視力不是很好嗎？你看到蠢兒子是被誰推的吧？」

「我……」鈴木無從判斷什麼才是恰當的回答，可是「看見了」三個字已經脫口而出。

「我看見了。」

比與子沉默了。她望向鈴木，再看看自己的腳，咋了咋舌。她又把視線移回前方，下定決心地說：「你去追。」

「追？」

「你不是看到那個男人了嗎？」

「咦？」鈴木陷入困惑，禁不住問：「可以嗎？」

「別會錯意了。我們還沒有認同你。可是總不能就這樣放過凶手吧？」她苦悶的神色說明了她做出多麼艱難的抉擇。「要是讓他逃走了，我不會放過你的。」她說，然後一副想到妙計般的表情，抬起頭加了一句：「對了，要是你逃走的話，我就殺掉車裡那兩個年輕人。」

「這算什麼？」

「別管了，快追！」

突如其來的騷動以及意料之外的發展令鈴木混亂不已，幾近錯亂。儘管如此，當他意識過來時，腳已經踏了出去。

「叫你快去！」比與子發作似地大吼。「快追那個推了蠢兒子的凶手！」

鈴木像頭被鞭策的馬匹般跑出去，他一邊跑一邊回頭，瞧見比與子腳上的黑色高跟鞋。的確，穿那種鞋可沒辦法追凶，這算她失算了吧。

# 鯨

鯨站在椅子上的男人身後，望著窗外。他把才剛拉上的窗簾掀開五公分左右，從隙縫間俯視市街。真是無趣的景色——他想。飯店的二十五樓，還不足以將所有建築物置於眼下，而夜晚的鬧區也不顯得賞心悅目。只有在十字路口交錯的汽車車燈，大樓的燈飾閃爍著而已。緊鄰的建築物讓天空看起來像一塊狹窄的天花板。

鯨放下窗簾，回過頭來。這間單人房意外地寬敞，鏡台與床鋪的設計有一種肅穆的威嚴，打理得乾淨整潔；在都內的飯店當中，這裡稱得上高級。

「要看看外面嗎？」

他朝男人的背影出聲。五十來歲的男人面對書桌而坐，眼睛盯著牆壁，像是第一次坐在書桌前的小學生一樣，正襟危坐。

「不用了，謝謝。」男人只回過頭，也許是被鯨的聲音喚回神來，他像是嚇了一跳。

在鯨至今見過的政客祕書裡，這個男人算是比較討喜的。一絲不苟的旁分髮型，讓人感受到他的一板一眼；儘管穿著質料上好的進口西裝，卻不讓人覺得矯揉造作或不愉快，實在難得。即使面對年紀小了一輪的鯨，也不改彬彬有禮的語氣，這應該是出自男子的性格與知性吧。鯨的體格散發出不輸給格鬥家的壓迫感，但男子並沒有因此顯露卑躬屈膝的態度。

「不看就再也沒有機會了。」鯨明知無此必要，還是建議男子。

「咦？」男子的眼中已沒有昔日的霸氣。

你就要死了，這是最後一次看到外頭景色的機會了。鯨本想繼續說明，卻打消了念頭。反正他們永遠不會理解自己置身的狀況，沒必要爲此多費唇舌。說起來，那也不是値得在臨終前特地看上一眼的景致。

男人依然面對書桌，目不轉睛地盯著信紙和信封。

「這……這種事，」男人背對他，開口問道。「常有嗎？」他彷彿爲了自己說出口的話顫抖。

「常有？」

「像我……像這樣，」男人拚命尋找合適的詞彙，可能是太過混亂，精通的英文脫口而出，「suicide.」說完，他問道：「被迫自殺，是常有的事嗎？」

他的肩膀在顫抖，擱在桌上的拳頭緊握，壓抑著不讓情緒顯露出來。

總是這樣。他們一開始總是裝出毫不在乎的模樣。若要形容的話，甚至可以稱得上是平靜、豁達。他們一副通達事理的樣子，說：「這樣就行了吧？」一會兒之後，又異樣地饒舌，錯以爲若是不說話就得死。——儘管說了還是一樣得死。

鯨沒有回答。只是望向房間的天花板，看著綁在通風口上的塑膠繩，繩環已經綁好了。委託人並沒有指定要上吊，不指定的話，一般都採取上吊的方式。

「人死了就能被原諒，你不覺得這很奇怪嗎？」男人說，他把椅子打斜，斜眼看鯨。「就算身爲祕書的我自殺，情況也不會改變。社會大眾明明清楚得很，知道眞正惡劣的另有其人，然而卻因爲我自殺，讓整件事不了了之，這不是很沒道理嗎？」

和對方的對話拖長通常不會有好事，鯨從經驗上學到這一點。

「那不是憑我一個人能做出來的。這是當然的吧？那麼複雜的事，我怎麼可能一個人想得出來？」

男人是梶議員的祕書。這數十天來，梶因爲遭媒體揭發他接受通訊公司的不當獻金，身陷醜聞風暴。目前情勢極度不利，正面臨窮途末路的窘狀。由於眾議院的選舉近在眼前，黨部捨棄他的可能性極高。

「只要我自殺，追究責任的聲浪就會減弱嗎？」

「膽小，動不動就大呼小叫，一害怕就出手傷人。梶不就是這樣一個人？」鯨想起梶的臉。老議員個子小，一張娃娃臉；爲了營造根本不存在的威嚴，在嘴邊蓄了一圈鬍子，兩道粗眉無時無刻不高高揚起，但仍是毫無力道。鯨每次看到梶在電視上的言行舉止，就覺得這個男人根本不想從事政治，只是想要無賴而已。

「梶總是委託你做這種工作嗎？」

「這是第一次。」這不是謊話，梶是認識的議員介紹的，三天前第一次和鯨聯絡。「我不喜歡他，不過工作歸工作，我接下了。」

「這次的事件若是能更冷靜地應對，根本不會演變成現在的局面。」男人眼球嚴重充血，滔滔不絕地說：「都是因爲梶慌了手腳，胡亂發言，事情才變得一發不可收拾。」

「你怎麼不怨自己要擔任那種人的祕書呢？」

男人嗚咽似地大口喘氣，嚥下口水，叫嚷著：「太沒天理了！」他一直是一個模範生，人生一帆風順，這或許是他第一次高聲叫罵。出聲的他反倒被自己的舉止嚇得睁圓了眼睛。

「追究的聲浪會轉弱。」鯨簡短地說。

「咦？」

「找個代罪羔羊，是有相應的效果的。」

「就算不會有人信服嗎？」男人露出遭到背叛的表情。

「這一行我已經幹了十五年。」

「逼人自殺的行業？」

「若是沒用，我早就失業了。」鯨在床上坐下。身高一百九十公分、體重九十公斤的巨大身軀把彈簧床壓得吱吱作響。他穿著有三顆鈕子的深灰色西裝，從內袋取出文庫本（註二），無視於懇求地望著他的男人，看起書來。

「你……你在看什麼？」男人問。不是出於興趣或好奇，只是害怕自己被拋下。鯨無言地把書背轉向對方，書封已經拿下來了，紙張皺巴巴、髒兮兮的。

「那本書，我十幾歲的時候也讀過。」男人眼睛發亮，爲了找到雙方的共同點而欣喜。甚至有種「怎麼，我們根本是同類嘛！」想要握手言歡的氣氛。「是經典名著呢。經典真不錯。」

「這世上所有的小說中，我只讀過這一本。」

男人張著嘴，不知所措。

「這不是誇張、吹噓，也不是自卑。」雖然提不起勁，鯨還是繼續說明：「這是我唯一讀過的小說。」

「你一直只讀這本書嗎？」

「等書破了不能讀，就買新的。這已經是第五本了。」

「那樣的話，背都背得出來了吧？」男人強顏歡笑地說：「書名倒著念，就成了『涎與蜜』（註二）唷。」他聲音亢奮，像是身負傳達這件事的使命一般。

鯨緩緩抬頭，凝視文庫本的書名，原來如此。「我沒發現。」

忽地他想起十年前的事，當時他誤以爲自己能和理解這本小說的人惺惺相惜，由於誤會太深，他犯下了錯誤，一個令他懊悔不已的失誤。看過同一本小說的人，在全世界不知幾凡，然而當中沒有一個人是自己的同志，當時的他還不懂這個道理，只能說是愚蠢至極。

男人的太陽穴抽動著，說：「我真的得自殺嗎？我現在做的只是垂死掙扎嗎？」

「不，大家都是這樣的。」鯨頭抬也不抬地說。事實上，每個人都是這樣的。

「政客的祕書自殺，又能怎麼樣？」

「有人自殺，就麻煩了。有效果的。」

只要祕書表明「這件事的責任全在我」這種連小學生都不會扯的謊，上吊自殺，社會上對於政客的抨擊就會大幅轉弱。製造公害而遭受輿論撻伐的大企業社長從大廈跳樓自殺，也有相同效果。儘管會招來「一死了之太卑鄙了！」、「這只是逃避罷了！」等等批評，不過社會大眾也會達成一種「可是人都死了，就算了吧」的共識。

「只要祭出犧牲，就算不合理，再追究下去也太麻煩了。」鯨接著說。

男人聽了發出呻吟，雙手摀住臉，趴伏在桌上。這也是常見的反應。鯨讀著文庫本，等

---

註一：文庫本爲日本書籍的一種出版形式，約爲A6尺寸，相較於精裝本，有攜帶方便、價格低廉等優點。

註二：《罪與罰》的日文書名，將「罪」（batsu）與「罰」（tsumi）的發音顛倒過來，即變成《涎（tsuba）與蜜（mitsu）》。

待男人宣洩情緒。有時有些人還會在飯店房間大吵大鬧，和那些人比起來，眼前的男人算是比較好的。而男人止住嗚咽和顫抖後會說什麼，鯨想像得到。

男人果然如預期中說了：「總之，只要我死，我的家人就會平安無事吧？」

走到了這一步，作業的準備階段算是告一段落，就像礦車滑下山坡般，事態將加速進展。玻璃窗對面大樓招牌上的紅色燈飾正閃爍著，彷彿在爲鯨的工作鼓譟加油。

「不會有問題的。」鯨在書裡夾上書籤，站起來。走到男人身邊，用指節敲敲桌上的信紙。「遺書愛怎麼寫就怎麼寫吧。」

男人像是變回了十來歲少年，露出像在觀察監護人臉色似的眼神。

自殺吧，那樣一來，就能保證家人的安全；反過來說，「若不自殺，家人就危險了」。

「有人拒絕過嗎？」男人問。他想知道有沒有堅持不自殺、反抗到底的勇者。

「有。」

「那些人後來怎麼了？」

「有人因爲原因不明的火災，一家人全被燒死。」

再明顯不過的，一抹希望之光從男人臉上蒸發。

「也有人被酒後駕駛的卡車撞死，還有人的獨生女被飆車族凌辱。」鯨念經似地一一列舉。這些都是他聽說的，不一定是事實，不過「聽起來像眞的」比什麼都重要。

男人支吾起來，嘴唇顫抖：「只要我照你說的做，我的家人就會平安無事吧？」

鯨姑且點頭，但並沒有根據。他從未去確認被害者家屬是否會獲得補償，對此也沒有興趣。不過，他推測應該是那樣。因爲就算對象是死人，那些政客和有錢人也不願意欠下任何人情。

男人垮下肩膀，所有希望都落空了。

他抓起筆，翻開信紙。

讓對方寫遺書，也是工作的一環。有些人的遺書只寫給家人，也有人寫給政客或上司。讓對方自由發揮，事後再確認內容，如果有問題，就扔掉。

鯨再度坐回床上，回到文庫本的劇情。只要打開書頁，讀上一兩句，立即就能融入小說中的世界，回到殺害老婦人的俄國青年進退兩難的抑鬱心境；比起現實生活，鯨更熟悉書中的世界。

男人寫了三十分鐘左右，偶爾撕下信紙揉成一團，但沒有大吵大鬧或是氣憤拍桌。寫好之後，男人坐在椅子上，側身看著鯨。

鯨呼吸平順，翻頁無聲無息，或許男人以爲鯨已經從室內消失了。「你在啊。」他看起來像是失望，又像鬆了一口氣。「那個，有……有沒有人手抖得沒辦法寫遺書？」

「有三分之一會這樣。」鯨從小說世界回過神來。

「那我算是比較好的吧。」

「是啊。」鯨翻過文庫本的書頁。

都到了這步田地，他們還在意自己的「位置」，實在教人啞口無言。儘管死期近在眼前，他們還是忍不住想確認自己高人一等。

鯨在文庫本中夾上書籤闔上，收進口袋。他站起來，對男人說明步驟：「移動椅子，把頭放進繩圈裡。事情一瞬間就結束了。」

「好的。」回答得鄭重其事的男人表情恍惚，若有所失。

「你有一種奇怪的能力。」以前有一個政治大老這麼說。他不說「特別的能力」，而用「奇怪」來形容。「那是種不具形體的恐怖，只要一面對你，人會不由自主地陷入絕望。這是千眞萬確的。就連膽大如我之人，在你面前，也不禁有些沮喪。內心的罪惡感和無力感不斷滋生，讓人憂鬱不振，像是掉入萬丈深淵。那些自己犯下的微不足道的過錯不斷膨脹，不禁覺得活下去是種痛苦。」

竟然好意思說只是微不足道的過錯——對方的厚臉皮讓鯨目瞪口呆。那位政治大老繼續說了：

「你有強迫別人自殺的能力。」

「那你快去死吧。」鯨回答。

實際上，鯨並不清楚站在自己面前的人有什麼感覺，不過他注意到了，面對面時，對方的表情就像瞪視著黑暗，逐漸失去生氣。

「爬上椅子。」他在男人耳邊呢喃。呼哈、呼哈，眼前的祕書像是忘了怎麼呼吸似的，吃力地喘著氣，眼珠子骨碌碌地轉動，全身打顫。鯨覺得自己不像在威脅，反而像在開導對方。脫掉鞋子，站到椅子上，脖子伸進繩圈裡。明知若是聽從鯨的指示，遲早會死，對方仍是一一照辦。

看樣子沒必要動用手槍了──鯨想。有時也會碰到不肯正視鯨雙眼的人，他們不會被鯨的力量蠱惑，試圖逃走。遇到這種情況，就只能拿出手槍了。鯨會亮出槍，低聲威脅：「如果不死，我就開槍。」儘管這話解釋起來，成了「如果不想死，就自殺」這種歪理，還是有一定的說服力。他們因爲不想立刻被槍殺，會選擇聽從鯨的指示。

因爲人不到最後一刻，不相信自己會死。

男人握住繩子。此時，他忽地問道：「目前爲止你逼死了多少人？」

鯨眉毛都不動一下。「三十二人。」

「你背起來了嗎？」

「我有記錄，你是第三十三個。問這個問題的，你是第八個。」

「做這種工作，你不覺得悲哀嗎？」男人的臉就像爲了應付唐突造訪的死亡，皺紋激增，皮膚乾燥，彷彿一瞬間老去。「你不會受到罪惡感折磨嗎？」

鯨苦笑。「我會看見亡靈。」

「亡靈？」

「被我逼著自殺的那些人，最近開始出現在我面前。」

「一個接一個嗎？」

「三十二個人，輪流。」

「那算是一種罪惡感的表現吧？」

原來有這樣的解讀方法啊？鯨吃了一驚，但沒有回答。

男人的表情扭曲，看起來既像在憐憫瘋子，也像在享受拙劣的怪談。

「那麼，我遲早也會出現在你面前吧。」

「沒有人規定非那樣不可。」

「我在學生時代常聽爵士樂。」男人突然岔開話題，鯨明白這是他人生最後的脫序。

「我很喜歡查理．帕克（註）唷。」

鯨不打算搭理他的脫序。

「他有一首有名的曲子，叫〈Now's the Time〉，〈就是現在〉。這曲名很棒呢！」

的確，這個句子很不錯。鯨忍不住跟著複誦。

「就是現在。」

彷彿把鯨的話當成信號，男人回了句「就是啊」，踢開了椅子。椅子搖晃，男人的身體落下，在空中被繩子勾住，天花板吱吱作響。鯨像往常一樣，觀察過程。

黃色塑膠繩陷入男人脖頸，繩圈從下巴往耳後縮緊；口腔內，舌根頂住了氣管。鼻子爲了吸氣顫動著。咻咻地喘著。

他的雙腳前後踢動，椅子被踢倒。男人雙腳搖擺，像在進行游泳特訓似地，動作愈來愈快，沒多久逐漸趨緩。

唾液從嘴邊流下，白沫伴隨著喘息，從嘴角溢出。

男人的雙手伸向勒緊脖子的塑膠繩，試圖伸進皮膚與繩索間的縫隙，指甲撓抓著下顎的皮膚。

也許是因爲血壓上升，臉部和眼球滲出紅潮，脖子一帶腫脹不少。全身開始痙攣，是因爲氧氣減少，腦內的二氧化碳增加了吧。這時，男人的身體一瞬間放鬆，臉部失去顏色，轉

註：查理·帕克（Charlie Parker，一九二〇～一九五五）爲著名的爵士樂薩克斯風手。對爵士樂的發展有決定性的影響，被尊奉爲現代爵士樂之父。

眼間一片蒼白，有如沉浸在脫力感當中，肩膀頹軟，身體左右搖晃。

鯨眺望懸吊在半空中的祕書之後，進行室內確認，檢查有沒有留下垃圾或忘了擦拭的指紋。例行性的善後工作結束後，他探向桌上的遺書。如他所料，男人只留下了給家人的信。他寫下對妻子的鼓勵、對孩子的關愛、人生教訓等話語，最後以「我會永遠守護你們」的字句作結。並不是什麼特別稀奇的內容，字跡顫抖得不很嚴重，只是後半的字列稍稍傾斜，是美中不足的地方。

忽然一陣眩暈襲來，自己站立的場所開始旋轉，感到一陣頭昏眼花。鯨忍住蹲下的衝動，奮力睜開眼睛。同時，背後傳來一個聲音：「還是老樣子，都是人呢。」

鯨回頭。窗邊，一名男子正從窗簾隙縫間窺看外面。鯨咋舌。那是兩年前上吊的參議院議員。當時爆出不法獻金收賄案，爲了模糊焦點，他被迫自殺。

政客的問題總是與金錢糾纏不清，不是錢，就是爲了自尊。至少也該有一兩件起因於國政方針或義憤塡膺的委託案吧，然而至今爲止，一件也沒出現。

那個應該已經死去的議員，用手比出手槍形狀，食指敲打著玻璃窗。正下方就是行人專用時相路口，等待號誌的人潮像群聚在一起的螞蟻。

剎那之後，鯨看見了意想不到的光景。

站在路口的人群當中，有個人影彈也似地跳出馬路。

那個人一彈出到馬路上，立刻被車子撞了，一切發展迅速得令人吃驚。就像投手投出去的球瞬間被打者打回場中央，迅雷不及掩耳。

「死了吧。」一旁的議員亡靈極具存在感，感嘆：「被撞了。有人撞車自殺呢。」

「不，不對。對方不像是主動跳出去的。」鯨在內心這麼回答。儘管沒有清楚目擊，但他如此確信。

由於突如其來的車禍，路口附近的人就像潰散的軍隊一般四分五裂，紛紛嚷嚷。有人聚集到受害者身邊，有人背過臉離開，有人把手機按在耳邊，有人聽到喧嚷察覺騷動跑了過來；這些情景彷彿就發生在他眼前。

在這當中，鯨看見一個人影浮出來似地散發出與周圍格格不入的空氣，往其他方向前進；一群螞蟻當中混雜了另一隻不同種類的螞蟻。

「推手」這個名詞浮現在鯨的腦中。

緊接著，理當被埋沒的記憶從腦中泉湧而出，記憶打開塵封的蓋子，有如泥水般流出；當時的自己，以及過錯、悔恨等等情緒，十年前的記憶瞬間浮現，全身彷彿被火焰燒灼。陳舊焦黑的情感，又再度被加熱，是焦躁與後悔，不愉快的悔恨。

鯨再一次把那可憎的心情塞回腦袋深處，將之壓潰似地封印起來。再次回神時，議員的亡靈已經消失了。

鯨瞥了一眼吊在半空中、已經停止呼吸的男人，離開了房間。上吊屍體發出的傾軋聲，也隨著門關上後，漸漸轉弱。

門上有標示提醒房客「外出時請記得攜帶鑰匙」。鯨沒有拿鑰匙，出了門。門被徹底關上了。

「囉哩八嗦的吵死人啦！」蟬胡亂抓著褐髮，朝眼前的婦人高聲抱怨，還做出掏耳朵的動作。「吵死了。」

「我想說的是，爲什麼事情會變成這樣！」婦人年過四十，臉上厚厚的粉底蓋住了皺紋，緊貼上身的襯衫是年輕的品牌。她打算憑一己之力來阻止衰老嗎？蟬看得目瞪口呆。

這是棟二層樓的住家，位於茨城縣水戶市的新興住宅區內，蟬就在這個客廳裡。婦人的眼睛全紅了，激動得語無倫次。她眼睛眨也不眨地逼近。

「這是怎麼一回事嘛！」她帶著混亂的表情指著後方，那裡倒著兩個渾身是血的男人。

「什麼是什麼，那個趴在沙發上的是妳老公，躺在電視機旁的不就是妳兒子。不過都斷了氣啦！話說回來，那台電視眞是有夠大的，幾吋的啊？還是叫寬螢幕？高畫質？對了，聽說那種寬螢幕電視可以看見平常看不到的地方？眞的假的？」蟬滔滔不絕地說。

「我不是在講那個，我是問現在是什麼狀況啦！」

蟬望向邊桌上的時鐘，岩西差不多該打電話來了。「順利完成了沒？」岩西總是一派輕鬆地打來確認，然後一定會用一副宣示神諭的口氣說：「傑克．克里斯賓不也說過嗎？『守時就是守身』。」蟬想在這之前把工作解決。

「我不是在講那個！我是在問爲什麼我得遇到這種事？你是什麼人啊？你不是不動產公司派來的嗎？」婦人聲音尖銳，語氣充滿憎惡。

「說是不動產公司的人，是騙妳的，歹勢。」蟬聳聳肩，伸手摸摸垂在耳邊的褐髮，他的頭髮相當柔細，自己也很中意。一踏出腳步，就感覺到地毯的觸感。「你們不讓我進門，我就無法工作啦。如果我按門鈴說：我拿刀要來殺你全家了，你們不可能放我進去吧？啊，會嗎？」

「你胡說八道些什麼！」

「我就說吧？所以啊，我只好冒充不動產公司的人請你們開門嘛。你家不是打算要買大廈嗎？明明都有這棟豪宅了，眞厲害啊。反正有人告訴我這件事，吩咐我扮成不動產公司的人上門。」

「誰吩咐的？」

「岩西啊。」

「那是誰啊？莫名其妙！」再繼續聽你胡說八道，我就要神經錯亂死掉了！女人高亢的聲音彷彿在如此預告。

「就是我上司啊。不過也只有我跟岩西兩個人啦。那傢伙接案子，我做事。妳不覺得很不合理嗎？勞動的人可是我，那傢伙啥也不做耶！很奇怪吧？」

客廳牆上有一個大櫃子，排列著各式皮包，像是皮包店的展示櫃。原來這世上有人是這樣花錢的啊——蟬佩服地想。

「我是來殺你全家的。就跟妳說是工作啦。」

「來殺我們……爲什麼？」婦人體內彷彿充塞了煩躁與焦急、恐怖與憤怒。蟬走近一步，婦人便陷入極度恐慌。她踉蹌了一下，手撐在一旁的餐桌上。

「我只是接受委託而已，理由我也不曉得。岩西什麼都不告訴我，他只會說，就是那個啊，傑克・克里斯賓。」

「撕冰？」

「妳也不曉得唷？就說嘛，我也不知道那是什麼鬼。反正那個白痴一開口，就要引用那傢伙的話。好像是個樂團主唱，妳也沒聽過吧。反正岩西滿腦子都是那傢伙的歌詞，開口閉口就是傑克・克里斯賓曰，老是這樣，傑克・克里斯賓曰：『弱冠青年，無知才是幸福』。眞是聽他放屁。像是委託人是誰啊，爲了什麼理由殺人啊，他半丁點兒都不透露。我不就和便利商店店員不曉得自己賣的麵包是怎麼做的一樣嗎？不對，好像不大一樣啊。總之啊，我想是因爲那件事吧，妳兒子家教不是『很好』嗎？」說到這裡，蟬再次語帶諷刺地強調「府上家教」幾個字，說：「他之前不是放火燒死了藤澤公園裡的遊民嗎？」

「呼……火……」婦人睜圓了雙眼，眼角抽搐了一下，蟬沒有漏看。這大嬸肯定心裡有鬼啊。

「那不是前陣子才發生的嗎？藤澤公園裡有遊民被燒死。有人在睡著的遊民阿伯身上澆上汽油，用打火機點火。那是妳兒子幹的吧？」

「才不……」婦人原想說「才不是」吧，話卻只說到一半。

「岩西啥都不告訴我，我自己調查了一下，結果聽到不少關於妳兒子的傳聞。人家說他雖然住在水戶，爲了做壞事，還特地大老遠跑到東京去。眞教人佩服啊，我甚至有點感動呢。我很欣賞他這種努力唷。總之，因爲同伴被燒死，其他的遊民氣炸了。那些傢伙該行動的時候還是會行動的。畢竟他們還有希望嘛。他們雖然是『homeless』，不過可不是『hopeless』，對吧？」

「你說的那件事，警察已經在調查了啊。」

「我說啊，比起凶手被警察逮捕，遊民們更希望有人做掉他，畢竟這年頭少年犯根本不會被判什麼大不了的刑罰嘛。所以他們湊了錢委託岩西，要他幹掉那個教人火大的小鬼，所以，我就來了。」蟬一股作氣說完，深深吸了一口氣。「大概就是這麼一回事吧。」

「可是，爲什麼連我們也遭殃？就算我兒子不對，爲什麼連我老公也被殺？」

「這是客戶的要求啊。」蟬再一次搔抓頭髮。「說要幹掉你們全家，也收了三人份的酬勞嘛。對了，對了，妳聽我說，可是我拿到的錢竟然不是三倍耶！這很不合理吧？這種狀況叫什麼去了？炸、炸……」

「壓榨？」此時婦人突然恢復正常表情應答，語畢又立刻陷入半狂亂狀態。

「對，就是壓榨。」

「你以爲做出這種事，不會被抓嗎？殺了三個人會震驚全國的，媒體會大肆報導，警方也會全面搜查，你很快就會被抓的。會被判死刑！死刑啊！」

「我說啊，這年頭這種命案一點也不稀奇了，爲了搶區區幾萬塊，殺人全家的人到處都是。妳知道這種懸案有多少件嗎？」

「會幹那種事的，都是中國人之類的吧！」

聽到婦人自以爲是的口氣，蟬苦笑說：「妳這樣說，中國人會生氣唷。眞是過分。不管是什麼國家，都會有人爲了錢不擇手段的。日本人也是。總之這種事多的是，而且很難破案啦。再說，」

「再說？」

「在這個國家啊，人殺得愈多，審判就拖得愈久。很奇怪吧？」

「殺人哪可能那麼容易！」

「很遺憾，就是這麼容易。」蟬聳聳肩。實在有夠囉嗦的——他不耐煩起來。做老媽的人都這麼囉哩八嗦嗎？幸好我媽在我小學時就失蹤了，那才叫做母愛吧——他由衷地這麼想。「對了，告訴妳一句我喜歡的話好了。」

「什……什麼？」比起自己的性命遭到威脅，婦人似乎更不滿蟬的無禮。

「『如果告訴查理．帕克，可以到路上殺掉十幾個白人，他一定會扔掉樂器放棄演奏的。』」蟬說得很快，口沫橫飛。「那是高達（註）電影裡出現的台詞。」

「什麼跟什麼？」

「也就是說，查理．帕克想殺白人想得要命，只好靠著吹薩克斯風來排遣。可惜現在沒有薩克斯風的人到處都是。」

「你到底想說什麼？」

「我要說的是，這眞是個悲慘的世界啊。妳不會不懂吧？」

婦人漲紅了臉氣憤不已，還是顯得傲慢。比起丈夫跟兒子被殺害的憤怒與悲傷，她似乎對自己遭受攻擊一事更感到憤懣。

「你也對女人動手嗎？」她這麼吼道，帶著一副「你敢嗎？」的挑釁口氣。實在不曉得她的腦袋回路怎麼運作的。

蟬板起臉。對了，是有那樣一部電影——他帶著一種像咬到苦澀果實的心境回想。明明是個優秀殺手，卻自命不凡地說什麼「我不殺女人跟小孩」。「專家才不可能那樣哩。」

蟬噘起嘴巴，口水又噴到婦人身上，說：「醫生動手術的時候，會說『我不醫男的』嗎？就算上門的客人再怎麼醜，特種行業的小姐還是會好好服務人家啊。什麼『No women, no kids.』。這根本就是歧視！我最討厭那種人了！」他把臉湊近婦人。「而且啊，那個殺手明明是法國人，卻講英語耶。很奇怪吧？」

「那又不關我的事！」

婦人大叫的瞬間，蟬的手動了，右手的刀子向前刺出。蟬彷彿自身化做刀刃般，集中神經，確認手中的觸感。

刀尖刺上婦人腹部，肚臍右上方，一施加力道，可以感覺刀子刺破表皮與皮下組織。蟬在腦裡描繪著人體構造，兩相比對似地繼續移動刀子。

切過腹橫肌，割開無數的毛細管與神經，割開肌肉，刺出空洞。到達肝臟的時候，他停頓了一秒左右。

婦人淌著口水，呻吟著。

註：尚盧．高達（Jean-Luc Godard，一九三〇～）為法國電影導演，法國「新浪潮電影」的旗手，亦是世界級的重要導演之一。

蟬準備拔出刀子。刀鋒抽離的部位一定會開始湧出鮮血吧，蟬想像著在對方體內氾濫的血液。

拔出刀子時，他轉動手腕，粗暴地拔出。

間不容髮地，他接著刺向婦人的胸部，朝著隆起的左側乳房下數公分處，猛力刺下。

刀刃通過脂肪穿過肋骨間的縫隙，繼續往內部挺進刺入心肌。蟬想像著刀子的路徑。

婦人睜大了眼睛，瓦斯噴發似地從口中「咻」地吐出氣來。

蟬再次抽出刀子。血色從婦人臉上褪去，她臀部著地向後倒。

蟬注視著婦人持續了一陣子的痙攣，以及血液從傷口流出來的景象。他小心移動，避免踏到血泊，接著就像觀察壓扁的蟲子般蹲下來。確認婦人手腕已經沒有脈搏後，他將自行攜帶的運動背包拖了過來，更換衣物，當場扔掉沾了血跡的衣服。那是大量生產、大量販賣，隨處可見的襯衫和牛仔褲。

手機響了，蟬感到厭煩。一接起電話，就傳來岩西「順利完成了沒？」的問話。他應該已經四十好幾了，說話卻像個高中生一樣粗魯，明明不諳世事，蒙昧無知，卻一副高高在上的口氣。

「剛結束。」蟬答道。

「快點走人吧。還有，明天過來拿錢。」

「知道啦。囉嗦。」

「傑克．克里斯賓不也說過，『大功告成，先走爲妙』。」

「難不成你不借用那個人的話，就不會說話嗎？」蟬有一股想要扔掉手機的衝動。他也想，如果忍耐老頭子的瘋言瘋語也算是善行一件，神明一定確實記住了我的名字。

「有什麼辦法？我想說的話，全寫在傑克．克里斯賓的歌詞上頭嘛。」

「話說回來，爲什麼我的工作老是這種殺光全家的？麻煩死了。像今天，一個女的囉哩八嗦沒完，我都快抓狂了。」

「其他傢伙不肯做啊。」

「不肯做？」

「他們不想殺無辜的女人跟小孩。」

「啥？」蟬覺得這話太令人費解，不禁納悶。「爲什麼不能殺小孩？小孩總有一天也會變大人欸？那要到幾歲才可以殺？不想殺貓殺狗還可以理解，人管他什麼年齡性別，不都是人嗎？」

「就是啊。就是因爲你不在意這種小事，我才接的嘛。像我們這種小業者也只能撿這種其他人不做的工作。換個說法，就是『見縫就鑽』。」

這句話八成也是引用來的吧。「你倒樂得輕鬆。」

「養鶺鴒的啊，偉大的不是鶺鴒，而是飼主啊。」
「我又不是鶺鴒，是蟬啦。」
「眞囉嗦。」
「囉嗦的是你吧，壓榨渾蛋。」
「你也知道這麼深奧的字眼唷？聽好了，我可沒有壓榨你的意思。」
「眞的假的？」
「因爲傑克．克里斯賓的音樂，主題就是對壓榨和冷漠的義憤啊。」
就知道他要來這一套。蟬沒有應聲，掛掉電話。他移動腳步正想離開的時候，發現一本不曾見過的雜誌，拿起一看，似乎是有線電視的節目表。蟬驚嘆地想：有錢人連電視節目也比較多啊。以後該不會連頭條新聞都要額外收費吧？有些什麼節目呢？他拿起搖控器。

## 鈴木

飛奔出去的鈴木腦中充滿疑問與困惑。

他斜向穿過馬路，筆直地跑上人行道，視線前方是男人的背影，許多行人擋住鈴木的去路。察覺事故騷動的人們，立刻變身爲看熱鬧的人群，逆行過來。發生了什麼事？快步前進的鈴木用他遲鈍的腦袋拚命思索自問。

寺原長男被車撞了，這是錯不了的。不過他死了沒？被迷你廂型車撞上，摔飛到路上，頭還朝反方向彎折，一動也不動了。那樣，還有可能活下來嗎？

鈴木目擊有人從背後推了寺原長男一把。雖然有看錯的可能，但比與子也看見了。眞的嗎？那人眞的推了寺原嗎？總之，只能先追上那個男人再說。

右手邊是一排特種行業進駐的大樓，華麗的招牌燈閃爍著，馬路上的車燈不間斷地照亮鈴木的臉。

前方矗立著一棟高層飯店，一旁設置了直立式的電子告示板，不時顯示眾議院選舉的民調結果，以及在中東發生的空難消息等等。

他尾隨在前方數十公尺遠的男人背後。

那男人推了寺原長男。直到穿過一個斑馬線時，鈴木才驚覺自己的復仇被人搶先一步。他感到渾身無力，膝蓋一軟，差點摔倒。被人搶先了？這不是真的吧？他斜著身子避開行人，事態發展太難以置信，他幾乎要癱坐在地。

接著對自己的質疑也浮上心頭：爲什麼不逃？既然已經被「千金」看穿眞面目，還被拿槍逼迫殺掉素不相識的陌生人，這可是不殺人就會被殺的生死關頭。趁現在逃走不就好了？

不，他否定了這個念頭。

若是在這裡放棄跟蹤那個男人，自己一定會後悔的，如果不確認是誰殺了妻子的仇人，自己也活不下去了。

眼前的男人背影，看上去平靜得不可思議，雖然腳步片刻不停，但是絲毫不像逃離犯罪現場的犯人，沒有半點慌亂或狼狽。這與不斷側身、和擦身而過的年輕人碰碰撞撞、狼狽不堪的鈴木對照，對方就像順流而下般順暢前進。

男人穿著灰黑色短大衣。鈴木從他的舉止判斷，對方的體形消瘦。

爲了不跟丟，鈴木拚了老命，他追蹤在人群間時隱時見的男人背影，彷彿不小心多眨了眼，男人的背影就會忽然消失。對方的動作太過流暢，令鈴木不敢掉以輕心。

更重要的是，男人有一種不可思議的透明感。

在氾濫的河川中，彷彿只有他身處的地方風平浪靜；有一種透明的沉靜特質。那男人眞的是兇手嗎？鈴木突然不安起來。

自問自答從腦袋湧出。「可是，你不是親眼看見了嗎？」「看見？看見什麼？」「看見寺原長男被推出馬路，被車撞死啊。」「不，那可能只是單純的意外。」「不對，那是被人推的。那傢伙是被推出去的。」「被推？被誰？」「現在你不就在追那個人？」

不明就裡的一方與客觀的一方，兩者在體內爭論著。

有人踢到了鈴木的右腳踝，他感到一陣劇痛，卻不能停下腳步。路上有機車呼嘯而過，那轟隆聲響推動鈴木的背。他挪動腳步，儘管不清楚自己的腳步是踉蹌還是追逐的作用力，也只能前進了。

男人走下地鐵的階梯。

鈴木加快腳步，以免跟丟。藤澤金剛町的地鐵車站有三條路線交會，車站內構造頗爲複雜。鈴木剛踏上滿是菸蒂與溼氣的陰暗樓梯時，手機響了。他望著群聚在螢光燈上嗡嗡作響的小蟲子們，接起電話。

「你在哪裡？」是比與子，尖銳的嗓音透著興奮與混亂。

「現、現在，」鈴木正在下樓梯，喘得上氣不接下氣。「正在追。走到地鐵車站了。妳那邊呢？」他踏空了一階，差點跌倒。「那傢伙，」他兩階併做一階，繼續下樓。「怎麼樣了？」

「送進醫院了。」

「平安無事嗎？」他強壓住聲音中的顫抖。

「不曉得。」

被撞成那樣不可能沒事吧？鈴木雖這麼想，卻沒有反駁。

他把手機放在耳邊，在車站的通道前進。圓柱等距並排，處處掛著指示轉乘月台的看板，左側是一排已打烊的店鋪，前方有自動販賣機，除此之外，是一片殺風景的景象。鞋子踩出聲響。他沒有追丟男人的背影，男人走向地鐵的乘車處，儘管兩人之間有三十公尺的間距，但並沒有妨害跟蹤的障礙物。

「不要讓凶手逃走了。」比與子說。

「對方不一定是凶手吧？」沒錯，還不能確定他就是凶手——說完，鈴木才想到。

「他就是凶手，還用說嗎？我也看見了。我問了跟蠢兒子在一起的小弟，他們也說看到有人推了蠢兒子一把。」

「爲了什麼？」復仇？還是搶走別人復仇的機會？

「我剛才打電話回事務所……」電話中傳來救護車的警笛聲。

「對不起，我聽不清楚。」

「是『推手』！」比與子自暴自棄地高聲說道。

「『推手』？」

「聽說好像有這方面的專家，我們手上的情報很少，我也是第一次聽說，不過公司裡有人知道。」

「哪種專家？」

「推人啦。像是在馬路或車站，在背後推人一把，製造車禍。」

換句話說，那個男人是受人委託殺了寺原長男嗎？鈴木試圖整理思緒卻不順利。

「總之，由你去查出那個男人的所在，目前我們手上沒有其他線索。」她半吼著命令鈴木。

「爲什麼我得做這種事？」

「你要是立下功勞，保證有好處的。還可以洗清嫌疑。」

鈴木沒有答話。

他看見那個男人進入剪票口，拋下一句「待會兒再說」後，粗魯地掛斷電話，趕往售票機。他瞥了一眼票價表，確認最貴的車資之後，買了一張票。撕也似地搶過車票，穿過剪票口。

一大群穿西裝的男人和濃妝豔抹的女人蜂湧而至，接二連三與鈴木錯身。鈴木望向指示乘車處的看板，搭上長長的手扶梯，準備前往月台。前方有五名老婦人排成一列，悠哉地討論麻將的役滿貫（註）如何如何，讓鈴木聽了心浮氣躁。

註：日本麻將中，胡牌時的幾個特定牌型，難度極高，如「大三元」、「國士無雙」等都是役滿貫的一種。

上行線跟下行線似乎都才發車，月台上沒什麼人，地面黏了許多被踩扁的口香糖殘渣，看起來暗淡無光。儘管位處地底，空氣卻很潮溼，彷彿一直曝露在雨中。

男人的身影躍入眼簾。

他站在左側下行的一號線。鈴木放慢步伐，移動到時刻表底下，交互望著手表和時刻表，彷彿看了手表就忘了時刻表的內容、看了時刻表又忘了時間似地，裝作交互眺望，乘機觀察男人的樣子。

對方年紀大約三十五歲，雖然不是娃娃臉，卻也不會給人疲乏中年人的印象。

乘客漸漸多了。就像霉菌生長在溼氣中般，乘客宛如從月台下憑空湧出，陸陸續續增加。人群逐漸形成隊伍，鈴木也加入行列。

閱讀週刊的男性、戴耳機聽音樂的年輕人、聊天的上班族，男人被眾人包圍著，靜靜地站在最前頭；彷彿像在喧囂的城市裡唐突出現了一棵樹、一座靜謐的湖泊。鈴木訝異地注視著他站立的姿態。

電車進站了，鈴木緊張起來。車門打開，乘客前仆似地魚貫進入車內，鈴木也跟著進入車廂。就像妳說的，也只能做了呀。

電梯抵達一樓，響起高雅的鈴聲，門扉開啓。鯨出了電梯，經過大廳，櫃台前有七、八個等待check in的客人，頗爲熱鬧，傳來一種高級人種醞釀出來的、有品味的歡笑聲。鯨沒有特別加快腳步，往出口走去。

拿著行李的門房抬起頭來，匆匆瞥了鯨一眼，又別開視線，除此之外，沒有任何人留意到他。

穿過正面的自動門，計程車就靠了過來，鯨無視車子，走過彎曲的通道，離開飯店的勢力範圍。冷風纏上鯨的脖頸，身體中心不由得緊繃，他的手凍僵了。

他來到行人專用時相路口，但是馬路另一頭比想像中更加混亂，這是因爲從二十五樓看到的那場車禍吧。

推手。那是推手嗎？鯨迅速拋開這個念頭。

人牆畫出半圓，包圍住停在路肩的救護車，警車也趕到了。穿著制服的警官與站在迷你廂型車旁的年輕女性面對面，任誰都看得出來，穿著螢光紅大衣的那名女子就是肇事者，然而她卻異常冷靜，絲毫不爲所動，手上挾著菸一副愛理不理的表情和警察官爭論著。「我又沒撞人。」「明明就撞上了。」「是那個男人自己衝出來的。」「那不就是妳撞的嗎？」「受不了，快點處理好不好？被害人可是我耶！」「哪有這麼說話的？」「要是撇開堅固性不談，應該是我的車子被那個男人撞了才對。」鯨想像著他們的對話。

事故造成輕微的塞車。

硬要變換車道的車子不絕於後，出現了幾聲短暫的喇叭爭執，看熱鬧的人當中，有不少人正在講手機。附近大樓設置了炭酸飲料的大型廣告，一閃一閃地定期照亮群眾，人們醜陋的臉孔自黑暗中顯露出來。

鯨在西裝外穿著黑皮短大衣。他從大衣內袋取出手機，按下背下的號碼。

對方立刻接聽了：「是我。」自以爲鼎鼎有名，不須自報姓名的人意外地多。

「我是鯨。」鯨簡短地報上姓名後，對方曖昧地回應「這樣啊」，像是顧慮四周耳目，故作糊塗。「結果怎麼樣？」

「結束了。」鯨回想起剛才那個男人懸吊在塑膠繩上的身影。「接下來隨你什麼時候發現。遺書在桌上，是寫給家人的。」他轉述房間號碼。

梶像是求婚獲得允諾似地，鬆了一口氣。「你幫了大忙。」梶回答時，似乎絲毫不爲共事將近十年的祕書死去之事感到悲傷。他不知是激動還是不安，緊張兮兮地問：「這事不會曝光吧？」

「不知道，我只做自己分內的事，接下來你自己看著辦吧。」

「那傢伙只有寫下給家人的遺書吧？」

「什麼意思？」

「你沒有帶走別的東西吧？」

「什麼叫別的東西？」

「寫給媒體的信之類的。」

鯨沉默了半晌，這個叫梶的男人似乎比想像中更膽小，他一定是那種好不容易解除煩惱，又爲了新煩惱驚惶失措的人。愚蠢、不成體統，而且棘手。前兩點鯨還可以忍耐，但是最後一點是大問題。

「誰能保證你絕對不會把這件事洩露出去？」梶這麼說。

「我幹這行十五年了，你只能信任我，你可以向介紹我給你的人打聽。」

「可是，你不一定不會背叛我啊。」

鯨沒有回答，逕自掛斷電話。不該接這個工作的——後悔湧上心頭。梶很危險，疑神疑鬼的膽小鬼會爲了自身的安穩而不停採取對策，他們無法放膽去做，也不擅臨機應變，不把煩惱的根源一一斬除，是不會善罷甘休的。

行人號誌轉綠，鯨踏出腳步的同時，其他人也一同起步。人群像要埋沒十字路口，簡直像小規模的領地之爭。穿過斑馬線後，右轉。最近的地下鐵入口在反方向，但鯨不打算逆勢而行。

「有沒有目擊者？」唐突地傳來一個女聲，一名短髮的年輕女子就站在旁邊。她身材纖細，態度卻大剌剌的。「有人看到車禍經過嗎？」她粗魯地朝人群叫喚。女子膚色白皙，每當路燈或霓虹燈、警車紅燈映照在她身上，她的臉色也跟著一下粉紅一下鮮紅。

「喂，你有沒有看到？」一回神，女人就站在鯨面前。她用一種不自然的親切衝著鯨微笑，單眼皮的眼睛裡混濁陰翳，女人雖然長得不錯，卻有一種邪門的氣息。她散發出一股銳氣，卻又像刀刃缺損的美工刀一般不夠鋒利。紅唇在白色肌膚上像蛞蝓一般蠕動著。

「看到什麼？」

「剛才的車禍。你看到了嗎？我同事被車撞了。你有沒有看到什麼？」

「妳是指什麼？」

「像是推他的人……」女人眼神銳利，像是不想放過對方的絲毫反應。

鯨心頭一驚，但立刻掩飾過去。推手，這個稱呼掠過腦海。

「不，」鯨搖頭，腦中瞬間浮現在飯店二十五樓看見的光景，跳出馬路的男子，從他背後走過的另一名男子。那是推手。「我沒看見。」

他差點憶起十年前的不愉快回憶，不成熟的自己犯下的過失，臉上擠出皺紋，試圖封鎖這段記憶。

女人臉頰一顫，目不轉睛地仰望鯨，說道：「喏，要是你想到什麼的話，請聯絡我。」她不死心地遞出小巧的名片。

鯨看著名片，上面印著「芙洛萊茵株式會社」。鯨揚起嘴角，這家公司對他而言並不陌生。「寺原那裡啊。」

「你知道社長？」女人臉頰顫動著。「喂，你知道什麼對吧？」

「推手。」鯨之所以這麼說，不是說溜了嘴，而是想試探女人。

女人皺起眉頭，反問：「你知道推手？」她伸手想抓住鯨，卻被鯨甩開。

鯨嘴巴緊抿著快步走過，女人臉色大變叫喊著追了上來，但鯨很快就轉彎甩掉她，逕自走了。

走下地鐵的階梯後，地面上喧囂逐漸遠去，冷風吹不進這裡，身子變得溫暖。鯨穿過剪票口，移動到乘車處，乘客熙來攘往，鯨混進其中。黃色車體的電車不一會兒就進站了，這節車廂沒有空位，恰好五人座的一隅有乘客起身，鯨在空位坐下。一旁有些酒意的女人惡狠狠地瞪過來，但是一看到鯨的體格，就移開了視線。

鯨從西裝內袋取出書本，翻開夾了書籤的書頁，開始讀起不知讀過多少遍的字句。沒過多久，車內廣播通知下一個停靠站時，鯨突然感覺對面的座位開始搖晃。又來了嗎？他發出不悅的咋舌。不只是座位，四周景物全都搖晃起來，看不清輪廓。不是周圍震盪，而是自己陷入眩暈，這是半年來反覆發作的老毛病。才剛感覺眼前搖晃，視野就陷入一片黑暗，回過神時，「那個」又出現了。

「那個」，多餘的東西，也就是他的被害者的亡靈，現身了——目中無人的表情，像在說「我一直都在場呀」。

這次也一樣。眩暈平息後，一睜開眼睛，正對面的座位坐了一個女人。取而代之地，其他乘客全部消失了，剛剛還坐著看報紙的男人、盯著手機的女高中生、抓著吊環打瞌睡的上班族，都消失無蹤了。只見坐在對面，燙了一頭波浪長髮、五官分明的女子。她朝著鯨優雅地揮手，微笑。身上穿著合身的深灰色褲裝。

寬闊的車廂內只有兩人相對而坐，感覺十分奇妙。

女人是五、六年前被鯨逼迫自殺的新聞主播。她是個充滿使命感的人，明明只是個電視台主播，卻再三涉入備受關注的事件裡，不理會上司的制止，拚命採訪，意圖追查政客不欲人知之處。而那些政客最不喜歡被人打探隱私，更不用說被揭瘡疤，當然不可能放過她。

遺憾的是，她不是那種一被恐嚇就會乖乖聽話的類型，反倒展現出一種狂熱、近乎病態的頑固。這要了她的命。

她惹毛了不能招惹的政客們。鯨接到了委託。

「這才是身爲一個記者的職責。」

在她自殺的飯店房間裡，她這麼主張著。她很激動，聲音也在顫抖，義正辭嚴地宣言：

「我不願意正義就此摧折。」

「正義？」

「小時候，我是看電視的民間故事節目長大的。壞爺爺會受到懲罰，好爺爺終有好報，我從小就被灌輸這種觀念，所以才看不過去。」

鯨回答：「這是個現實世界。妳在這裡哭哭啼啼寫著遺書，雙下巴的痴肥政客正躺在床上和女人看電視，這就是現實世界，跟妳看不看得過去無關。」

女人沒有同意鯨的說法，但她看著鯨的眼睛，也陷入憂鬱，最後她主動上吊，像個鐘擺在空中搖晃。

而現在那個女人坐在椅子上，朝他揮手。交替出現的死者身形，在鯨看來與凡人無異，難以區別，令人厭煩。既狡猾又周到。

鯨轉開視線，若是一直盯著女人，他隨時可能大吼出聲。他想大叫：「消失吧！」

唐突地，腹部一陣疼痛。

一種沉重的鈍痛。鯨用手按住肚子，扭動身子。那不像是疾病導致的具體症狀，而是一種模糊的、難以指出痛源的疼痛。像是身體開了個洞般空虛，以及混合了焦躁與倦怠的苦悶感。最近他時常被這種疼痛侵襲，毫無預警地發作，只要忍耐片刻，痛楚就會消去，然而這種痛苦的時間卻漸次變長，愈來愈頻繁，愈來愈漫長。原因不明。鯨不打算去看醫生，也不覺得這是求診就能痊癒的。

「因爲罪惡感吧？」

聲音在耳邊響起，鯨抬起頭來。新聞主播的臉就緊貼在右方，那名化了妝的美女湊近，呢喃：「對吧？」鯨轉向正面，對面座位上空無一物。「你總是面不改色地逼人自殺，其實你很內疚不是嗎？」

鯨沒有回答，他明白要是回答就正中對方下懷。女人不過是幻覺，實際上坐在身邊的是其他搭乘地下鐵的乘客，若是對亡靈說話，周圍的人會把他當成瘋子吧。隨身攜帶的小說裡有一段話在腦中想起。「沒什麼好狼狽的！這不過是肉體的不適罷了！」記得那名俄國青年在殺人之前，說過這種話來安慰自己。而現在的我恐怕也只是爲了單純的肉體不適而苦——鯨這麼想。

女人呼出的熱氣吹上臉頰，說了：「對了，你看到剛才的事故了嗎？那是推手幹的對吧？你也知道吧？」

鯨忍住咋舌的衝動。這女人盡是挑些令他不愉快的話題。

「欸，舊事重提，眞不好意思，不過你曾經輸給推手是事實，對吧？」女人呢喃。

「輸」這個形容詞讓鯨不禁苦笑，簡直就像爲了無聊的勝負忽喜忽悲的幼稚藉口。「不要再囉嗦推手的事了！」儘管未出聲，鯨在體內喊著。那只是推手搶先完成了工作，跟勝負無關。

「就是因爲你畏畏縮縮的，才被推手搶先一步不是嗎？」

鯨閉上眼睛，努力放空腦袋。畏畏縮縮，女人的指責還在耳中迴響。

「你是不是該放棄這一行啦？」女人不知不覺間坐到另一側，對著他的另一隻耳朵悄聲說：「退休不就好了？」

「閉嘴，再繼續胡說八道，我就殺了妳。」鯨沒有出聲，瞪視女人。

結果招來女人輕浮的回答：「我早就死啦。」她笑了笑，突然把臉貼近，厲聲道：「被你害死的！」

彷彿一陣冷風吹進腦袋，鯨上身倏地一抖，寒意竄過全身。鯨用力閉上眼睛，數秒之後，睜開。

女人的身影消失，又回到現實世界了。

坐在對面熟睡的男人、沉迷於手機的女人、一張臭臉的老太婆、盯著雜誌泳裝照的男人、大聲歡鬧的男女，再度浮現。

分不清哪一邊才是現實，鯨發出微弱的呻吟。

## 蟬

蟬走在新宿區南端一棟九層老舊大樓的逃生梯上，抓著布滿紅色鐵鏽的扶手，爬上螺旋梯。

結束水戶市的工作，經過一夜，他搭乘第一班常磐線電車回到東京都內。一早下起的細雨依然持續著，儘管雨勢不強，路面還是全溼了，雨點的勁道也足以讓建築物旁的雜木林發出沙沙聲。狀似發達肌肉的深灰色烏雲覆蓋住整座城市，但遠處仍看得見雲間的隙縫。

到了六樓，蟬手插在牛仔褲後口袋，直接穿過甬道。

蟬的腦海裡還留有昨晚看的電影內容——工作結束後，在水戶那棟房子裡看的有線電視節目。

是加百列·卡索的《壓抑》。他沒聽說過這個導演，片名也很普通。

他當下想要轉台，卻不知爲何耿耿於懷，回過神來，已經看到影片最後。岩西知道了一定會暴跳如雷——明知如此，他還是看完了。

電影敘述一名雙親意外身亡的法國青年短暫的一生。

螢幕上映出日復一日、清早背著大綑報紙奔走在迷宮般複雜街道的青年身影；而最精采的，就是從空中俯拍遼闊、錯綜的市街場景。

隨著送報青年的年歲增長，他從跑步改成騎腳踏車，又從腳踏車換成機車。雖然台詞很少，但很顯然的，看得出青年很瞧不起派報社的老闆。這個痴肥老闆一心只知奴役青年，自己卻極其懶惰。

貧困的青年後來體驗了戀愛，同時不可避免地經歷了失戀，過一天算一天。老闆的態度日益惡毒，他瞧不起青年，不時出難題給青年，拳腳相向，卻遲遲不發薪水。發薪時，也只把紙幣扔在青年腳下。每當這種時候，青年總是氣憤地說：「親手交給我！」

影片最後，青年帶著刀子前往報社，準備刺殺老闆，老闆卻這麼對他說：「你只是我的人偶。」

同時，憤怒的青年身上不知不覺間竟然多出好幾條繩索，綁在手腳上，活像受人操縱的人偶。

「那是人偶的繩子。」老闆靜靜地說：「你的雙親會死，你會戀愛，會失戀，甚至從你出生到現在所有的一切，都是我安排的。嗨，人偶。」老闆嘲笑他。

一開始大笑的青年，臉上漸漸失去血色，片刻之後，他開始放聲尖叫，然而從他口中迸出的卻是雞叫聲，他才發現就連這也是被老闆操控。青年揮舞刀子，瘋狂地想要切斷身上的繩索，結果被送進了精神病院。最後，青年躺在病床上喃喃說著：「當人偶也好，放我自由。」

這部電影好像在法國還是義大利的影展上得了獎，內容陰沉，劇情沒什麼起伏。應該是一部黑白電影，不過也許是爲了表現青年的心理，處處混入了藍色影像，令人印象深刻。不過看完以後有種說不出的不舒服，簡直就像看見了自己，很不爽快。「這才跟我沒關係。」蟬慌亂地對自己說，反而更顯示出他內心的動搖。

電影最後一幕，店老闆望著精神病院，喝著罐裝啤酒，笑道：「跟他比起來，我是自由的。」那張臉與岩西的螳螂臉重疊在一起。蟬不愉快極了。

蟬在大樓通道前進。或許因爲旁邊就是樹林，大樓背面幾乎曬不到陽光，溼氣很重，有一股霉味，地上有三隻虎頭蜂的屍骸。是被霉菌幹掉的——蟬毫無根據地認定。黃黑間雜的花紋給人一種危險的壓迫感，蟬發現：老虎也好，虎頭蜂也好，黃與黑的組合能喚起人們的恐懼呢。他胡亂想著：記得有殺手自稱虎頭蜂哪。比起「蟬」，「虎頭蜂」感覺厲害多了，眞令人火大。

蟬在六〇三號房前停下，按下門鈴，與其說是門鈴，更像響笛，在室內迴響的尖銳聲響都傳到外頭來了。沒人回應，蟬逕自轉動門把，走進屋裡。他知道門沒有上鎖，也知道岩西不會應門。

這是兩房兩廳附廚房的分售大樓，從室內察覺不出屋齡已有二十年，愛乾淨的岩西從地板到地毯、牆壁、浴室及廁所、天花板都打理得很乾淨。岩西說，傑克．克里斯賓曰：「室內之美，源於自身。」無聊。

「嗨。」岩西看到蟬，抬手招呼。

這間約六坪大的房間鋪著地毯，像從小學教職員室偷來的鐵桌擺在窗邊，岩西大搖大擺地仰靠在椅子上，腳擱在只放了電話、電腦跟地圖的桌上。瞬時，電影《壓抑》裡登場的派報社老闆身影與岩西重疊在一起，蟬心頭一驚，不悅地咋舌。吃驚、生氣、咋舌。

桌前有張黑色長沙發，蟬坐在上面。

「幹得眞不賴，眞不賴。」岩西像嘲笑人似地拖著尾音。「幹得很不錯嘛。」岩西折起報紙，扔向蟬。

蟬看著腳邊的報紙，卻沒有撿起。「已經登出來啦？」

「自己看啊。」

「不用了。麻煩。」看了也一樣，反正不外乎「滅門血案」、「深夜行凶」，半斤八兩的標題，半斤八兩的報導。永遠不變的悲嘆，相同的質疑。

當然，剛入行時，蟬也會興致勃勃地去確認新聞或報紙內容，就像運動選手會剪下自己活躍的比賽報導，他也期待著自己犯下的命案會被怎麼描述，但他很快就厭倦了。反正報上不會登出什麼大不了的情報，牛頭不對馬嘴的犯人畫像也讓他倒盡胃口。

「總之，」蟬把臉轉向岩西。「趕快用你那台破電腦算一算，把我的錢拿來，然後再說聲慰勞的話。聽到了沒？」

「你什麼時候開始有資格大聲說話啦？」岩西晃著那張活像螳螂、下巴尖細的臉，聳了聳肩，袖子裡露出的手腕細得像根棒子。「說起來，我是上司，你只是個部下欸？說得更清楚點，我是司令官，你是士兵。用那種口氣說話的家臣不是被開除走路，就是被斬首變成無頭鬼，沒別條路啦。」

「那樣的話，這麼做不就得了？明明就不敢。你啊，沒有我，啥也辦不到。」蟬火氣比平常大了許多。

「蟬，沒有我，你就沒工作嘍。」

「我一個人也沒問題。」

「笨蛋，光殺人賺不了錢的。明不明白？」岩西伸出食指。「接受委託、交涉，然後調查。重要的是事前準備。『離開隧道的前一刻，更要當心』。」

「傑克．克里斯賓曰。」

「你很清楚嘛。」

你的哪一句話不是他說過的？蟬嘆了一口氣。「我一直想問，那個叫什麼賓的傢伙，到底是玩哪種音樂啊？龐克嗎？還是自由爵士？」蟬自認頗清楚老搖滾樂團，卻從未聽說傑克．克里斯賓這號人物。他不禁懷疑，該不會根本沒有這個人？

「第一個想出『不想活得像行屍走肉』比喻的，就是傑克．克里斯賓。還有，第一個把吉他彈片扔向觀眾席的搖滾歌手，也是傑克．克里斯賓。」

「電力和電話該不會也是他發明的吧？」

「有這個可能。」看到岩西自信滿滿地點頭，蟬立刻吼回去：「才怪！」

「總之，調查是少不了的，要是隨隨便便下手殺人，一定會被懷疑是同一個人幹的，這樣日後也不便行事。所以啊，不管是時間還是地點，都得費心安排才行。目標的身家調查，不都是我負責的嗎？」

「什麼目標不目標的，少賣弄那種裝模作樣的字眼。」蟬厭煩地吐了吐舌頭。「不就是犧牲者嗎？那叫做被害人好不好。」

窗外傳來喧鬧聲，即將參加眾議院選舉的候選人正大聲吶喊著，距離太遠，聽不清楚內容，不過隱約聽得出在說選情告急，請選民支持。背對窗戶的岩西表情忽地放鬆下來，「你會投給執政黨嗎？」他說。

「我才不去投票咧。」

「你啊，知不知道以前的人爲了得到選舉權，可是費盡千辛萬苦？」岩西口沫橫飛地說教，露出凌亂的牙齒。

不過是隻螳螂，有什麼好神氣的！蟬不屑地想。「隨便啦，錢快拿來。」

岩西不回答，開始敲起電腦鍵盤。

蟬掃視室內，他三個月沒來這間辦公室了。殺風景的白牆上沒有任何裝飾物，也沒有書架或櫃子之類的家具。

「沒帶水戶的名產回來唷？」望著電腦螢幕敲打鍵盤的岩西揚聲說道。

「囉嗦。」蟬噘起嘴巴。

「納豆（註）還是什麼都好，啥都沒買嗎？」

「我說啊，」蟬不耐煩地起身。「我是去工作的，而且還是晚上到別人家裡、殺人全家這種大任務耶！這可是和幫忙沒電梯的高樓住戶搬家一樣累人。況且那種時間店家早就關門了，我連住的地方都沒有，只能在車站前的漫畫喫茶店消磨時間，你要我去哪裡買名產啊？」

「漫畫喫茶店？」岩西表情一變。「你沒讓店家看身分證吧？」

蟬嘆了一口氣，說：「當然不是拿眞的。說起來水戶又沒多遠，要買納豆，自己去不就得了。」

蟬重新在沙發上坐好，輕輕闔眼，試圖平復心情。他想起影片中的法國青年，那個面容憔悴、嘴裡反覆說著「自由」數十次的派報員。我可和他不一樣——蟬這麼告訴自己，默念了不下百次。也許是累了，漸漸覺得睏了。蟬手肘撐在膝上，手掌托著下巴，愣愣地發呆。

就在快要睡著的時候，有個聲音響起，蟬抬起頭來。一個信封掉在左前方地板上，封口是開的，紙幣從裡頭滑了出來。

「就不能好好拿給我嗎？」蟬埋怨著，起身撿起信封，打開確認。他沒有細數，裡頭有三疊紙鈔。「親手拿給我啦。」

「眞囉嗦。」

「我一直覺得很奇怪，殺了那麼多人，竟然才拿三百萬？」

「太多了，覺得不好意思嗎？」

「你找死嗎？」聽到蟬的咒罵，岩西放聲大笑。

「這種話從殺手口中說出來，一點也不像開玩笑。」

「三百萬太少了吧？」

「再抱怨我就雇別人唷，只要十萬就興高采烈殺人的傢伙到處都是。」

「就因爲那種人不可靠，你才會雇我的吧。」

「囉嗦，這些夠你活一年了。」岩西拿起桌上的耳挖子開始清理耳朵，他半瞇著眼掏耳

註：茨城縣水户市是日本最負盛名的納豆產地，水户納豆爲其名產。

朵的模樣醜陋極了，蟬有一股衝動想要使力壓下那支耳挖子，刺穿他的耳膜。

「對了，我可是客人耶。連杯茶都沒有嗎？」蟬突然想到。

他以爲岩西會生氣，沒想到岩西出乎意料地捧來茶杯，親手交給他。「如果要喝紅茶的話，我有唷。」

蟬輕聲道謝，拿起茶杯喝了一口，吁出一口氣，注視著杯裡晃動的水波。「要泡出這麼淡的紅茶不容易吧。」

「一點也不難。只要用泡過四、五次的茶包，簡單得很。」回到座位的岩西炫耀似地高聲說。

「我說啊，」蟬深深吸了一口氣，「這紅茶是附近超市賣的便宜貨吧？這種東西泡過四五次，就不叫紅茶了，是紅茶的渣，紅茶的殘骸。別那麼小氣好不好？明明A走那麼多我的血汗錢。」

「你很囉嗦唷，眞的跟蟬一樣，唧唧唧叫個沒完。」

「說起來，你應該提供我一些情報吧？」

「情報？什麼情報？」

「像是昨天的工作啊。那家人爲什麼會被殺？」他想起那個到最後都抱怨沒完的中年婦人。「當然我也不是白痴，大致猜得出來。是流浪漢那件事吧？放火的是那家的兒子吧？」

「流浪漢？放火？什麼跟什麼？」岩西覺得麻煩地加強語氣：「你很在意嗎？」

「還不到在意得不得了的地步啦。只是如果每天在河邊洗衣服、在河裡抓魚，總會好奇河水是從哪裡流過來的吧？上游發生了什麼事？河水又是從哪裡湧出的？自然想去上游看看吧。我也想知道委託人是怎樣的傢伙啊。」

「但是也有可能去到上游後，卻發現一個水龍頭，與其爲了那種事失望，不如在下游不知情地玩耍比較好。對吧？『弱冠青年，無知才是幸福』。」

「是是是。」蟬揮揮手，想趕走那段引言。「那我的工作就等於是在下游玩耍嘍？」

「你啊，」岩西忽地開口。

蟬瞪視岩西，當作回應。

「我一直在想，你殺人的時候都在想些什麼？」

「這是什麼鬼問題？」

「你殺人的時候，會替自己找藉口，掰個理由，還是念經嗎？」

「怎麼可能。」

「你什麼都不想嗎？」

事到如今，還問什麼？蟬有一種被長年搭擋的捕手詢問「你有幾種球路？」的感覺，但他還是試著思索答案。「我腦袋不好，所以很擅長避開難題，像是數學定理，英文文法之類的，那種東西就算抄在黑板上，我也看不懂。不懂的時候，我就停止思考。殺人也一樣，我才不想那是好是壞，因爲是工作，所以去做。哦，對了，就像那個吧。」

「哪個？」

「開車的時候，紅綠燈就要從黃燈轉到紅燈了，想說應該沒問題，就踩下油門衝過去。」

「然後，後面的車子竟然也跟了上來，嚇人一跳呢。」

「是啊。可是有時候碰到前方堵車，結果就只能停在路中央，擋到其他車子，那種時候挺過意不去的吧？」

「的確。有一點。」

「跟那很像。」

「啥？」

「擋到路了，歹勢，可是也沒那麼嚴重嘛，你就睜一隻眼閉一隻眼吧——我殺人的時候心情就像這樣。反正我殺的對象都是讓人火冒三丈的混帳，又吵又笨得要死，根本沒必要內疚。」

「你這人有問題！」岩西像喝醉似地放聲大笑。

「才沒問題，請說是『還在開發中』。」蟬反駁道，但腦裡不知爲何迴盪著《壓抑》裡店老闆的台詞：「你只是我的人偶。」

## 鈴木

鈴木用雙手扯著外套衣領，整理歪掉的領口。「你的領子老是歪的。」他想起總是爲他拉平西裝的亡妻面容。「要是有了孩子，就讓他負責幫你打領帶。」她常這麼說，還做出抱小孩的動作。雖然從未表明想要小孩，但從平常的談話中推測，或許她想早點生個孩子。

鈴木做了一次深呼吸，看看手表，早上十一點。距離目擊寺原長男被撞，已經過了將近半天。天空被厚重的雲層覆蓋，小雨執拗地下個不停，雨天的關係，儘管是星期六，路上卻不見行人。這裡是位於東京南端的住宅區，處處可見「根戶澤公園城」的看板，平凡無奇。

馬路旁的垃圾收集場裡堆著垃圾，雨滴打在塑膠袋上發出答答聲。分不清是雨水氣味，還是從塑膠袋傳出的廚餘惡臭，一股潮溼的臭氣掠過鼻腔，與井然有序的人工城鎮格格不入。鈴木長長地吁出一口氣，也只能做了呀，妳說得沒錯。

昨晚，比與子在深夜一點過後打電話來。

「你在哪裡？」

「剛回到我的公寓。」鈴木撒謊，卻被她當場戳破：「騙人。」鈴木想，公寓八成被監視了。「你在哪裡？」

事實上，他當時人在都內的一家商務旅館，那棟老舊的五層樓旅館收費低廉，服務品質與清潔度也打了折扣。

「你在做什麼？人在哪裡？喂，你查出凶手下落了吧？公司現在可是鬧得雞飛狗跳的。」

「雞飛狗跳？」

「寺原氣瘋了。他召集社員，吼著一定要揪出犯人。畢竟死了兒子嘛。他不是生氣，也不是發瘋，簡直是氣、瘋、了。很慘吧？喂，你在聽嗎？難不成你搞砸了？」

妳稍微喘口氣再說比較好吧，鈴木一面為她著想，一面心想：這樣啊，寺原長男果然死了。他聽了不感慨也不驚訝，只是茫茫然的，心情複雜。片刻後，他說明：「我找到他的住處了。我從藤澤金剛町搭地下鐵，到新宿轉車，再坐到終點站。」

「哪一條線路的終點站？」比與子箭也似地迅速投以質問：「哪一站？」

鈴木反射性地想回答，卻改變了主意。「還不行。」

「還不行？」

「我還不能說。」

「什麼意思？」比與子粗聲問道，話筒中的聲音尖銳刺耳。「你在耍我嗎？」

「我還不確定那人是不是凶手。」

「只要告訴我人在哪裡，立刻就知道他是不是！」

「妳要怎麼做？」

「叫我們的人趕到那傢伙住處，當場盤問。」

鈴木不假思索立刻回答：「不要。」他並沒有其他計畫或盤算，反射性地拒絕：「我不想那麼做。妳打算用武力逼他招供吧？」

「當然，或許會動用到一點點武力，如果那男人乖乖招認，那又另當別論。」

不可能只是「一點點」這種程度。「那種事，」鈴木吃螺絲似地再說一次：「我不喜歡。」

「你啊，清不清楚自己的立場？已經有人懷疑該不會是內部員工委託推手幹的唷。第一個被懷疑的就是你，你可是頭號候補嫌疑犯，第一順位唷。不快說出推手的下落，你就慘了。」

「又不一定是推手幹的吧？或許單純只是一場意外。」儘管可能性極低，也有可能是自殺。

「在場的小弟都說絕不是意外，他們看到有人推他，那手法絕對是專家。一定是推手！」

「我不幹了。」

「啥？」她停頓了幾秒，但立刻逼問：「什麼叫不幹了？你果然是為了復仇才進公司的吧？」

「不是的。」在寺原長男已死的現在，鈴木當下無法判斷是否還有說謊的必要，但是既然無法當機立斷，他覺得繼續撒謊才是上策。「我只是不想幹了。」

「你以為可以說不幹就不幹？」

「如果是現在，」鈴木盤算著繼續說：「如果是現在，我逃得掉。這裡不是妳的車，也沒有槍對著我，已經沒有不殺人就要被殺的問題了。沒人知道我在哪裡。」

「我說啊，我不知道你在怕什麼，不管怎麼樣，公司絕對會揪出那個人，不要小看我們的情報網。就算是推手，只要我們有心，馬上找得到人。」

「那樣的話，那麼做不就好了。」

「可以簡單解決的話，誰不想樂得輕鬆？」比與子簡直就像在聊一夜情的話題。

「我不幹了。」

「好。」比與子的聲音比方才更清晰有力。「好，我明白了。」

她快活的聲音讓鈴木不安。

「那我就殺掉他們。」

「他們是指？」

「今天被搬上車的那兩個人啊，他們睡得一臉天眞無邪呢。」

鈴木腦海裡反射性地浮現自己學生的臉。「老師，我該做的時候也是會做的。」那個笑著搔著頭的學生身影掠過腦海，睡在後座的年輕人長得跟他很像。

鈴木忍住驚呼，努力不讓對方聽出自己內心的動搖，「那又怎麼樣？」他勉強擠出一句話。

「你要是不合作，我就殺了他們。」她的口氣輕鬆得像在說「那我就先去吃飯了」。

「那兩個人跟我又沒關係。」

「你要拋棄他們嗎？」好狡猾的說法，像是要把所有責任推到鈴木頭上，把全世界的不幸禍根都栽贓到他身上。

「我才沒有。」鈴木怒上心頭，立時回嘴。同時，耳邊響起「謝謝老師沒有放棄我」的話語。畢業典禮當天，那個學生來到職員室向他鞠躬這麼說，他還宣告：「我要繼承父業，成爲木匠。」沒錯，我不能拋下他們。

「那就快點說出推手在哪裡。」比與子聲音中的笑意清晰可聞。

「可以再等一等嗎？我的確跟蹤那個人回到家，但是在確認之前，我還不想說。」

情急之下，鈴木選擇了拖延戰術。既不承諾，也不拒絕。

「確認什麼？」

「確認那個男人到底是不是推手。」

「都說了，那種事公司會調查。」

「我想自己調查。」

「你要怎麼確認？」

「明天，我會去他家拜訪。」

「剛才為何不去？按下門鈴，叮咚，開門見山地問：『是你推的吧？』直接看他的反應不就得了？」

囉哩八嗦說這麼多，那妳自己跟蹤不就好了？「已經很晚了，明天再說。而且，他好像有小孩。」說到這裡，鈴木想起男人家的外觀。陽台上的盆栽、兒童用的腳踏車、足球；一切都在說明那棟屋子裡住著一家人。

「你說什麼？」

「妳覺得推手會給盆栽澆水，騎兒童用腳踏車，踢足球玩嗎？」

「你在說什麼？你說推手有小孩是什麼意思？」

現在，鈴木就站在那棟屋子前。他躲在商務旅館的事似乎沒有曝光，目前沒有被跟蹤的跡象，鈴木順利回到了根戶澤公園城。

這棟兩層樓的透天厝，牆壁漆成淡褐色，屋頂像是放了塊板子一般平坦，每一扇窗全拉上窗簾，無法窺見室內的情況。圍繞著庭院的磚牆被雨水打溼，山毛櫸伸展到外頭，門柱上纏繞著牽牛花的藤蔓。郵筒埋在門柱裡，表面因生鏽和泥濘泛黑。雨水在屋頂反彈，沿著排水管落下，水滴聲嘈雜作響。

門的對側，小巧的庭園裡置有成排踏石，盡頭處就是玄關。鈴木撐雨傘細看，卻不見門牌。

他目不轉睛地注視門柱上的門鈴，伸出手，卻按不下去。

仰頭看向二樓，陽台上晾著小孩穿的運動衫。雨天不收進去沒關係嗎？鈴木有點在意，又發現陽台的屋簷很寬，衣服似乎不會淋溼。

這戶人家有小孩。

這一點錯不了。那個男人是推手，殺手有小孩，有家人。——騙人的吧？

昨晚發生在藤澤金剛町路口的一幕在腦海中復甦，影像以緩慢的速度重新播放，他回想起男人穿過寺原長男背後的瘦長身影。

鈴木注意到時，雨幾乎已經停了，他把手掌伸出傘外，確定雨停了之後收起雨傘，再一次眺望整個屋子。

「有事嗎？」

有人唐突地出聲，嚇得鈴木幾乎跳了起來。眼前站著一名少年。鈴木只顧著收傘，沒聽見腳步聲。

拿著藍傘的少年一頭短髮，容貌讓人聯想到穿著水手服的私校小學生，翹起的鼻子很討人喜歡。「這裡是我家。」

「啊。」鈴木慌了手腳。「這樣啊。」

「我叫健太郎。」他自我介紹。

鈴木仔細端詳少年，年紀大概在小學中年級左右，長相雖然童稚，卻給人聰明伶俐的印象。「你找我爸爸嗎？」他說。

鈴木因爲動搖差點口吃，「是啊。你爸爸在嗎？」他問道。他頓時覺悟，沒時間畏畏縮縮了。妳說得沒錯，也只能做了呀。

「我爸說，聽到別人的名字卻不自報姓名的人，不可以信任。」

「對不起。我姓鈴木。」

「誰幫你取的？」

「咦？」

「鈴木這個名字是誰幫你取的？健太郎是我媽媽取的名字。」

「這是我的姓啊……」鈴木對少年牛頭不對馬嘴的問題感到困惑，歪了歪嘴唇。

「啊，那種笑容會被我爸爸討厭唷。」少年就像揪出別人犯錯似地，立刻伸手指著。

「你這孩子眞不討人喜歡。」鈴木不高興起來。儘管嘴上這麼說，同時他也感到混亂。他應該是來追查殺人凶手的，然而與這名少年平和的對話又算什麼呢？他陷入茫然。

就在這時，少年打開大門，走向玄關。「沒關係，我幫你叫爸爸來。」

「噢。」鈴木擠出更接近呻吟的回答。稱呼推手「爸爸」的兒子——他還無法把這件事當成現實，感覺就像誤闖了霧氣瀰漫的森林，雖然行走其間，但周遭朦朧的樹木卻一點眞實感也沒有。

鈴木俯視鞋尖，輕輕閉上眼睛。我是不是弄錯了什麼？疑問伴隨著怯懦，接二連三泉湧而出。是不是該離開了？是不是應該趕快逃走？

門聲響起，他抬起頭。

鈴木心臟發出巨大的聲響一震，不知不覺間男人已經打開家門站在眼前了。無疑地，對方就是昨晚在藤澤金剛町路口看到的男子，一股寒氣逼得鈴木全身寒毛倒豎。男人穿著貼身黑色高領上衣與褐色燈芯絨褲，比想像中還要消瘦，凹陷的臉頰給人一種銳利的印象。鈴木嚥了一口口水，連眨眼都感到無力。男人並非一臉陰鬱，但也沒有露出親切的笑容，卻又不是無機質的面無表情。他的頭髮隨性地留長，碩大渾圓的眼睛格外令人印象深刻。

「敝、敝姓鈴木。」

沒有名片，也沒加上頭銜，鈴木的自我介紹相當可疑。鈴木試著微笑掩飾，然而露出的笑容極不自然，非但掩飾不了什麼，反而使他更顯可笑。

男人的表情完全沒變，照理說他可以藉口要可疑分子離開，揮手趕人。甚至是上前打人，詰問鈴木怎麼會知道這裡。但他卻只是靜靜地凝視著，自有一股威嚴，卻不會給人壓迫感。

「我姓ASAGAO。」他報上姓名。鈴木問他漢字怎麼寫，他在空中比畫出「槿」這個字。「那不是念MUKUGE嗎？」鈴木提出疑問，男人只是聳聳肩膀。

「有什麼事嗎？」槿問。

鈴木望向打開的大門縫隙間露出的庭園石板，下意識別開了視線，這動作恐怕也代表他輸給了對方的威嚴。「那……那個，」鈴木開了口，卻接不下去。你是推手吧？他本來打算直截了當地提出質問，然而實際面對面，卻說不出口。「你是推手嗎？」「嗯，是啊。你有什麼事？」「昨天，你推了寺原——寺原的長男吧？」「是啊。」「果然。我就知道。那麼，再見。」鈴木實在不認為兩人的對話能夠如此順利發展。

眼前，槿的視線真的就如字面形容的貫穿了鈴木。鈴木的雙腳僵直，表情僵硬，嘴唇也動彈不得。

「沒事的話，請你回去吧。因為兒子叫我，我才出來的。」槿的語氣並不像他說的話本身那麼冷淡。是覺得游刃有餘嗎？他像是看透了鈴木，正在試探他。

鈴木知道此刻再也不容許半點猶豫，他絞盡腦汁，然後在意識到之前，這麼開口了：

「那……那個，請問您想為令公子請家教嗎？」

我究竟在說什麼啊！

## 鯨

意識到早晨來臨前，鯨先察覺正在下雨，醒了過來。他躺著不動，眺望著雨滴從吊在上方的塑膠布滑落下來。

這裡是新宿區東郊的公園。公園靠近大街一帶有噴水池和草坪，整備完善，而鯨的所在之處，卻是廣場深處走下樓梯的區域，這裡是藏身於美麗公園的不美麗地帶。噴泉反射陽光，父親朝兒子丟出的皮球軌跡化爲鮮豔的影子投射在地面——與這些清新景象無緣的潮溼窪地。

以前這裡曾是一間公園管理室，拆除後變成一塊三十公尺見方的空地。相對於噴水池和廣場，這裡地勢凹陷，照不到陽光。

現在空地上滿是塑膠布和瓦楞紙箱、帳篷，一眼就看得出絕對未經公園管理員許可。鯨曾聽說，第一個在此定居的遊民是僞裝成賞花客。或許那人本來眞的打算占一塊能夠賞花的地盤，沒想到卻占了一個看不到櫻花的位置，他鋪上塑膠布，若有管理員趕他離開，就用賞花當藉口裝傻，然而等到櫻花凋謝，他仍賴著不走。沒過多久，遊民接二連三聚攏過來，漸漸形成一個小聚落。

鯨在夏末的時候來到這裡，也就是說，他在這裡生活了近兩個月。

鯨想，這也算是一種城鎮吧。這塊三十公尺見方的潮溼土地上，有十幾個成人帶著各自的家當與緣由，在此定居。就這層意義來說，這裡的確像個城鎮。

「我們不是在生活，只是活著而已！」住在隔壁帳篷的中年男子以前曾經這麼大吼；當時區公所的負責人表情悲傷地對眾人說：「你們在這裡生活，會給其他人帶來麻煩的。」「不是在生活，只是活著而已！」這句話頗爲震撼，鯨記得當時睡在隔壁的他還因此睜開了眼睛。

鯨沒用帳篷，只簡單鋪著紙箱當床，上方掛著塑膠布當屋頂，如此而已。因爲沒有牆，冷風不時吹來，但還不到無法忍受的地步。他躺在鋪了兩層的紙箱床上，傾聽雨聲，望著雨滴滲入地面。

鯨緩慢地撐起上身。

已經有好幾個人開始活動了，有人在修理自己的帳篷，有人專注於伸展運動，雨勢如果再大一些，還會有人洗起頭來。目前還沒有人那麼做。

樓梯旁有兩個男人生起火來，用紙板做出小型屏障，一面避雨，一面熱鍋。

鯨望向扔在一旁的手機，已經過了早上十一點。

他仰望天空，充滿立體感的漆黑雲朵浮在空中，也許是風勢強勁，雲就像液體捲出漩渦般移動。下午雨就會停了吧。

「喂喂。」

一旁有人向他搭話。鯨反射性地起身，轉過身，手伸向出聲的人，還沒確認對方的臉就揪住對方衣領舉了起來。

「對……」男人臉色蒼白地吐出聲音，因爲被鯨勒住喉嚨，發不出聲音，吐著舌頭。「對不起、對不起。」他擠出聲音。

鯨放開對方。

是睡在自己床位附近的中年男子，他總是一臉病容，連夏天也穿著厚重的外套四處晃蕩。他難受地一邊撫著喉嚨，一邊咳嗽，黑白交雜的鬍子上沾滿了食物渣，有些結塊呈現乾掉的牛奶顏色。分不清是體垢還是頭髮的油垢，一股獨特的惡臭充塞鯨的鼻腔。

「那個啊、那個啊，」白髮滿是塵埃的那名男子指著背後。「田中桑他、田中桑他，叫我來叫你、叫你。」他身體前傾忙不迭地說。重複同樣的話，似乎是他的語病。

鯨回頭。

他看見鍋子旁有兩名男子不安地站著。哪一個是田中？

住在這裡後，鯨不曾和任何人交談，甚至沒有點頭招呼過。體格壯碩，冷漠又沒有帳蓬的鯨，想必很引人側目，卻從未有人向他搭訕，大家只是遠遠觀察他。無謂的同伴意識眞麻煩——儘管這麼想，鯨還是跟著男人走過去。

走近一看，矮個男人邊用筷子攪動鍋子，邊說「來了來了」，張開的嘴裡缺了門牙，看起來已經過了退休年齡。

旁邊是個戴眼鏡的瘦男人。住在這裡的每個人都很瘦，但是這人更是瘦得誇張，臉頰像被削過般凹陷，看起來約四十多歲。眼睛周圍透著一圈陰影，讓他更顯蒼老，戴在頭上的鴨舌帽印了放大鏡的圖案，孩子氣的圖樣與他相當格格不入。他撐著一把壞掉的塑膠傘。

「有事嗎？」鯨的聲音低沉。

「欸，田中桑好像有話想跟你說。」缺了門牙的男子別開視線說。

這麼說來，瘦骨嶙峋的「放大鏡帽子男」就是田中了。像是腳不方便，他的右手拄著一根東西當拐杖。

放大鏡男撩起額前的頭髮，指著鯨說：「你，昨晚夢魘，呻吟了。」

鯨瞇起眼睛，試著回想昨晚自己睡得如何，卻徒勞無功，連有沒有做夢都不記得。

「你，在煩惱，最近，看起來這樣。」田中繼續說。

另外兩個人一臉憂心，就像心驚膽跳地看著同事會不會惹毛大客戶似地，瞥了瞥鯨。

「我？在煩惱？」

「你四周，我總是看到，奇怪的東西。」田中說著七零八落的句子，然後又忙碌地撩起頭髮。

「奇怪的東西？」鯨瞇起眼睛。

「田中桑他、田中桑他，看得見幽靈鬼怪唷，幽靈鬼怪。」白髮男嘀咕著插嘴，噴出像野獸散發出的腥臭氣息。

「那像是亡靈，總是飄浮在你身邊。現在也是。是個穿高級西裝的，男人。」

田中接著描述了亡靈的容貌──或者該說是亡靈的輪廓。

鯨聽著，確信田中看到的是昨晚在飯店被迫自殺的議員祕書。

「他在哀嘆著火災什麼的。」

「那是人的名字，是梶。（註）」

「你就是被它們纏得神經衰弱，夢裡才會呻吟，對吧？」田中噴出大量水泡狀的唾沫。

鯨有一股衝動想要一腳踢翻他們的鍋子，揚長而去。

「其實你，不想幹了吧？」

「田中桑，是不是再講得委婉一點比較好？」缺門牙男就像生意人從中斡旋一樣，試圖打圓場，他還在當上班族時八成也是這種角色。

「什麼意思？」鯨低聲反問田中。

「你身邊會有奇怪的東西，是因爲你的工作，對吧？」

「或許吧。」豈止或許，絕對是這樣，出現的亡靈全都是被他逼上絕路的人。

「所以，只要不幹這份工作就行了。」不曉得是不是自己多心，田中的口氣不像剛開始那樣七零八落，順暢流利多了。發現這個轉變的鯨，看見田中鏡片後面的混濁眼睛變得清明，肌膚也變得光滑許多，嘴角堆積的唾液完全不見，甚至散發出英挺的氣息，彷彿下一刻就要抓起拐杖打過來似的。

這是怎麼回事？是自己睡昏頭了還是錯覺？鯨雖懷疑，卻不明所以。田中的模樣丕變，不像遊民，反倒更像幹練的教師或醫生，眼神散發出的銳利光芒像要貫穿鯨一樣。

這時，缺門牙男插嘴說道：「田中桑以前是心理諮詢師，他說的話自有道理。」

「你最好停止現在的工作，如此一來，你也能解脫。」此時田中的建言聽來竟如此悅耳、讓人感激涕零，他的視線彷彿在撫慰著鯨，帽子上的放大鏡就像在鑑定鯨這個人。

「只要不幹了就行嗎？」自己發出的聲音猶如身陷困境的少年穿過教堂門扉般充滿迫切感，鯨自己都嚇了一跳。

「是的。」

「要怎麼做才好呢？」

註：日文中「火災」（kaji）與「梶」（kaji）同音。

「按部就班地讓事情變簡單就行了。」田中辯才無礙地說。「把身邊的人、事、物，一個一個解決，除去多餘的雜音，只留下必要的東西。只要從生活中複雜的東西開始清除就行了，進行清算。」

「清算？」

「從頭開始。清算。」

鯨不知如何接話，苦苦思索，但舌頭只在嘴裡打轉，卻想不出該說的話，就連分泌唾液都很困難。「那樣做的話，痛楚就會消失嗎？」

「是的。」田中展現出指示正道之人的氣勢，又說：「你在工作上沒有遺憾吧？那樣的話，痛楚會消失的。」

於是，鯨回溯起過去，雖然是急就章的瞬間作業，但他還是閉上眼睛回顧自己過往的工作。

田中在一旁默默地凝視他。缺門牙男和白髮男面露困惑，坐立不安，表情像在說「這段沉默是怎麼一回事？」沒多久，鯨睜開眼睛。

「若是沒有遺憾的話，」田中帶著精神分析師的威嚴開口，鯨立刻打斷他：「不。」他插嘴道：「有遺憾。」

「是嗎？」田中一副「果然如此」的語氣。

「是十年前的事了，我曾失手一次，僅此一次。」

鯨回想起十年前新宿車站附近的商務飯店，自以為早就將那段可憎的記憶封入腦海深處忘得一乾二淨，它卻從昨晚開始不斷浮上心頭。

商務飯店的單人房裡有一名女議員，以庶民派自居的她穿著廉價套裝，腳踩低跟皮鞋，面無血色地站著。「為什麼我非自殺不可？」一如以往，她說出每個被害人都會說的台詞，渾身顫抖著。雖然是十年前的往事，但當時的鯨對於逼人自殺這個工作已經十分熟練，那次本應是個輕鬆的任務。

「你很介意那次失敗嗎？」田中問。

「那是我唯一的失誤，我很後悔。」

女議員寫完遺書後，轉身面對鯨，身高差距使她必須仰望著他，她壓抑著感情這麼說：「走到十字路口，對眾人磕頭，親吻大地吧。因為你褻瀆了大地。然後再向世人大聲宣告：『我是個殺人犯！』」

那一刻鯨瞪大了雙眼，陷入極度的恐慌，並不是她說的話打動了他，而是因為她說出的話，是引用自鯨唯一看過的那本小說內容，這令他大為震驚。

「我誤會了，誤以爲那個女人是自己的同志，所以沒能完成工作。我放過了她，太愚蠢了。」

女議員意外保住一命，狼狽不堪、腳步踉蹌地離開了飯店。

「結果怎麼了？」田中的聲音傳來。

「被別的傢伙搶先了。」

兩天後，女議員在日比谷的十字路口突然撲向一台黑色的四輪驅動車，被撞死了。事後鯨聽說，委託自己的政客同時也委託了推手。

「你很後悔吧。」田中慢慢地說。

「很懊悔。因爲一個可笑的誤會，我搞砸了工作。」

「悔恨是禍根，是一切災禍的源頭。這樣看來，你就算引退，煩惱還是無法消除。」

「原來如此。」鯨縮起下巴，瞪著比自己矮上一顆頭的田中。「我該怎麼做？」

「對決。」

「對決」兩個字聽起來有些滑稽，鯨玩味著這個字的音色，感覺一股氣流自頭頂抽出。

「喂，這個給你。」缺門牙男的聲音讓鯨回過神來。

他迅速地眨著眼。眼前景象與方才相同，站著三個遊民，然而正對面的田中臉色已經回復成一開始的窮酸、陰沉與多病，半點心理諮詢師的影子也沒有，只是一個骯髒、病弱的男人。剛才的對話究竟是怎麼回事？鯨訝異不已。難道這也是自己的幻覺嗎？懷疑的念頭像鎖鏈般束縛住他，他把這種想法甩出腦袋。

缺門牙男用筷子攪動著鍋裡的食物。

「這個，給你吃。」

鯨把臉靠過去，一眼就看出那是魚，幾秒鐘後，他才發現那是公園池子裡的鯉魚。

「你，那是你幹的吧？」缺門牙男拚命地向他搭話：「今早的報紙有寫。」他指著鍋子底下的火，那份報紙恐怕已經被火燒成了灰。

「昨晚水戶有一家人被殺了。」

「那又怎樣？」

「那是你幫我們報仇的吧？是吧？是吧？」

鯨不解，無法回答。

「那一家的兒子放火燒死了其他地盤的遊民，這一帶的遊民都知道。那傢伙被殺了，我們在猜是你幹的。是這樣吧？是吧？」

「你們搞錯了。」鯨冷淡地回答。事實上，他們的確找錯對象了。

「你是站在我們這一邊的吧？是吧？是吧？」缺門牙男就像棒球隊的捕手把希望寄託在

裁判身上似地祈禱著。

「不是。」鯨回答。「我只做委託的工作，沒有委託和約定，我不會做白工。」

然後他默默轉身，留下來的男人們發出含糊的道別。鯨回到自己的住處——那個鋪了紙箱的床位，爲了驅走還飄蕩在自己身邊的亡靈，他揮動著右手，像是趕蚊子一般。這時，手機震動了。

對決。這句話在耳邊迴響著。對決，然後洗手不幹。或許這也不壞。這是對決，是清算。

鯨再一次回頭望向方才的男人，三個人都消失無蹤了。果然是一場惡質的幻覺嗎？鯨愕然，卻發現那裡還留著冒著蒸氣的鍋子。他們應該只是去取水什麼的吧——鯨這麼說服自己。一定是這樣的，只是，假設他們眞的只是幻覺，又有什麼差別呢？

鯨接起電話，聽見梶那快活得近乎不自然的聲音。

# 蟬

蟬離開岩西的大樓後，行經河邊的人行道來到車站，在停車場偷了一輛不錯的腳踏車。雨勢已經轉小，如果不仔細觀察天空，看不出還在下雨。他跨上腳踏車，踩著踏板，繞到剛開門營業的超市，買完東西後便回到自己的公寓。

這是一棟只有小門的舊公寓。是昭和時代（註）後期落成的鋼筋水泥建築，一層有五戶，總共三層樓，形狀就像橫著立起的蒟蒻。

蟬的房間在二樓的最角落，他把手伸進玄關前的瓦斯錶後面，取出鑰匙，開門。裡面是三坪大鋪木板的兩個房間。跟鋪地毯相比，冬天比較冷，但只要一想到地毯表面會累積灰塵和小蟲，他寧可選擇木板。西側房間擺了一張單人床，空間被塞滿ＣＤ的架子填滿，架子正中央有一個方形時鐘，指針指著早上十一點。

他走向廚房，把剛買來的蛤蜊放進盆子。

盆子裡裝了水讓蛤蜊吐沙，準備就這麼放到晚餐前。

註：昭和時代從一九二六年十二月至一九八九年一月，共六十四年。

蟬沉默地俯視容器，看見氣泡一個個浮上水面。是蛤蜊在呼吸，牠們無聲地張開殼，吸氣，吐氣。蟬專注地看著，蛤蜊還活著，眞好。

望著蛤蜊吐沙的這一刻，是蟬感到最爲幸福的時刻，他不曉得別人怎麼樣，但是再也沒有比望著蛤蜊呼吸更令他感到平靜的事了。

人也是——蟬偶爾會這麼想。他覺得，如果人也像蛤蜊，呼吸的時候能看見氣泡或煙霧，是不是就更有活著的眞實感？若是看見往來的人們嘴裡吐著氣泡呼吸，也許就比較不容易對他人暴力相向？絕對會的。——雖然我還是會吃掉這些蛤蜊。

接著好一陣子，蟬就這樣對著蛤蜊悠閒而寧靜的生命證明看得入迷。殺掉牠們吃掉，這件事對蟬很重要。殺掉，吃掉，活下去，若是每個人都自覺到這種理所當然的事就好了。蟬情不自禁地這麼想。

不知道過了多久，總之是無機質的手機鈴聲把他拉回了現實。

蟬離開廚房回到房間，從掛在衣架上的麂皮外套口袋裡拿出手機，只有一個人會打電話來，他彷彿又能聽見店老闆自以爲是地說「你是我的人偶」。

「把已經離開的人再叫回來，一定得眞心誠意地道歉才行。」蟬在靠牆的椅子坐下，瞪著把手肘撐在不鏽鋼桌上的岩西，這是他第一次在一天內拜訪岩西的大樓兩次。「你敬愛的傑森沒說過嗎？」

「是傑克。」岩西噴著口水不悅地說。「反正你也不會做什麼大不了的事吧？頂多只是待在公寓看電視嘛。」

「是蛤蜊。」

「有蛤蜊頻道嗎？」

蟬說著「無聊」吁了一口氣。「說起來，我才剛結束工作，哪有人連休假都不給又馬上塞工作進來的？你的神經是怎麼長的？」

「囉嗦，有工作上門我有什麼辦法，反正這種事是第一次，你就睜隻眼閉隻眼吧。」

「別耍賴了。」

「傑克·克里斯賓可是說過呢，『能夠原諒的只有第一次。』換句話說，第一次是ＯＫ的。喏，ＯＫ吧？」

「才不ＯＫ咧。」

「而且，這次的工作來頭可不簡單，委託人可是政治家唷。」

坐在桌前的岩西拿起手邊的杯子，露出壓抑著喜悅的噁心表情。

「有政治人物上門就笑成那樣，你這個人簡直差勁透頂。拜託你，夠了吧。雖然我本來就不覺得你有多了不起，可是也別再讓我繼續幻滅下去吧。」

岩西面露不悅，像是被人指出缺點，漲紅了臉，也許是想要掩飾，他加強了語氣：「不是那樣的。」

「那是怎樣？上門的是哪個政治人物啊？」

「你知道一個叫梶的眾議院議員嗎？執政黨的，他常上電視大肆抨擊對手。」

「梶？沒聽過。」

「你啊，曉不曉得以前的人為了獲得選舉權，可是歷經了千辛萬苦？」

「又來那一套。聽好了，我光是顧好自己的生活就很吃力了，對政治一點興趣也沒有。」

「我說啊，你要是繼續這麼漠不關心，總有一天會被洪水吞沒的，明白嗎？好好盯住政治人物，要不然明天連歌都沒得唱了。」

「反正那也是神說的話吧。」

「傑克．克里斯賓說，真正領導國家的人是不會以政治人物的身分出現的。很了不起吧？法西斯主義不會以法西斯主義者的姿態出現，這也是他說的，很犀利吧？」

「政治人物什麼的，誰當還不都一樣。」

「蠢蛋。」岩西挺胸說道。「你沒聽過『滾石不生苔』這句話嗎？要是同一個人一直掌握政權，肯定會腐爛的嘛。既然誰當都一樣的話，不定期輪替不就糟糕了？就像丟著不管的積水，會長出水藻臭掉的，長時間由同一個政黨執政的國家不是很稀奇嗎？」

這麼說的你，還不是向執政黨的政治家諂媚，眞是沒救了。蟬目瞪口呆，連話都說不出來。「那，那個叫梶的要我們做什麼？」

「殺人。書店的客人大都是來買書，殺手接到的委託自然是殺人，這不是明擺著的嗎？」

「我最討厭政治人物了。」蟬挖著耳朵說。「那些人滿腦子只想著自己跟選區裡親愛的選民，眞要說的話，就算對自己的支持者見死不救，也要爲整個國家著想，這才算政治家不是嗎？」

「不是。」岩西歪著嘴說：「政治人物才不是那麼了不起的東西。」

「不然是什麼？」

「比如說，那種人會利用金錢和權力，對我說：『今天下午我會在東京車站的高塔飯店見一個男人，身高一百八十公分以上，體格壯碩。可以幫我收拾那傢伙嗎？』。明明隔著電話，卻用一副瞧不起人的口氣說話，那人簡直就像傲慢的化身。」

「然後，那人就叫做梶？」

「沒錯，那就是政治人物。」

「對手可是巨漢喔。」蟬顯得意興闌珊。「那不是我的拿手範圍吧？」

「什麼叫拿手範圍?」

「你昨天不是說了嗎?滅門血案之類,別人不想幹的工作,那才是我的專長。這次的委託人要殺的不是一家人,不是女人也不是小孩。欸,是個巨漢耶?」

「別挑三撿四了。跟你說是工作,而且酬勞很讚唷。畢竟是政治人物,出手很大方。」

「先不管什麼政治人物,為什麼要殺掉那個巨漢?」

「我說啊,你也不能問那些來買色情雜誌的人為什麼要買色情雜誌吧?」

「問了人家也不會生氣呀。」

「當然會生氣。本來我也不打算接這個工作,我也知道你才剛解決一個工作,我當然清楚,也料到你一定會抱怨沒完,原本想要拒絕的。」

「可是打昨天起,咱們業界就吵翻了天。」

有夠虛偽——蟬姑且聽之。

望向岩西背後靠陽台的窗戶,原本遮蔽天空的烏雲散去,燦爛的太陽正探出頭來。

「業界是指?」

「就是幹我們這行的業界啊。」

「你是認真的嗎?」蟬皺起眉頭。「不是跟藝能界什麼的搞錯了吧?殺人還有什麼業界,這算什麼?」

「囉嗦。情報與合作，很多時候是很有用的。要是有新的業者出現，可以立刻得到消息，畢竟那可是生意對手呀。也能聽到一些重要的傳聞。像你，不也在那家色情書店蒐集情報？」

岩西指的是一家叫做「桃」的色情書店，店就開在離東京車站有一小段路的小巷子裡，由一名女老闆經營。不曉得是嫌麻煩，還是店名就取自老闆的名字，那個女老闆也叫做「桃」。

「囉嗦，我只是喜歡那家店而已。」

「喜歡色情雜誌？」

「那裡擺滿了一大堆裸女封面的雜誌耶，不是很壯觀嗎？我就喜歡那種。」

「色胚。」

「才不是咧。比起打扮得裝模作樣的女人，我覺得那些擺好姿勢，脫光衣服的女人更了不起。沒有任何祕密，令人放心，直截了當，甚至讓人感覺清純。」

「少蠢了。」

「你很囉嗦耶。不過，我這種人可不少，所以那裡打聽得到各種稀奇古怪的小道消息。」

「聽好了，那家『桃』也算業界的一角唷。業界裡有很多傳聞和小道風聲都是從那裡流出。」

「這麼說來，是不是有叫虎頭蜂的傢伙？」蟬想起掉在大樓通道的虎頭蜂屍骸，這也是從桃那裡聽說的。

「那傢伙好像專門下毒殺人，不過最近沒聽到什麼風聲，說起來，蜜蜂不是刺個一次就死了嗎？只有一次的話，沒什麼好恐怖的。」

「那是蜜蜂吧，虎頭蜂可以刺人好幾次的。」

「還有一個叫做鯨的。」

「鯨魚不是在海裡？」

「那男人專門逼人自殺，常有大人物委託他殺人。」

「好遜的工作哪，要幹的話，當然要直接砍啊！或是開槍的才痛快。自殺什麼的，就算丟著不管，每年也有好幾萬人自殺。自殺才不是工作，是一種現象吧？」

「你很吵耶。」

「當然吵，我是蟬嘛。」

「你也知道寺原吧？」

「『千金』唷？」大家都這麼稱呼那家公司，經營者是一個叫寺原的男人。他們販賣可疑的藥品，進行疑似人體交易的勾當。蟬雖然沒直接接觸過，卻聽過不少教人聽了忍不住皺眉的傳聞，據說他們軟禁女人，讓她們不斷生小孩，再賣到國外做爲器官移植之用。雖然無法確定傳聞的眞假，那公司的確惡名昭彰。

「其實，昨晚寺原的長男死了。」岩西鼻孔抽動著，口吻像是故意吊人胃口。

「眞是可喜可賀啊。」蟬輕鬆地回答。事實上，他的確覺得這事值得慶幸，雖然蟬沒實際見過本尊，但常聽說寺原長男的傳聞，他仗著父親的權勢任意妄爲，提到他的人往往皺著眉頭，小聲地議論紛紛。「是被人殺死的嗎？」

「被撞死的，被一台迷你廂型車。」

「那可眞是報應呢。那傢伙不是常酒駕撞死人嗎？我還聽說他教唆同夥，故意把車開到學校的通學路上撞死小孩呢。」

「不過聽說寺原兒子的死，不是單純的意外。」

「他不是被撞死的嗎？」

「但好像是被人推的。」

「被推？什麼意思？」

「有那方面的專家。」岩西或許是懶得說明，難得含糊其詞，就像把廢紙胡亂揉成一團一樣。

「什麼叫做那方面啊？又是誰委託的？」

「不曉得。寺原的仇家可多了。」岩西高舉雙手做投降狀。「反正，寺原現在拚了老命，動員所有部下，委託各路調查，張大眼睛要揪出殺死兒子的眞凶。」

「反正這事也輪不到我們吧？」

「沒錯。」岩西自嘲地說，不過表情同時流露出個體戶經營者的意氣。「不過相反的，別的工作上門了。」

「就是梶嗎？」

「業界其他傢伙都爲了寺原的命令忙翻天，每個人都在追查凶手。除了我們，沒有其他人願意接受委託。這可是個好機會！趁大家在辦運動會，咱們搶到了新客人。」

「我不想幹。」事實上，水戶的工作疲勞尙未褪去，最重要的是他不想對岩西言聽計從，受他指使。「幾小時前，你不是才說連續工作很危險嗎？」

「不，你會幹的。」岩西篤定的口吻令人火大。

蟬暗地吞了口口水，有種被人斷言「你只是個人偶」的感覺，電影場景連續不斷地閃過腦中，讓人錯覺自己正被綁在精神病院病床上。

爲什麼要裝成家庭教師呢？連鈴木自己都想不透，現在這種滑稽和突兀的處境讓他陷入苦悶，但他立刻換個想法，覺得這主意或許不壞。家庭教師的話，可以定期拜訪，順利的話還可以一週上門好幾次，如此一來，就有機會找到槿就是「推手」的證據。

槿露出吃驚的表情，接著說：「原來如此。」

鈴木不懂那句「原來如此」是什麼意思，想做出應酬笑容，卻只露出失敗的怪表情。槿又接著說了：「要進來嗎？」

「咦？」

「我可以聽聽你的介紹。」

意料之外的反應讓鈴木又語無倫次起來。「可以嗎？」他反問。

「你不願意的話也無妨。」

「怎麼可能不願意呢？」

鈴木腦中一片空白，完全不記得自己是怎麼跨過玄關、房間的門朝哪一邊開，彷彿身體的右半邊緊張得不得了，左半邊卻困惑不已。鈴木慌忙俯視腳下，幸好自己還記得脫鞋（註一）。

鈴木被帶進客廳，坐在淡茶色的沙發上，他先是雙腳交叉，又立刻擺正，右手拇指在左手食指和拇指之間來回摩擦，冷靜不下來。如果有「手足無措」這種死因，自己應該差不多快死了——鈴木半認真地擔心起來。他望向隔壁的飯廳，那裡擺著餐桌和廚具設備。

「這樣啊。」

聽到話聲，鈴木慌忙抬頭。槿就坐在對面的沙發上——不知不覺中。

「什麼？」他沒有在聽。

「你是業務員嗎？」

「嗯，差不多。」鈴木心不在焉地回答，又慌忙更正：「不是的，雖然也跑業務，可是我也教書。」如果不這麼說，計畫就會前後矛盾。

「眞辛苦。」

「已經習慣了。」如果是眞的業務員的話。

「你想當健太郎的家教嗎？」

「是的。」鈴木帶著覺悟，正視著槿。

槿的頭髮像是用手梳過，打扮隨性，給人的感覺很清爽，不像是個中年人，但是也給人一種壓迫感。是眼神的問題，他的眼睛碩大分明，綻放出一道銳利精光。不，不是眼睛，而是眼珠子。他的眼珠子格外醒目，眼白不帶半點渾濁，瞳眸則呈完美的圓形。

我曾在哪裡看過——鈴木突然憶起昨天在車內對準自己的手槍。他的眼睛就像槍口，比子彈更可怕的槍口，鈴木像是被槍口正對著，頓時動彈不得。

他瞳孔周圍的虹膜極度接近黑色，輪廓分明的眉毛緊鄰著眼睛，臉頰和脖子一帶沒有贅肉，眉間與嘴角雖有皺紋，但與其說是老化或疲勞的痕跡，更像是傷痕或刻痕。

「我在鎮內拜訪家裡有小學生或國中生的住戶。」鈴木繼續著不知要持續多久的胡說八道。

「你是業務員，卻沒有名片？」槿一針見血地指出。

「噢噢。」鈴木眼前頓時一片黑暗，他拚命支持就要倒下的身軀，現在的情勢如果以將棋（註二）來比喻，就像才剛下第一步棋，就差點俯首稱臣一樣。「老實說，剛才拜訪其他住戶時，名片剛好用完了。眞不好意思。」心臟激烈地跳動著。

接下來，鈴木開始介紹自己的工作，盡可能不讓說詞前後矛盾，致力說明。當然，全是一派胡言。

註一：日本住家一般是要脫鞋進入的。

註二：日本的棋藝遊戲之一。據傳源於印度，由遣唐使自中國傳至日本。可將贏取的對手棋子做爲己方棋子使用爲其特徵。

他一一虛構家教中心的名稱、事務所的位置、簽約的家教人數、過去的業績和大受好評的指導方法、以及身爲家教的自己的學歷和經驗。他掰出沒帶說明手冊和廣告單就來拜訪的理由，捏造不穿西裝穿便服拜訪的好處，不知不覺中，家教中心成了全國規模的機構，鈴木從上個月起擔任「根戶澤公園城」一帶的負責人。

說是鋌而走險也不爲過，不過在「千金」擔任約聘員工販賣假瘦身食品的一個月裡，他已經練就一身天花亂墜說服對方的好本領，所以總算堅持到了最後。

一連串的說明之後，鈴木嚥下嘆息，從鼻子緩緩吐出氣來。不壞，就情急之下編出的謊言來說，自己的表現算是相當不錯吧？

「因此，希望有機會擔任健太郎小朋友的家教。」

對面的槿眼裡發出了異樣的光芒，鈴木感到胸口瞬間變得冰冷。

「原來如此。」槿的聲音比鈴木擔心的更不帶情感，不過他的眼光依舊沒變。「那麼，家教費怎麼算呢？」

「啊。」鈴木的聲音略嫌高亢。還沒想到這一層！「不好意思，忘了和您說明，」他誇張地搔著頭。家教的行情是多少啊？「費用相當彈性，我們可以商量。」他揚起眉毛。「我們會盡可能配合您的要求。」這段說明簡直不負責任到了極點。

「配合我的要求啊。」槿微笑。一股猶如森林枝葉隨著清風搖曳的風韻輕柔地籠罩自己，鈴木第一次發現，原來中年男子也有這般風韻。就在這時，鈴木褲袋裡的手機響起，單調的機械聲重複著。鈴木身體一震，視線往下移。

「你的電話。」槿簡短地說。

「是的，應該是公司打來的。」鈴木站起身問：「方便接個電話嗎？」一定是比與子打來的，這是「千金」配發的手機。

「嗯，」槿揮揮手。「請便。」

鈴木起身拿出手機，按下通話鍵，貼上耳朵。他背對著槿，面對著牆。

「情況怎麼樣了？」她直截了當地問。她的問題既曖昧又單純，像一記鐵鎚敲來。

「我正在說明。」鈴木在意背後的槿，佯裝業務員。

「說明？說明什麼？難不成你在那個人家裡？」

「是的，我正在說明。」妳就不能配合一下嗎？

「幹麼？那麼裝模作樣的口氣。」

這個女人眞遲鈍，現在根本不是說這種事的時候——鈴木斜眼偷瞄沙發上的槿，槿卻不見蹤影。

同時，背後響起「我去叫健太郎」的話聲。頓時，雞皮疙瘩爬滿全身，鈴木轉過脖子，槿的臉就在他正後方。鈴木完全沒察覺他走近。槿一臉平靜，指著二樓。鈴木背後的寒毛直豎。他是什麼時候站到身後的？

鈴木一顫一顫地點頭，臉頰抽動著，目送槿離開房間後，把嘴巴湊近話筒。

「我正在跟他談。先放過我吧。」鈴木按捺住怒吼的衝動，悄聲說道。

「都怪你自己不好，慢吞吞的。」比與子口氣倒是高傲得很。「告訴我你在哪裡。」

「他們平安無事吧？」

「他們？」

「後座的年輕人。」那對品行和腦袋看起來都不怎麼好的男女；表情和那個學生——那個品行不良，但該做的時候還是會做的木匠之子——神似的年輕人。

「當然沒事。」鈴木覺得她的承諾聽起來很可疑。「殺了他們對公司也沒好處嘛。可是你再不說出地點，他們可就不一定平安無事了。」

「所以，我——」鈴木加強語氣，急促地說：「我還不確定那個人是不是凶手，雖然成功進到對方家中，但是他有家人，我提出要求想當他兒子的家教。」鈴木留意著入口，一口氣說完。

槿會不會突然在背後現身，一把推倒自己？對著電話說明時，恐懼掠過心頭。他情不自禁地覺得，儘管這裡是電車不會行經的住宿區，自己人在屋內，還是可能出現一台為了輾死自己而來的電車，加速朝他衝過來。車頭撞破了水泥牆和木材，從粉碎的玄關猛衝過來的景象，歷歷浮現眼前。就像一匹馬邊長嘶邊抬起前腳一樣，車頭浮在半空中，猛撲上來。駕駛座沒有任何人，細長的、四方形的列車即將把我輾碎——儘管這裡根本沒有軌道。

「你白痴啊？」

「咦？」

「當什麼家教啊？」

「就是……爲了接近他啊。」鈴木吞吞吐吐地回答。「我覺得這是個好方法。」

「我不曉得你的話有多少眞實性，你眞的覺得那種方法可以摸清他的底細？」

「那如果我說推手有個可愛的小孩，妳會相信嗎？」

「當然，再怎麼壞的人也會有妻兒，連寺原都有兒子了。」

那個名字再度讓太陽穴的脈搏跳動起來。「總之，我會確認他是不是凶手，不會花太多時間的，可以再等我一會兒嗎？」他不能說出目的是爲了拖延時間。

「我可以等，可是寺原已經暴跳如雷了唷，他動用了很多人手。總之，你動作快點，要是一不留神，你搞不好也會被殺掉唷。」

「咦？」

「要是那個男人眞的是推手，他絕不會讓來歷不明的人進到自己家裡，你不認爲嗎？何況還雇用對方當兒子的家教，這絕對不可能。眞是那樣，那傢伙不是少根筋，就是看穿了一切，準備玩弄你再解決掉。冷靜想想，後者的可能性比較大吧？」

鈴木一時間無法回答，腦中亂成一團。

「喂，你在聽嗎？」

沒在聽，因爲他聽見有人接近的腳步聲和談話聲。鈴木一驚，慌忙轉身背對門口，壓低聲音說：「我晚點再打給妳。」掛斷了電話。

「講完了嗎？」槿走進客廳。

鈴木掩飾僵硬的表情，點點頭。

「正好，內人剛好回來了。」槿朝玄關伸手，說：「這是內人和我家老二。」

鈴木無法判斷是否該繼續扮演家庭教師，只是他也不知道如果不想演下去，又該如何收場？

眩暈在計程車裡發生時，鯨皺著臉心想：在這種地方發作嗎？看來亡靈不計較時間、場所，沒有規律，也不知道客氣。

鯨靠在後座椅背上，不經意地望著車窗，頭像是被人搖晃般感到震動，剛開始他以爲是計程車行經顚簸的路面，但是胃部的痙攣讓他立刻知道不是。鯨感覺太陽穴揪緊，眼底作痛，只好閉上眼睛。

「大白天就搭計程車，眞奢侈呢。」

駕駛座傳來說話聲，鯨抬起頭來，他和司機在後照鏡裡四目相接。

正確來說，那不是司機。鯨上車時，握著方向盤的是一個操東北腔、戴眼鏡、頭髮凌亂的中年男子，但是鯨現在看到的卻是個年約四十歲的長髮女子，容貌優雅。「好久不見了。」

鯨沒有回答，再次望向窗外。

小巧的綠色沖印店被拋在後頭，招牌旁設置了一個圓型時鐘，雖然看不清楚，但從指針的位置大略判斷得出還不到正午。

車子一駛上往東京車站方向的國道，立刻就碰到塞車，像水管中的水突然變成黏土狀動彈不得，車流停止了。

雨應該停了，但可能是有水自行道樹上滴落，水滴濺到車窗上，不斷踩著煞車的前方車輛煞車燈鮮紅地亮起，遠方空中盤旋的雲朵逐漸稀薄而散開。「快放晴了呢。」女子輕柔地說：「可以問你一件事嗎？我為什麼非死不可呢？我不過是在私立大學事務室工作的一介小職員而已。」

那女人，三年前，鯨逼她從大樓頂樓跳樓自殺。他忘了委託人是任職於哪一個政府機關的官員，只記得對方外表穩重，是透過親交的政客介紹，聯絡上鯨的。

「為什麼我會被殺呢？」

「是妳自己要死的。」不知不覺間，鯨做出回答。他無法判斷自己是把話說出口了，或只在腦中回應而已。

她溫柔地微笑著：「推托之詞。我的確是自己跳下去的，但那是被你逼的，就像被迫殉情一樣，那是強迫自殺。」

「有人覺得妳礙事。」鯨從委託人那裡聽說了梗概，理由很普通，那名官員和妻子以外的女人——就是這名在私立大學工作的長髮女性交往，但是某天，他發現自己與這名女子做愛的次數竟然比妻子更多，頓時害怕起來。「不是以年計，而是總計起來，比內人還要多。」他打從心底震驚，接著恐懼妻子與女人的立場會不會就此顛倒。

「就算這樣，也用不著殺人吧？」

「誰叫妳失去理智，纏著他不放。」

「是那個人不好。」

「無論什麼時候，不好的總是『那個人』。」

車流依然停滯，或許是感到不耐，前方的車子按起喇叭，像對吠叫起了反應的狗，其他車子也開始按喇叭。前方的四輪驅動車的煞車燈熄滅，車子緩慢地移動，鯨搭乘的計程車也開始前進，但是司機的模樣依舊如故，還是那個女人。

「不說這個，我在想，你真的要去飯店嗎？」頻頻瞄著後照鏡的她睫毛很長。「打電話來的那個議員，是叫梶來著？感覺不能信任。」

「比『那個人』更不能信任？」

「他們半斤八兩。」

約莫一個小時前，鯨接到梶打來的電話。

「昨天的事嗎？」鯨想起在飯店上吊自殺的祕書。梶用一種近乎不自然的磊落態度說：「那件事甭提了，反正都已經過去了。」然後開口：「接下來，我想拜託你另一件事。」

「很奇怪不是嗎？」駕駛座的女人用右手掩口笑了。「明明昨天還嚇成那副德行，今天卻裝出一副沒事的模樣。」

「裝出？」

「不是裝的還會是什麼？那個議員心裡其實怕得要命。」女人的輪廓愈來愈鮮明，鯨對此感到疑問與焦躁，亡靈或幽靈身影應該更稀薄、更曖昧模糊吧？難道他們就沒有身爲亡靈的節操嗎？

「不就只是那個疑神疑鬼先生滿意我的表現，委託新的工作，如此而已。」

「你其實也覺得很可疑吧？總不會眞的把他當成常客了？昨天他不是還憂心忡忡地說『你不會說出去吧？』那種人不可能到了今天就跑來說什麼『我要委託你新工作』。與其說是態度改變，不如說是變了一個人。很不對勁吧？」

「這就是政治家的作風。」

「你要依他說的去高塔飯店嗎？很危險唷。」

梶的委託如下：下午一點過後，在東京車站旁的高塔飯店大廳見面。

「去做什麼？」鯨問道。「我想和你商量下一個工作。」鯨回說：「在電話裡說不就行了？」結果梶半咆哮地說：「不直接見面很難說明！這事很複雜的！」鯨知道，人生氣的時候往往也是感到恐懼的時候。被人毆打、嘲笑、閒言閒語、看穿技倆、欺騙，這些行爲都會引發人對自身安全的不安，換句話說，會激發人的恐懼。人們因此發怒。

鯨答應在飯店見面，相反地，他叮嚀梶：「你一定要親自來。無論什麼理由，如果你沒露面，我會當作你騙了我。」

「如果是這樣，你會怎麼做？」

「我會去找你。」住址總有方法查到。就算是梶，也沒有繼續追問「你找我做什麼」。

「我知道了，我當然會去。」梶說話的尾音微微顫抖著。

「要自殺的對象是誰？」

「我的祕書。」

「你的祕書不是昨晚上吊了？」

「是另一個祕書。」

「有那麼多祕書，光靠祕書的選票就能當選了吧。」

「總之，」梶說：「就照昨天的方法做。你幫了我大忙。」

接著他詳細說明那個祕書的姓名、年齡、住址和家庭成員。

「那一定是騙人的，連續兩天都有祕書自殺，不可能不被懷疑嘛。就算再怎麼愚蠢、膽小的政客也不會做到那種地步吧。這是陷阱。」

這我也發現了。

「他想陷害你。」

這我也發現了。

「你被看扁了。」

這我也發現了。接著鯨想到，這女人是自己創造出來的幻覺，想的事當然也一樣。

國道總算順暢多了，車流動了起來，計程車開上快車道時，鯨感到一陣輕微的頭痛，他用手按住太陽穴，閉上眼皮，忍受痛楚。

「先生，你還好嗎？」聽到問話，他睜開眼睛，駕駛座上坐著男人。對方倒映在後照鏡的眼神僵直，就像在窺伺毒蟲的背影一般，戰戰兢兢的。

「我說了什麼嗎？」

「欸……，是啊……」司機面露豫色。

「我說了什麼？」

男子想要開口，躊躇著，然後用一種「既然被問，逼不得已」的痛苦表情，說：「什麼殺啊，自己去死……之類的。」

「是嗎？」鯨氣憤地回答。和亡靈對話的自己，想必被司機當成瘋子吧，不過就算如此，又怎麼樣呢？

「其他還說了什麼嗎？」

「其他……」司機似乎猶豫著該說不該說，考慮了很長一段時間，其間屢次張開了嘴卻沒有出聲，像金魚似地一開一闔。「客人還說了『常客』。」司機說。

## 蟬

岩西指示的時間是下午一點。蟬從距岩西的大樓最近的車站搭乘地下鐵，這班車雖然不會在東京車站停車，不過只要在附近車站下車就行了。蟬知道高塔飯店的所在，他估計應該可以提早抵達。

守時就是守身。

蟬想起岩西常引用的話，陷入憂鬱。他被一種錯覺擄獲，懷疑自己的動作和思考、從摸鼻子的習慣到老掉牙的冷笑話，是否全都是岩西的複製？騙人的吧？那個岩西只會耍嘴皮子，工作不都是我完成的嗎？根本不可能有這回事——蟬這麼告訴自己。對吧？對吧？就算問了，也不會得到任何回答。愈想愈徒增焦慮，他甚至認真想要確認自己身上有沒有纏著繩子。

出了地鐵，蟬本想直接走去東京車站，卻在中途繞到家電量販店，沒什麼特別目的，只是期待如果待在吵雜的地方，被噪音包圍，是否就能不去想無謂的事。他穿過店內的顧客，走到裡面，店裡有手扶梯，他在旁邊停下，那裡陳列著用燈油做燃料的電暖器，他想到自己的房間沒有暖器，目不轉睛地盯著看。

「在找電暖器嗎？」回過神時，店員來到了身邊。那是尖鼻高個子的男人，比起在電器行工作，似乎更適合到餐廳開紅酒拔木塞。

「沒有，看看而已。」蟬望向擁擠的店內。明明生意這麼好，何必在乎我這種顧客？蟬感到不可思議。

「哦，這樣啊。」店員堆在眼角和嘴邊的笑紋瞬間消失，面無表情地撇向一邊，嗤了一聲。

「喂，你！」蟬急忙抓住店員的手臂。「你剛才嗤了一聲對吧？」

走在一旁的一對男女聽到這句話，睜大了眼睛，不過還是繼續走過。

「什麼？」店員沒有一點內疚的樣子，一臉愛理不理地回過頭來。

「我說，你剛才嗤了一聲對吧？」

「我沒有啊。」但是他的眼睛彷彿在說：我是有說，那又怎樣？

「因爲我年輕，你瞧不起我是吧？」

「才沒有。」店員或許是對自己的腕力有自信，臉上的表情強勢，像在說想打架就來吧。仔細一看，他的胸膛厚實，手臂也很粗壯，比起在餐廳拔酒瓶塞，似乎更適合到高級酒店當保鏢。

「你該道歉才對吧？」蟬事不關己似地說。

「是客人誤會了。」

蟬右手伸進口袋裡，抓住刀柄，有一股衝動想把刀尖插進店員嘴裡，刺穿他的臉頰，不過還是隱忍下來。儘管忍耐下來，卻煩躁難耐，爲了壓抑焦躁，蟬往店門口走去。他下定決心，要是那店員再強詞奪理，或是追上前來，他一定會毫不猶豫地拿刀刺穿他。然而，似乎沒有那樣的跡象。

外頭是手機賣場，熱鬧非常，從年輕人到中年男性，都各自物色著輕薄短小的電話機型。身穿白色制服的女子拿著麥克風介紹新產品，說明那隻手機功能有多強大、多方便。一旁的廣告旗上寫著「手機連結了全世界」，那未必是誇大其詞。

抵抗神明的唯一方法，就是不生小孩；蟬想起某本小說中有這麼一句話。現在不同了，抵抗神明的唯一方法，就是不帶手機。

售貨員滔滔不絕地說明手機附帶的相機性能有多好。明明沒有想買的意思，蟬卻混進人群中聽了一會兒才離開。

他穿過十字路口，經過倒閉的壽司店，鑽進小巷。那是一條被灰泥牆壁建築物包圍的小徑，是通往東京車站的捷徑。

與其說是路，稱爲縫隙或許更貼切，很不好走。他想起十幾歲的時候，學校老師說：「愈是捷徑，愈困難重重唷。」當時蟬這麼回答：「哪有這回事。走捷徑當然輕鬆多了。」

現在他的想法還是沒變。

腳邊散落著空罐、雜誌和色情傳單，蟬避開塑膠垃圾筒和廢棄冷氣機往前走去，約莫前進了二十公尺，他聽見有人說「此路不通。」是一個低沉而粗魯的男聲。

有三個男人，兩個穿西裝的男人面對一個蹲著的男人站著，開口的是站著的男人之一。他的肩膀很寬，留著一頭像運動選手的短髮。「回去。」他對著蟬揮手，動作像是在趕一隻狗。你自己才是狗咧，留那什麼頭髮，活像一隻柴犬——蟬在內心咒罵，繼續前進。

一眼就可以看出眼前的狀況絕不尋常。

西裝二人組手裡抓著拳頭大的石頭，外表三十出頭，雖然穿著西裝，臉上卻傷疤累累，充滿危險的氛圍；蹲著的男人雙手被綁在背後，嘴巴被膠帶封住。

「喂，小鬼，快滾回去！」另一個男人也開口恐嚇。

蟬一陣火大，不識相地問說：「你們在幹嘛？」

「不干你的事，滾開！」這名男子留著長髮，鼻梁低矮，一張圓臉，手上戴著像是拳擊手套的東西，穿西裝的腰上纏了一條鎖鏈，像是要代替腰帶。簡直像橫綱（註）身上綁的繩

註：相撲選手的最高位階。會被授與由白麻編成、垂掛有注連繩的粗繩，穿戴於飾裙之上。

子呢——蟬想，隨即轉念——哦，原來如此，就像土佐犬（註）嘛。站在前面的是柴犬，後面的是土佐犬，原來如此啊。蟬擅自這麼認定。

「兩條狗合力欺負一個大人啊？」蟬用下巴指指蹲著的男人。男人眼睛紅腫，頭髮凌亂，頭頂有些部位頭髮特別稀薄，搞不好是遭人用力扯下頭髮造成的。

「什麼狗？」柴犬皺起眉頭。

噢噢，那種表情，看起來更像柴犬了。蟬差點被感動了。

「你也想吃點苦頭嗎？」土佐犬的嘴巴嚼動著，像是在嚼口香糖。

「這是那個吧？私刑？」蟬聳聳肩，問。

柴犬跟土佐犬聽了既沒動怒，也沒有上前來揪住蟬。「我們沒閒工夫理你這種小鬼。喂，你要過就快過，不過別多嘴啊。」他們說了這些，便不再理會蟬，再次轉向男人。

此時蟬才注意到，眼前發生的一切並不是尋常的打架或爭執，是「工作」啊。看著那兩人無所謂的側臉和公式化的動作，他明白了，他們正在「工作」。

「你差不多也該招了吧？」柴犬蹲下，輕輕拍打男人的臉頰。男人被膠帶封住嘴巴，眼眶含淚，搖了搖頭。

「你知道推手的下落吧？」土佐犬抬起腳作勢要踢男人的頭，鞋尖在男人的耳邊停住。

推手？不曾聽聞的字眼正要穿過蟬的耳膜，卻在途中卡住了。「推手是什麼玩意兒？」

說出口他才想到自己在意的理由，是「推」這個字卡在蟬的腦袋，他想起岩西一小時前說的話。「寺原的兒子搞不好是被人推的。」

「喂，你們剛才說的推手是什麼意思？」

「你怎麼還在啊？快滾！」土佐犬繃著臉。「就算是小鬼，該死的時候也是會死的。」

「不告訴我推手是什麼的傢伙，八成，也會死。」蟬發出的聲音比自己意識到的更加迫切，對此，他相當意外。

柴犬與土佐犬對望了一眼，進行了一場無言的交談，最後似乎達成共識不理會眼前的瘋小鬼，他們無視於蟬，視線轉回男人身上。「你啊，再不快說，寺原先生他們可要來嘍。能在我們這一關解決的話，算你好運唷！」

聽到寺原這個名字，蟬差點叫了出來。中大獎了！

柴犬再次蹲下，他伸手撕開男人嘴上的膠帶，一口氣向左扯下。男人發出慘叫，張開嘴巴，鮮血從嘴角湧出。他接連吐出一些碎片，剛開始蟬以為是小石子，但是馬上看出是啤酒瓶碎片，沾了血。剛才男人嘴裡八成被塞進了破酒瓶。

---

註：產於日本高知縣的犬種，體格壯碩，性格凶猛，常作鬥犬。此外，土佐鬥犬比賽比照相撲，優勝的狗亦被稱為橫綱，授予相同的飾繩。

男人吐出分不清是話語還是喘息的回應。「我不知道……」他噴出唾液和血水拚命解釋：「我眞的不知道什麼推手……」

「吃了這麼多苦頭都不說，他應該沒說謊。」土佐犬轉向柴犬。「怎麼樣？」

「可是現在不過才折斷了手指、扭斷腳趾、捏碎耳垂、割破嘴巴，才剛熱身而已耶。」柴犬屈指計算。「噯，不過看他的樣子，好像已經差不多了。」

「沒錯、沒錯。」男人點頭哀求。「我眞的不知道。」

「喂，你們說的推手是什麼啦？」蟬焦急地靠近男人們，一個米店的塑膠袋纏在他腳上，啪沙啪沙作響。

「你怎麼還在啊！」柴犬跟土佐犬同時開口，逼近蟬。「煩死人了！」

「推手是誰啊？」蟬更往前踏出一步。

「跟你沒關係。」

「不會是那個吧？跟寺原的笨兒子被車撞的事有關嗎？」蟬一說，柴犬跟土佐犬瞬間臉色大變，土佐犬的眉間和太陽穴抽動著。「你知道什麼？」不曉得什麼時候拿出來的，他的右手拿著折疊式小刀。

要拿刀子跟我互幹唷？這傢伙強嗎？蟬感到些微的興奮。

土佐犬一步、兩步地踏過來。蟬把握他「嘶」地吸氣的時機，配合他的呼吸。刀子刺了過來，蟬不慌不忙應對，男人的動作不慢，但也不快。我看得一清二楚啦——蟬甚至還有閒情逸致嘲笑他。

蟬後退一步，身體向左回轉，閃開刀尖。土佐犬收不回勁道，往前撲倒，接著立刻重整姿勢，重心移到後方，蟬抓準了這個時機。若是撲空，人當然會縮回身子，蟬的右手順勢揮向對方的腹部，手掌在衝突的瞬間握成拳頭，配合腰部的轉動揮過去。

接著蟬將左手的刀子向前揮去，閃爍的刀尖在空中劃出扇形。

他瞄準土佐犬的臉刺進右臉頰，也許是抵到了牙齒，刀子在途中停了下來，蟬立刻抽回刀子。土佐犬睜圓了眼睛，手上的刀子掉了下來。太不像話了，一點都不強嘛！蟬甚至感到幻滅。

「可惡！」土佐犬瞪大眼睛，摸著臉頰，望著沾了血的手。你現在可沒工夫摸臉啦！蟬向左移動，刀子換到右手，對方呆站在原地，蟬屈身鑽到土佐犬腳邊，右手用力一揮，刀子穿過皮鞋，插進右腳趾甲。刀子穿透鞋皮刺進皮膚，插進骨頭的觸感傳到手腕，刺穿沒肉的腳趾甲總給人一種奇妙的觸感，教人興奮。

土佐犬發出不成聲的慘叫；柴犬慌了手腳，目前的局面想必讓他摸不著頭緒吧。

蟬抽回刀子，心想太麻煩了，乾脆三個人都殺掉好了。柴犬、土佐犬，還有蹲伏在地上的男人。但是，此時他注意到一件更重要的事——時間。

他彎起左手，確認手表，不到十分鐘就下午一點了。慌忙中他跑了出去，這種時候抱腳呻吟的土佐犬、狼狽不堪的柴犬、泫然欲泣的男人全都無關緊要了。

工作遲到了！完蛋了，又要被岩西嘮叨了！蟬加快腳步，然而過了一會兒，他突然停下腳步。仔細想想，遲到又有什麼大不了的呢？

## 鈴木

「哎呀，你好。」從玄關進來的女子開朗地向鈴木打招呼。她看起來很年輕，完全不像家庭主婦，就像個快活的大學生，要是槿沒有向他介紹「這是內人」，他一定想像不到。

槿介紹鈴木，說明他來訪的經緯，她聽了露出極爲吃驚的表情。「我叫小菫。」她自我介紹後，興奮地說：「他很少會招待來客呢，嚇了我一跳。」這樣的她看上去更像女大學生了。

小菫戴著黑框眼鏡，給人知性的感覺，短髮染成褐色。

鈴木不曉得該如何應對，無法立刻接話。

小菫腳邊黏著一個小男孩，像要躲起來似地站在她身後。

「那個小的是次男。」槿說。「他叫孝次郎。」

他或許是害羞，又像是從巢穴裡偷窺世界的小動物，右手抱著一本類似相簿的東西。

「初次見面，你好。」鈴木生硬地鞠躬後，小男孩又神祕兮兮地掩起臉來。

「不過說到家教，」小菫一面思索一面說道：「我家健太郎還是小學生，好像稍嫌早了一些呢。」

「嗯，您說得也沒錯。」鈴木隨聲附和。坐在沙發上的槿立刻開口：「業務員這麼輕易放棄好嗎？」

鈴木慌忙回頭，望向槿。他的聲音與其是在激勵業務員，更像是看透了鈴木的演技，識破了這場騙局。他再次化身爲湖泊，表情有如平靜的湖面。鈴木直直地注視槿的臉，卻看不出所以然，就像想揣測湖水的眞心卻只是徒勞，感到無力。

「可是，也有人說啊，」鈴木急忙找話，在腦袋裡的倉庫翻箱倒櫃，把能用的素材一一挖出。「念書的習慣，應該從小培養。」就連當老師的時候，他都不曾說過這種鬼話。

健太郎走近孝次郎，問他：「還好吧？」

「醫生說只是感冒而已。喏，孝次郎？」小堇對著像隻無尾熊般抱著自己大腿的少年說。

不曉得是因爲有陌生客人在場，還是一向如此，孝次郎的聲音小得像睡著時的呼吸聲，有氣無力地說：「感冒了。」點了點頭。

「醫生很可怕吧？」健太郎問，像在展現做哥哥的風範。

孝次郎聽了把右手湊到嘴邊，像在講悄悄話似地低聲說：「嗯，很可怕。」然後接著說：「可是，媽媽買了貼紙給我。」

爲什麼要用這種故作神祕的方式說話呢？鈴木看不出理由，不過這似乎是孝次郎講話的習慣。

「是哦。」健太郎答道，然後一把搶過孝次郎挾在腋下的本子，不理會弟弟的抗議聲，翻開，然後一副做哥哥的口氣說：「你蒐集很多了嘛。」

鈴木也看過去，打開的是一本貼著一排一排昆蟲貼紙的蒐集本，上面貼了各式昆蟲貼紙，色彩豔毒，有些蟲的翅膀花紋教人毛骨聳然。

鈴木想到那可能是零食附送的贈品，同時也感到訝異，這年頭還有沉迷於蒐集昆蟲貼紙的少年啊。

「今天拿到了甲蟲唷。」孝次郎的聲音雖小，卻聽得出有幾分自豪，他指著哥哥翻開那頁的最右上角。

「這就是甲蟲？好酷啊！」健太郎興奮的模樣讓人分不出是感嘆還是驚訝。鈴木也望過去，大吃一驚。那是一隻綠色的、有如樹木尖刺的蟲子，姿態非常怪異。雖然不能說不可愛，外表卻讓人忍不住懷疑「這眞的是蟲？」令他啞口無言。

人類這種生物，很像蟲。

他想起這麼說的教授。不，不管怎麼看，蟲子都跟人類不一樣，根本一點也不像。

看來，孝次郎寶貝似地抱著的，似乎是貼紙專用的蒐集冊。

「喏，大哥哥，你會做什麼？」健太郎仰望著鈴木。

「咦？」

「家教能做什麼呢？」

「做什麼……？」根據發問的時機不同，這個問題其實很嚴肅。鈴木苦笑著，像是有人詰問自己：說說看，你這個人究竟能爲這世上留下什麼功績？

「我先說，」健太郎明白地宣言。「我很討厭念書唷。」

小菫笑了出來，槿則面不改色。

「對了，親愛的。」小菫出聲，她對著槿的側臉說：「我後天不是要去京都出差嗎？」

「有這回事嗎？」槿側了側頭。

「如果鈴木先生能照顧健太郎他們，實在幫了大忙呢。」

鈴木望向小菫。這不正是意料之外的搭救之聲嗎？他忍不住期待起來，手握得更緊了。

「但是，」槿站了起來，伸展著背脊。「這與其說是家庭教師，更像是保姆的工作不是嗎？」

靜謐的聲音像要滲入體內似的，但是鈴木不能就此敗下陣來。「不，這也無妨。」他間不容髮地回答。「當然上課也很重要，但是孩子還小的時候，也應該重視書本以外的教育才對。」他隨便掰了一些迎合的話。「廣義來說，家庭教師跟保姆是一樣的。」兩者差得可遠了。

「咦，意思是大哥哥要陪我玩嗎？」健太郎出聲問道。

「你很高興嗎？」槿望向健太郎，瞇著眼睛的他與其說在看親兒子，更像是在觀察動物，眼神冷漠。

「因爲爸爸都不陪我玩嘛。」健太郎像在挑剔長官的失策。「大哥哥會陪我玩吧？」說完，他像吟誦不熟練的咒文似地接著說：「你看起來像個濫好人。」

現在不是因爲被說成濫好人而動怒的時候，鈴木姑且點頭附和：「是啊，我也能陪健太郎玩遊戲。」他加強語氣說。

「你會踢足球嗎？」

「足球也行。」他雙手抱胸，嗯、嗯地點著頭。「高中時，我可是以國立（註）爲目標的。」

「國立跟足球有關係嗎？」

「說有的話是有啦。」說沒有的話就沒有嗎？

「哦……」

於是，健太郎露出一種像要發表世界和平宣言的認眞神情，用斬釘截鐵的口氣說了：

註：指國立競技場。國立競技場是日本高中足球的聖地，地位就如同甲子園之於高中棒球。

「爸爸，你最好雇用這個大哥哥唷。」

聽到「雇用」這個詞從小學生嘴裡說出來，鈴木有些狼狽；即使如此，健太郎的話無疑是一計強心針。

「如何呢？就當做試用期吧。」鈴木繼續遊說。「就像剛才說的，夫人出遠門的那幾天，就當做試用期，雇用我看看如何？」他揣度討價還價的分寸。

槿雙手環胸正在考慮，小堇出聲問話：「要不要試試看呢？」等待判決的鈴木嚥下了口中的唾液。

「那，」發言的是健太郎。「大哥哥，我們出去玩吧，去踢足球。這段期間就讓爸爸他們去討論，看是要雇用大哥哥，還是開除你。」

「呃，你們都還沒雇我，也談不上什麼開除不開除的……」鈴木開口訂正，但健太郎不理會，拉著他的手。「走嘛，走嘛！」說著大步走向玄關。「孝次郎也一起來吧。」

孝次郎聽了又把手湊近嘴邊，一副在講祕密的模樣。「我不去了。」他說：「我感冒。」

「沒關係，大哥哥走吧！」健太郎硬是要拖走鈴木，看鈴木要拿大衣，就說：「踢足球用不著那個啦，放著就好。」

鈴木束手無策，只好帶了手機離開房間，在玄關穿鞋。

自己應該是來查出推手的眞面目，事情怎麼會變成這樣呢？鈴木微微甩頭，覺得事態的發展很沒有眞實感。這是誰準備的鬧劇嗎？他不禁提出疑問。到底是怎麼一回事？不過，也只能做了啊。妳說得沒錯——嗎？

走出玄關一看，雨已經停了，天空出現晴朗的藍天，像是太陽的眼睛在發光，陽光從雲間射出。馬路上車痕的積水、大門磚牆表面的一顆顆雨滴，彷彿在轉眼間就會蒸發而去。

「走吧。」健太郎從庭園抱來足球，拉扯鈴木的袖子，伸出右手指示。「附近有河岸，去那裡吧！」

兩人走在住宅區，並列的房屋外觀大同小異，像是以混淆訪問者爲目的，毫無個性可言。

穿過這個平凡無奇的城鎮，走了一會兒，抵達了河岸，距離並不遠。這個足球場排水良好，地面幾乎全乾了，因爲鋪上了沙子，不會濺起泥濘，也設置了球門。並沒有看見其他遊客。

兩人間隔了約二十公尺，互相傳球了好一陣子。

一開始先瞄準對方的腳邊，慢慢地把球踢過去，像把球推出去一般，輕踢。漸漸地，兩人踢球的力道增強，球在地上彈跳著，他們開始朝左右方踢去，做些變化。

健太郎的足球踢得很好。不管是用腳內側踢球，還是用腳尖射門，都有模有樣。而且出腳相當謹慎，做爲重心的腳尖總是朝著正確的方向，技巧相當熟練。

踏穩地面，移動重心，扭轉身體，咬緊牙關，抬腳。

健太郎接住球的同時用力回踢，球偏右側滾來，不過感覺上是刻意瞄準鈴木可以勉強接住的位置，鈴木伸長右腳，好不容易停住球。

既然對方有那個意思——鈴木也把球踢向健太郎的右側。不動作快點就來不及囉！鈴木在心中催促著，激勵著。而健太郎的動作比想像中迅速，他小跑步趕向球，直接踢了回來。

眞狂妄。鈴木接到球，照樣直接把球踢回去。

他漸漸忘記對手只是個小學生，不管往哪裡踢去，健太郎一定會確實地把球踢回來，鈴木認眞起來，不知不覺間加強了腳上的力道。

這樣下去太沒面子了，鈴木焦慮起來。什麼面子？身爲大人的面子？以國立爲目標的足球選手的面子？抑或身爲家教的面子？自己明明就是冒牌貨。

他感覺腦中出現了一個空洞，也沒有心力胡思亂想了，腦中只想著要怎麼把球踢到哪裡，健太郎才會佩服我？這樣的自己，實在可笑。

活動身體眞是不錯，這是人類最原始的喜悅，而原始也就代表著根源。他想。

每當把球傳給健太郎，腦中比與子的聲音似乎也變得更小，他逐漸忘去寺原長男被車撞死的淒慘景象，壓在胸口的重量消失了。也再也聽不見那句威脅：「你要是再不說，那對男女就死定了。」咦，那對男女是在說誰？鈴木用左腳內側接住了傳球。

「會感到不安、氣憤，是很動物性的情緒。」他想起亡妻的話。她繼續說：「而追究原因、尋找解決方法，或爲此憂心忡忡，則是人類獨有的情感。」

「妳的意思是人類因此而偉大？還是想說人類很沒用？」鈴木反問。

「如果你問動物『你爲什麼活了下來』，牠們絕對會這麼回答你：『恰好如此罷了。』」換句話說，她或許是想表示千方百計、費盡心機地玩弄技倆，是人類的缺點。的確，踢球時，有種問題已經快要解決的錯覺——儘管事實上毫無進展。

腳尖觸碰到球的感覺，像是用手緊緊抓住球一般，踢出去的球就像延著軌道般飛了出去，儘管球已經離腳，還是覺得飛出去的球是自己身體的一部分。球畫出的平緩拋物線，就像從體內發射出去的箭矢，準確地貼在對方腳上，被接住了。

此時，推手跟比與子的事都無關緊要了，鈴木沉迷於踢球與接球，陷入放空狀態。好舒服，一種恍惚感在全身擴散開來。

休息休息！直到健太郎大喊之前，鈴木完全聽不見周遭的聲音，連戒指從無名指上脫落了都沒發現。

戒指不見了！糟糕！鈴木臉色蒼白，慌忙望向腳邊。

「該不會弄丟了吧？」他好像聽見了亡妻的指責，立刻在心中回答：「怎麼可能？」我怎麼可能弄丟呢？

亡妻總是害怕自己被遺忘。

平日不管遇到什麼事，她總是表現得豁達大度，不管是電費調漲、曬好的棉被因午後雷陣雨被淋溼、還是鈴木失去了擔任教師的自信，她總是笑著說：「沒關係，沒什麼大不了的。」然而她偶爾卻會不經意地透露：「會不會有一天，大家全忘了有我這個人呢？畢竟沒有我存在過的證據嘛。」即使她口吻故作輕鬆，還用裝模作樣的詠嘆調說，鈴木知道那其實是她內心的不安之聲。

現在想起來，「膝下無子」或許也是原因之一吧。鈴木記得她曾好幾次這麼說：「如果有孩子，我的孩子會記住我吧，而那個孩子的孩子會記得那孩子的事，這樣我就永遠不會被遺忘了。」

「不要緊的。妳不會那麼容易被忘記的。」鈴木這麼回答，她舉了一個可笑的例子：「可是，誰都不記得滾石樂團裡有布萊安・瓊斯（註一）這個人不是嗎？」

「大家都記得吧。」鈴木立刻接口。

「騙人，你又沒有證據。」

「不是有唱片跟CD嗎？」鈴木原想補充說明布萊安・瓊斯也曾出現在高達的電影（註二）裡，雖然影片中的他看起來很落寞。

「是嗎？」她誇張地提出質疑。「才沒有人會記得布萊安·瓊斯是滾石的成員呢。又沒有證據。」

「不，只是妳自己不記得而已。」

雖然不曉得她有多認眞看待這件事，不過她確實一直擔心被遺忘。

「這樣做就好啦。」剛好在她過世兩個月前，鈴木曾如此提議。當時他苦思該如何爲妻子打氣，結果靈光一閃，想出辦法。這個提議很普通、很單純，不過正因如此，也很有說服力。他秀出左手的無名指，說：「這個戒指，每當我看到戒指，就會想起妳。就這麼決定吧。這樣一來，不就很難忘記妳了嗎？」

「『很難』忘記是什麼意思？應該說『絕不會』忘記才對吧？」她好笑地反駁。

「世上沒有絕對這回事吧？」

「那是你努力不夠。」她指著鈴木。「你要努力，絕不忘記我。」

「我很努力啊。」

註一：布萊安·瓊斯（Brian Jones，一九四二～一九六九）爲早期滾石樂團領軍人，是一位音樂鬼才。後因沉迷毒品酒色，於一九六九年退團，一個月後溺斃於家中泳池。

註二：指高達一九六八年以滾石樂團爲主題拍攝的半紀錄片《一加一》（One Plus One）。

「胡說，每次都是我比較努力。不管是打掃還是準備三餐，都是我在做，加班一定也是我加得比較多吧？」

「我們討論的不是這種努力吧？」

「還有，」她繼續彎著手指說：「替支持的棒球隊加油也是我比較努力，做愛的時候一定也是我比較努力，也是我努力發現好吃的蛋糕店的。」她一口氣列舉了一大串，像在誇耀自己有多努力，簡直就像發動努力的波狀攻擊。

鈴木被她的氣勢折服，心想：「妳這麼聒躁，我怎麼可能忘記妳呢？」事後想想，那或許是她掩飾難爲情的方法。

要是弄丟戒指就糟了，可能是踢球的時候弄丟的，他湊近地面想像戒指落下的軌道，睜大眼睛趴在地上。

幸好在一公尺外的地方發現了戒指。鈴木撿起戒指拍掉泥土，戴在無名指上。你眞的記得我吧？亡妻彷彿瞪視著自己。當然記得啊，就是因爲記得，才遇上這種麻煩事嘛。

健太郎運著球走過來，兩人一起坐在長椅上。「大哥哥很厲害嘛。」健太郎喘著氣仰望鈴木。

「你也很厲害啊。在學校也踢球嗎？」

健太郎俯視著腳邊，嘔氣似地嘟起嘴巴。

「沒有嗎？」鈴木追問。

「嗯。」健太郎搖搖頭。「還好。」

「可是你踢得這麼好。」

「就是嘛！」

這不是奉承也不是安慰，像他踢得這麼好，社團活動時想必也能出盡鋒頭。眞可惜——正當鈴木想這麼說時突然恍然大悟，該不會與父親的職業是推手有關吧？想當然，推手不能引人注目。錯不了的。換言之，這也意味著他們不能長期定居在同一個地區吧。

「你們常常搬家吧？」他試探著。

健太郎目不轉睛地盯著鈴木，他張開小嘴想說什麼，最後卻還是癟起嘴。鈴木想，應該是父母叮嚀過他不能告訴別人吧。

「不過，大哥哥的足球眞的踢得好棒。」健太郎開心地說。

「不只是個濫好人而已吧？」

「嗯。」健太郎就像一隻認定主人的狗，被升格當家貓的野貓，眼睛閃閃發光的。

「欸、欸，那你也知道ＰＫ吧？ＰＫ是什麼意思？英文我不太懂說。」

「啊。」這個問題讓鈴木發出驚呼，又想起了亡妻。「你知道ＰＫ是什麼字的縮寫嗎？」有一天，她這麼問鈴木。「或許有一天孩子會這麼問自己，先知道比較好。」她的不安怎麼看都操之過急。

「這其實不是英文單字，而是由兩個字的第一個字母組成的。」鈴木向健太郎解釋，就像哄騙亡妻的時候。「所謂ＰＫ，就是各取小熊維尼的第一個字母。（註）」這說明雖然荒誕無稽，但鈴木覺得很適合說給小朋友聽。「什麼嘛？」亡妻當時聽了很不服氣，直到鈴木解釋：「妳不覺得教小孩罰則的意義也沒意思嗎？」她才接受。

「咦？」聽到意料之外的解答，健太郎吃了一驚，但隨即嘟起了嘴巴：「少蠢了。」他的發音全無抑揚頓挫，就像在念外來語一般。

「因爲全世界第一個進行ＰＫ賽的就是小熊維尼。那時候，擔任守門員的就是那隻老虎——叫什麼名字我忘了，就是跳來跳去很吵的那隻。」

「跳跳虎？」

「對，就是他。」

「少蠢了。」健太郎又說了一次。

總覺得——鈴木不禁想笑著向亡妻報告——好像在陪自己的孩子玩啊。如果我們有孩子，就是這種感覺吧。

「少蠢了。」鈴木模仿健太郎的發音說。

# 鯨

在高塔飯店的對側，隔著中央分隔島的對向馬路，鯨在人行道下了車。他爬上天橋樓梯，穿過天橋，盡頭處與飯店的二樓入口相連。

四十層樓高的飯店，若不仰起頭看，無法掌握全貌。紅磚色的外觀古色古香，但是仔細觀察，可以看出那是經過人爲加工。明明就算扔著不管，也遲早有一天會舊，鯨實在不認爲刻意營造陳舊的外觀有什麼意義，就跟老成的年輕人、匆忙度日的青年一樣，同樣愚蠢。或許，是人都想早死吧？

鯨通過自動門，搭上手扶梯，眺望垂吊在挑高天花板的華麗水晶燈，抵達了寬廣的大廳。地毯透過腳底傳達它是高級品的證明，纖維很有彈性。

鯨先確認自動門的所在、樓梯位置、電梯間、客人的人數與行動，將資訊輸入腦中，在大廳的沙發坐下。

註：日文中，小熊維尼的譯名爲「Pooh」（小熊維尼的英文爲「Winnie the Pooh」），而熊的日文發音爲kuma，因此首字母是ＰＫ。

看向手表，下午一點十五分，梶還沒現身。鯨交叉雙腿，從皮外套裡取出文庫本，看著書頁。一瞬間，俄國青年憂煩的世界擴展開來，他用眼睛追逐著文字，文字所構築的世界覆蓋、包圍住自己。

「你來了啊。」約莫十分鐘後，一個聲音響起。鯨抬起頭，眼前站著一個小個子的男人；一頭白髮，眉間刻著皺紋，鬍鬚像剛用漿糊黏上去似的，十分不自然，就跟電視上看到的一樣——鯨想。虛張聲勢的威嚴，讓人感覺不到一絲深度，膚淺的男人。鯨闔上文庫本收進外套，他一站起身，梶便反射性地後退，眼睛一顫一顫地抽動，試圖掩飾自己的恐懼。如果他不是被鯨人如其名的龐大身軀震懾，就是心懷鬼胎，難掩心虛。

「是後者。」

「什麼？」聽到鯨突然冒出這句話，梶面露詫異之色。

「沒事。」鯨說。「話說回來，才過了一天，又有新工作了嗎？」

「換個地方吧，這地方耳目太多，要是被誰看見我跟你在一起，不好交代。」

「不交代不就行了。」

「政治家總是被要求交代一切。」

「但是你們提出過任何令人信服的解釋嗎？」鯨差點脫口而出。你們才不是交代，是打馬虎眼。「只要告訴我祕書的名字、照片，還有人在那裡，那就夠了。根本沒必要見面。」

「事情很複雜的。你不懂。」梶朝電梯走去，鯨尾隨著。「他是想設計你唷。」亡靈的聲音又掠過腦海。「你被看扁嘍。」

我知道。那又怎麼樣？

梶領頭進入的房間非常寬敞，二十四樓的二四〇九號房，衣櫃很大，房間中央的雙人床也很壯觀，鏡子前擺了一張長桌，陳列著化妝品。整體清潔得若是有政治人物帶女人進來享樂，不得不抗議：「對骯髒的我而言，這裡太乾淨了。」

窗邊放了一張圓桌和沙發，鯨在那裡坐下。而梶遲遲不坐下，站著環顧室內。

「怎麼了？」鯨出聲問道。

「沒事。」梶只答了這麼一句，便轉過身子，突然折回入口。他想做什麼？鯨也追了上去。梶打開通道上的門，鯨從他身後探看，只見洗臉台和便器，以玻璃隔間的浴室。換氣扇似乎打開了，聽得見螺旋葉片旋轉的響聲。梶似乎被倒映在洗臉台鏡子上的自己嚇了一跳，關上了門。

「你鬼鬼祟祟地做什麼？」身後的鯨低聲一問，梶露出一籌莫展的表情，就算聽到國民流落街頭，他也不會這麼苦惱吧。

武器嗎？還是人？哪一種？鯨推想著。會把他帶進房間的理由，一定是兩者之一。室內暗藏了手槍或利刃，或是安眠藥之類的藥物，梶打算用武器與鯨對抗；或是安排了刺客。

「談談工作吧。」鯨佯裝不知情，回到窗邊。總算開始露臉的陽光射入窗內。「給我對方的資料，我馬上辦。」

「算不上什麼資料，」梶說，打開自己的黑皮包。皮包顏色飽合、富有光澤，一看即知價值不菲。他取出一張紙，遞給鯨，是履歷表。上面貼有一張照片，填寫資料的筆跡很女性化。「紙張很舊了呢。」用漿糊黏貼的照片都快剝落了。

「在我的祕書裡，算是元老級的了。」

「你要殺掉老班底？」

「不是殺掉，是對方自己去死。不是嗎？」梶流暢地說，態度卻顯得不自然。鯨目不轉睛地凝視著梶的眼睛，瞪視他，因爲人的思考會反映在眼球上。

忽地，鯨唐突地想起自己十幾歲的時候，打工地方的老闆眼神。那個老闆總是盛氣凌人，把人踩在腳下，是個鼻翼肥厚長相下流的中年人，他把鯨當成笨蛋，瞧不起他，而當時老闆眼中浮現的輕侮神色，現在在梶的眼底也看得見。眼前的議員說穿了也跟那個醜陋老闆半斤八兩，毫不足取，害蟲一隻。

「借個廁所。」鯨說，走向通道。「或許會花點時間，坐著等吧。」他對梶說。也許是不習慣受指使，梶愣了一下。

鯨打開門，走進浴室，光滑的淡粉色馬桶就在面前，上方有架子擺放浴巾，鯨拿起一旁的浴袍。

他抽出腰帶，雙手試著拉扯兩端，夠牢固，牢固得足以套成繩環，穿過人的脖子，勒住頸動脈，吊死對方。

鯨在鏡中看見自己的模樣，白髮間雜的短髮，寬額上有一道淡淡的橫紋，細長的眼睛，寬闊的鼻子，眞是個表情匱乏的男人——鯨像是在看著別人。

需要遺書嗎？鯨向自己確認。有必要讓梶寫遺書嗎？不用了，選舉前有資深議員自殺，想必是頭條新聞，應該也不會有人起疑。畢竟能讓一個老奸巨猾、膽小怕事的議員自殺的理由，不勝枚舉。

鯨拿著浴袍的腰帶，回到房間。

他看見梶慌忙切掉按在耳上的手機。

「講電話？」

「打不通。」梶表情悲傷地說。

「你雇了誰？」鯨一面逼近，一面質問。

「你在說什麼？」

「你雇了人想收拾我對吧？沒想到你依約把我誘來這裡，那傢伙卻沒出現？」

「你在說什麼?」

「眞同情你。」

「你在說什麼?」

「你找我爲你工作，然而工作結束，你卻無法信任我，又委託了別人來收拾我。就是這麼回事吧?不過萬一成功了，你也無法信任那個人，結果又開始了新的苦惱。不是嗎?你得永遠不斷地委託下一個人。的確，這個國家有一億以上的人口，你也許一直找得到人幫你殺人。可是，這個做法並不高明。」

「你是指我很笨嗎?」這時，梶終於顯露他的不快。

「你對不安很敏感。」說得好像你一點都不笨的樣子。

「你要說什麼?」

「有個簡單的解決之道。」鯨說，向前逼近。

梶挺直背脊，太陽穴抽動著，仰望著鯨。此時，他的瞳孔彷彿放大了，眼睛顏色出現變化，鯨的話吸引住他，他的呼吸頻率逐漸配合鯨的呼吸。「簡單的解決之道，是什麼?」懇求似地，他的聲調變了。

「死了，不就一了百了。」

「笨蛋……」

「說得好像你一點都不笨的樣子。」這次，鯨說出口了。

「我死了又能怎麼樣？」

「你擔心的事全都會消失。」鯨語氣不帶強迫，淡淡地說。梶全身僵硬，像是面對催眠師時刻意抵抗，認爲自己絕不會被催眠。然而，不久他的肩膀垮了下來，像是瘧疾痊癒一般，表情舒暢。

太簡單了。每個人其實都想死。就像現在。就是現在。眼前的梶崩潰似地靠坐在沙發上，或許是因爲緊張和恐懼而全身無力。

「我要拉上窗簾了。」

鯨像平時工作時一樣，進行該做的步驟，然後，做了。

# 蟬

蟬抵達東京車站，穿過像洪水般鋪天蓋地而來的人潮，前往八重洲口。他不是要搭電車，而是要穿越過去。好幾個抱著大堆行李的年輕人從眼前通過，實在礙事。這些人幹嘛偏要從我面前經過呢？——他莫名氣憤，差點掏出刀子。他望向車站內的時鐘，下午一點二十分，遲到二十分鐘了。

他本想乾脆就這樣爽約，讓委託人氣死算了。他想惹「梶議員」不高興，好看岩西驚慌失措的模樣取樂。「蟬，看你幹了什麼好事！」然後對著臉色大變的岩西，丟下一句「那你開除我啊」，或許蠻有趣的。

然而最後他還是決定赴約，說是職業道德或許好聽，說穿了是他根本沒有怠忽工作的決心。

這次的工作並不複雜，委託人梶議員和某人約了一點鐘在飯店大廳見面，他本希望蟬能當場刺殺對方，但是岩西不得不拒絕這項提議。這是當然的，大廳來來往往的人太多了。「能不能約到房間或是別的地方？」岩西這麼交涉著。

「那，我只要進去房間就行了？」聽到蟬這麼問，岩西搞笑地說：「電影裡不是常演嗎？殺手假裝客房服務，進到房間，打開餐點蓋，結果裡頭擺了一把手槍。」

「那根本行不通好嗎？一進到房間，得先下手爲強，一定得速戰速決才行，懂不懂？」

「隨你愛怎麼做。」

「我要怎麼進去房間？」

「對方希望你先埋伏在房間裡。」

「埋伏？」

「議員說他不想和對方獨處，希望立刻把事情解決。」

「好怕和對方獨處唷——這種話只有可愛女孩才有資格說。」

「現在哪裡還有可愛女孩啊？你見過嗎？」

「沒見過。可是有些東西就算沒見過，還是存在。」

「例如什麼？」

「旅鴿之類的。」

「那不是絕種了嗎？早就沒有了啦。總之，政治家也有資格說『不敢和對方獨處』這種話。」

「是、是。」蟬用手指掏著耳朵，「反正他們不管說什麼都對。」

「那家飯店每個房間都會準備兩份鑰匙，是卡片鎖，你先到櫃台領卡片，先躲進房間。」

「都跟你說了，我不喜歡偷偷摸摸的。」

「蟬不是都會在地底躲上七年嗎？」

「那不是躲，是等待時機。」

「隨你怎麼做都好，總之就是殺掉走進房裡的目標就是了。別搞錯對象哦，你要殺的是一個大塊頭的男人，留鬍鬚的矮個子是梶議員，千萬別弄錯啦。」岩西告訴他房間號碼。

「那個大塊頭是幹什麼的？」

「這跟你的工作有關係嗎？還是說你對付不了壯漢？」

「沒那種事。」蟬加重語氣說。「大塊頭大多都是紙老虎。我只是想多知道一點情報嘛。」

「我也不知道啊。那種事不重要，聽好了，要是這次能贏得梶議員的信賴，好處多多唷。好好幹啊。」

「想贏得信賴，就別失手——是吧？」蟬故意用一種像是引經據典的語氣回答。

不出所料，岩西欲言又止、遲疑片刻，然後試探地問：「難道這是傑克．克里斯賓說的嗎？」口氣裡透著不安，沒想到竟然有他不知道的情報。

「對啊。」蟬說謊。

「這、這樣啊……」

這傢伙真的受傑克．克里斯賓影響很深呢，蟬不得不佩服，同時怨恨地想：那個音樂家幹嘛不說「要對年輕夥伴慷慨解囊」呢？

全家出遊的乘客陸續從京葉線月台湧了過來，抱著一堆印著戴白手套老鼠的袋子，儘管妨礙通行，蟬卻能寬容以待。那隻老鼠我倒是不討厭，蟬心想。

抵達高塔飯店時，已經下午一點三十分。

蟬踩著纖維富有彈性的地毯走向櫃台，他覺得一旁並排的三個門房不屑地瞪著自己，心裡升起一陣不快。

梶現在一定在房裡焦急萬分地想著：怎麼還沒來？這麼一想，蟬愉快起來。和自己想殺的對象在房裡獨處，想必正因話不投機而冷汗直流吧。噯，雖然他可能會生氣，但只要自己好好完成工作，他也不會有怨言吧。搞不好他會這麼說：「害我提心吊膽這麼久，不過順利進行實在太好了，」再微笑著說：「政治家偶爾也需要刺激呢。」甚至要和蟬握手。晚一點到達，對方才會更感激他。

他對櫃台最左邊的男人報出二四〇九號房，對方馬上遞出鑰匙，眼底浮現一種「你這種小鬼到這裡幹嘛？」的輕蔑與侮慢，蟬板起了臉孔。

他拿著像是銀行匯款卡的鑰匙走向電梯，電梯門正好打開，他走進去立刻按下「關」的按鈕，催促地不斷敲打著按鈕，執拗，又慌張。

電梯很快就停下，讓人不禁懷疑真的到達二十四樓了嗎？走出電梯，瞥了一眼正面的客房位置圖，朝右方走去，在二四〇九號房前站定。他左右掃視確認四周沒人，沒有房客也不見服務人員。蟬想，要是庫柏力克（註）的電影，現在早就血流成河了。他右手伸進大衣口袋摸著刀子。對了，忘了帶替換的衣服！事到臨頭他才發現這點，焦躁與羞恥心同時滲入肌膚，怎麼搞的，用刀殺人很容易濺得滿身是血，平常執行任務時他都會穿著可以隨時丟棄的衣服，今天卻忘了準備。蟬不明白，他不覺得自己心情鬆懈，也沒有特別心浮氣躁，卻忘了準備衣物。

噯，無所謂。他打起精神。別讓血流出來就行了，不然把大衣處理掉就好了。他看看手表，已經過了約定時間這件事是錯不了的。

蟬用左手把鑰匙插進門把底下的平坦縫隙，迅速抽出，小燈點亮，發出金屬卡榫打開的聲響。蟬在腦中模擬接下來的動作：進入房間，確認對象，是大塊頭的男人，接近目標，動手，就這樣。

蟬右手拿刀，左手握門把，再用身體撞開門，衝進房裡。

室內有人，看起來很高，蟬當下判斷：就是這傢伙，是大塊頭。他腳底一蹬，衝向房間中央，刀尖向前，扭動身體，揮刀。

蟬停下腳步。

他發現自己瞄準的對手不是大塊頭的男人。

對方因爲懸在半空中，乍看之下塊頭很大。一條毛巾繩掛在天花板的換氣孔上，男人的脖子就套在上面，懸在空中。

咦？蟬用鞋抵住地面緊急煞車，放下持刀的手。這是怎麼一回事？

留鬍子的男人口吐白沫，上吊了，身體像個燈塔一般旋轉著。他腳下那攤水，應該是斷氣前失禁造成的吧。髒死了，都滲進地毯了！一股汗水與廚餘混合般的臭味撲鼻而來。

蟬茫然佇立，垂下肩膀，心想，該不會因爲自己遲到，梶這傢伙意氣消沉，索性上吊自殺吧。要真這樣，還真是對不起他了。

註：庫柏力克（Stanley Kubrick，一九二八～一九九九）出生於美國紐約的電影導演，執導過《奇愛博士》、《二〇〇一年太空漫遊》、《發條橘子》等著名電影。主題多爲犯罪和暴力，具反體制傾向。

## 鈴木

一進家門，健太郎就把足球扔到庭院去。「用過的東西要物歸原處。」鈴木不假思索地說，這也是亡妻最常提醒鈴木的話。健太郎不情願地停下腳步，鬧脾氣似地噘著嘴，把球擺到架子上。「誰知道原本放哪裡嘛。」嘴裡嘟噥著藉口，走進屋裡。「球擺在哪裡還不都是球。」鈴木聽著他的話，懷念地想道：我也曾經這麼跟亡妻抗辯過呢。

走進玄關的水泥地，一股獨特的起司香味飄進了鼻子，鈴木有一種幸福的感覺。起司與奶油的獨特臭味與人工味道不同，混合了豐潤與不安定，讓人體認到自然萬物都會腐爛的事實，和汗水或唾液的味道近似，誇張一點說，讓人感受到生命力。

「是義大利麵！」健太郎高聲說道，急忙脫掉鞋子。「我媽煮的義大利麵很好吃唷。大哥哥也留下來吃吧！」他的口氣像是國王准許客人留宿一般。鈴木突然想到無關緊要的小事，自己小時候好像還沒有「義大利麵」這種說法呢。剛才踢球的河岸，雖說排水良好，但是鞋子還是沾到了泥土。鈴木走出玄關，在外面撣掉泥土，注視著不斷掉落的土塊和緊緊黏附在鞋底的污泥。

像是算準時機似地，口袋裡的手機響了。憤恨與焦躁、恐怖接踵襲來，是比與子打來的。鈴木離開玄關，邊走回大門邊接電話。太頻繁了，異樣的電話頻率反映出他們的焦急與僵局。鈴木留意敞開著的玄關，把話筒湊近耳朵。

「怎麼樣了？」她又這麼問。

「沒有怎麼樣。」

「你人在哪裡？」

「我還不確定。」我還沒弄清楚那個男人是不是推手，直到剛才，他都在跟那人的兒子踢足球，不可能有什麼進展。

「你在磨蹭什麼啊？」

花了點時間踢球。「我想用迂迴戰術。」鈴木回想著當國中老師的時代，回答。他曾經好幾次想從學生那裡獲得情報，直截了當地詢問，卻以失敗告終。必須拐彎抹角，從外側開始打探，得慢慢地兜圈子才行。

「又不是攻城，什麼迂迴戰術。我們已經等不下去了。」

「我已經竭盡全力了。」

「已經死兩個社員了唷。」

「咦？」這種事可以像閒聊般順便提到地說出來嗎？

「他們動作拖拖拉拉的，所以十分鐘前被寺原一槍斃了。」

「爲什麼？」

「員工不賣命工作，老闆生氣啦。」

哪有這種公司！鈴木想頂回去，還是打消了念頭。正因爲有這種公司，鈴木才會站在這裡，陷入妻子被殺、發誓復仇、追查推手的境地。

鈴木在腦中盤算，設想自己的立場、比與子和寺原的狀況，迅速分析情勢。他們正在找鈴木，但是還沒找到人，或許此刻正氣得跳腳，氣得牙癢癢的，除了用手機與鈴木聯絡之外別無他法。「要是我現在逃走，會怎麼樣？」

「逃走？什麼意思？」

「我只是突然想到，如果我現在逃走，或許還有救也說不定。你們又不曉得我在哪裡。」

「我們知道你家在哪裡。」她背誦出鈴木公寓的地址。

「我也許不會回去了。」

「你以爲事情這樣就算了？」比與子的聲音緊張起來。

「我不認爲，可是你們不可能找得到我。」

「你不可能逃得掉的！」比與子放大嗓門，威脅道：「你逃不掉的！再說那種話，那對男女就沒命了唷。你也會嘗到苦頭，生不如死。」

生不如死的事早就已經發生了。鈴木冷靜得連自己都無法想像，心中的冷酷令人聯想到冰冷的湯匙。妻子死了，被一個輕浮自私的年輕人殺死了，那就是生不如死的慘劇。

「總之，快去問那個男人是不是推手，趕快回來不就得了？」比與子恢復了輕佻的口氣。

「我要掛電話了。」鈴木不耐煩起來，粗魯回道。和比與子之間的聯繫，現階段只有電話，只要阻斷這條線，就得以暫時解脫。「我在他家外面，正要回去。」

槿雙腿交叉坐在沙發上翻看雜誌，完全沒有抬頭看鈴木。

「很好玩唷！」健太郎高聲說道。「大哥哥球踢得很好。」接著像是有事走進了隔壁的和室。

「那很好呀。」槿的聲音聽來像是知悉世上根本沒有任何好事。

鈴木手足無措地在客廳和飯廳之間徘徊，煩惱該在沙發坐下好，還是向健太郎求援：「你可以幫我說幾句好話嗎？」

回過神來，發現孝次郎就站在腳邊，鈴木倒抽了一口氣。雖然不至於眞的跳起來，但著實嚇了一跳。孝次郎晃動著柔細的髮絲，抬起頭，小聲地說：「坐下來吧？」

「啊，好。」鈴木趁機在槿對面的沙發坐下。「感冒怎麼樣了？」他問。

「感冒？」孝次郎一瞬間露出詫異的表情，卻馬上換個嚴肅的表情縮縮下巴，小聲地說：「不要緊，我盡量努力。」

這實在不像是一個小孩會說的話，鈴木忍不住笑了，同時想起亡妻說過「你努力不夠」的話。剛才和比與子交談而緊繃的腦袋，彷彿解開繩索似地鬆弛下來。「這樣啊，你在努力呀。」

「喏，」孝次郎身高幾乎和坐著的鈴木視線同高，像是直接在鈴木耳邊呢喃似地，「你會教什麼？」他的聲音沙啞。

「教什麼……」說實話，他覺得自己沒有任何能夠教給小孩子的事。

「爸爸什麼都不肯教我。」孝次郎瞄了瞄槿的臉，「所以，教我一些東西吧。」他的眼睛充滿對知識的好奇，熠熠生輝。

「我代替你爸爸教你？」

孝次郎這一說，鈴木感覺自己彷彿變成了他們的父親，眞是不可思議。而且這種感覺還不賴。他彷彿聽見亡妻揶揄他的聲音：「你啊，性子急，又愛一廂情願。」

他看看時鐘，下午近兩點。「好香的味道呢。」

槿用那種看透一切的眼神，目不轉睛地盯著鈴木。「遲來的午餐，好像是義大利麵，要吃嗎？」

霎時，複雜的情緒交錯。讓我上餐桌，表示已經接納我了嗎？或者他只是在試探我而已？鈴木煩惱不已，問道：「可以嗎？」

「分量應該夠，內人做菜最大的優點，就是量多。」槿面無表情地說，眼睛盯著手中的雜誌。

「沒錯，這就是量產型義大利麵。」傳來小堇的聲音，鈴木轉向左邊，她已經站在那兒，雙手捧著盛義大利麵的盤子。

鈴木畢恭畢敬地接過盤子。不曉得是不是聞到了香味，健太郎蹦蹦跳跳地再度登場，拿來叉子，孝次郎則跟在健太郎後面轉來轉去。

「我也可以一起吃嗎？」鈴木確認，小堇快活地點頭：「不用客氣。」清脆的語調明朗輕快。

擺好義大利麵後，全員就位，動起叉子。戈貢左拉起司（註）的氣味像蒸氣般飄蕩在屋內。「真好吃。」鈴木老實地稱讚。「我就說吧。」健太郎自豪地拉長語尾，望向一旁的孝次郎，問：「你在做什麼？」

孝次郎打開了昆蟲貼紙的蒐集冊，看到色澤詭異的甲蟲和露出豔毒腹部的蝶類幼蟲，鈴

註：戈貢左拉起司（Gorgonzola），產自義大利，爲世界三大藍黴乳酪之一，口感刺激，奶香濃郁。

木不由得想拜託他：「吃飯的時候可不可以不要看？」

孝次郎把盤子挪到一旁，拿著原子筆對著明信片，一副要舔上明信片表面似地，臉湊得很近。

「你在做什麼？」鈴木一問，孝次郎倏地抬頭，露出認眞的神情說：「我要抽甲蟲。」

「寄十張重複的貼紙過去，就可以抽甲蟲。很稀有、很噁心的那種。」小董爲鈴木說明。

一樣是那種蟲子摩擦翅膀般的細聲。

「長戟大兜蟲。」孝次郎還是用呢喃的聲音說，接著轉向明信片，指著筆記本的背面看了鈴木一眼，問：「這字怎麼念？」看樣子似乎是明信片的收件地址，上面寫著「黑塚企畫贈品發送中心」，公司名稱很可疑。鈴木讀出地址：「東京都文京區焉岡。」

「東——京——都——」孝次郎複誦的語氣很認眞，握著原子筆寫字的模樣很可愛。

「文——京——區——」他接著念。字雖然寫得歪七扭八，但鈴木覺得傳達出了他的熱切期望。

「鈴木先生，如何？你可以照顧我們家的小朋友嗎？」小董用手指擦拭沾在嘴角的醬汁，笑著問。「還附贈噁心的蟲子唷。」她開玩笑似地接著說。

「呃……」鈴木沒有自信，也不打算虛張聲勢，曖昧地應和著。也許是聽到了他心虛的回應，槿「吁」地嘆了一口氣，可能是覺得鈴木太沒出息，看不下去。

「欸欸欸，孝次郎，你知道ＰＫ是什麼意思嗎？」健太郎問孝次郎。他把手按在明信片上，妨礙孝次郎寫地址的工程。

「什麼意思？」孝次郎一臉認眞地望著哥哥。

「就是小熊維尼啊。「Pooh」跟「熊」（註）兩個字，加起來就是ＰＫ。大哥哥教我的，很無聊對不對？」

可能是聽不懂話裡的意思，孝次郎一臉茫然地看著哥哥。小菫禮貌性地輕聲一笑。

「當然，我還會教你們很多事。」鈴木刻意強調。

「那那那，大哥哥，你吃過那個嗎？」健太郎突然改變話題。鈴木搞不懂爲什麼「那那那」後面會接著食物的話題。「就是那種老鼠吃的起司啊，卡通裡不是常出現嗎？開洞的那種，三角形的。」他拚命地用手比出起司的形狀。「那個看起來好像很好吃，你吃過嗎？」

「咦？」意外的問題讓鈴木怔住了。

「問爸爸，他也不理我們。哪裡有賣那種起司呢？」

可能是看多了卡通和漫畫，想像力也變豐富了吧。鈴木姑且撒了個謊：「那種起司眞的

註：日文的「熊」發音爲kuma。

很美味唷。」

健太郎跟孝次郎互望，露出「果然如此」的表情。「那種起司果然好吃呢。」他們又接二連三問著「土撥鼠會戴墨鏡對吧？」「長毛象的肉可以生吃嗎？」這一類不曉得到底有幾分認眞的問題。

鈴木雖然無法據實以告，卻小心地以不敷衍的態度回答。他盡可能詳盡、連自己都覺得「眞心誠意」地應答著。

「那個好像也很好吃。」孝次郎用右手遮住嘴巴，壓低聲音說。

「什麼東西？」鈴木反問。爲了聽清楚他的聲音，大家都豎起了耳朵。

「聖伯納犬？」鈴木一面想像著救難犬的模樣一面回答。

孝次郎說：「在雪山迷路的時候，用來救人的狗。」

「對，對，那種大狗狗。」

「那不能吃啊。」

不是。孝次郎搖搖頭說：「不是狗狗，是牠脖子上的，木桶裡的。」

「威士忌？」鈴木搶先問道。

「對，就是那個。」

孝次郎嚴肅的口氣，讓鈴木和小堇笑了出來。槿雖然沉默，卻也瞇起了眼睛。健太郎嚷嚷著：「嗯，那個我也想喝喝看。」

趕往救難的聖伯納犬脖子上掛的木桶裡的酒也很吸引鈴木，那威士忌一定非常美味。

「不然遇難看看好了。」聽到孝次郎的低喃，鈴木等人都放聲笑了。

笑聲停止，才喘了口氣，一陣眩暈襲來。事態的發展毫無眞實感，這個過度平靜的餐桌，讓鈴木感到困惑。他實在很難想像身在如此和樂家庭中的槿，會從事「推手」這種陰險卑鄙的職業。而且自己竟然跟蹤這個「推手」，潛進這個家庭調查，也實在不像是發生在現實世界的事。到底要怎樣牽扯，才能把這個家庭跟寺原一行人連結在一起呢？

我到底是蹚進了哪一攤渾水？鈴木不安起來。

他轉動叉子，捲起麵條，看著蘑菇和香菇隨著叉子的旋轉與醬汁扭動在一起，鈴木陷入一種被吸入漩渦般、眼睜睜地墜入夢境的錯覺。

像漫畫似地，接二連三不同的情景浮現在腦海。

首先是許多輛車子，氣派的黑頭車一輛接一輛駛入住宅區，停在這棟房子前。

十來個穿西裝的男子下車，侵入庭院。有體格魁梧的，也有戴眼鏡的斯文年輕人，可能是寺原的部下，「千金」的員工吧。他們踏上屋子石階，打開玄關門。比與子就在這群人之中，她對男人下達指示。接著看見客廳桌子底下，健太郎蜷縮在那兒，而孝次郎就蹲在他旁邊，左右張望，小聲地問哥哥：「發生什麼事了？」兩人都很害怕，卻沒有正確理解到情勢有多絕望。廚房裡小董一臉慘白地僵立在原地，她站在瓦斯爐前，被兩名陌生男子拿槍抵著。她差點露出笑容，回過神來卻發現這場騷動並非玩笑或鬧劇，嘴角顫抖了起來。

接下來，場景換了。

這次是在幽暗的倉庫。兩個小孩遭人綁住手腳，倒在地上，小董尖叫拉扯著頭髮。鈴木知道她遭遇了什麼恐怖的事，是恐嚇與拷問。

「你還好吧？」槿的聲音讓鈴木回過神來。

他的叉子捲著麵條，送到下巴，就停止了動作。

健太郎說：「大哥哥好像突然沒電了哦。」他一開口，白醬飛沫就從口中噴出。

「突然想到一些事。」可不能老實說出正在想像你們遇害的情形。怎麼會突然想到這麼恐怖的事？那種情景簡直就像在預言未來，心臟怦怦跳個不停。

「想到什麼事？」健太郎不在乎地露出嘴裡的麵條，出聲問道。

「什麼事？」孝次郎也悄聲問。明信片已經快寫好了。

儘管沒有出聲，小董也用好奇的眼神望著鈴木。鈴木對她的第一印象——好奇心強的女大學生——還是沒變。

吃完了義大利麵，盤子裡的奶油醬讓鈴木戀戀不捨，可是又不能伸舌頭舔個一乾二淨，只好死心放下叉子。

「請問，」鈴木望向槿。要問的話就趁現在。也只能做了呀。妳說得沒錯。「槿先生是從事什麼工作呢？」

他捨棄拐彎抹角，選擇拿著長槍正面迎擊的作法。前一刻想像中的場面，讓鈴木慌了手腳，他覺得要是再這麼悠哉下去，那些不祥而駭人的場面，就要活生生地實現了。

鈴木眼睛一眨不眨地注視著槿，期待著槿的回答，就算他不回答，能看見他露出狼狽的模樣也好。

「工程師。」回答的是坐在鈴木旁邊的小堇，「好像叫系統工程師？我不太清楚，反正外子是這麼說的。」

「是嗎？」

「誰叫他都不告訴我他的工作內容嘛。」小堇聳了聳肩。

槿的表情完全沒有變化，既沒有特別緊張，也沒有鬆懈下來。

「這麼說，是那個嗎？跟電腦程式有關的？」

「嗯，那一類的。」怎麼樣，很可疑吧？槿的回答曖昧得就像在挑釁。

鈴木支吾著尋找接下來的台詞，要是這時能想出兩三個問題，測試他是不是真正的系統工程師就好了，但是他沒這個能耐。他倒吸了一口氣，屏住呼吸，思索片刻後，嘆了一口氣。

我到底想確認什麼呢？鈴木陷入苦思。想知道他是不是推手？或者想要他不是推手的證據？我想把他們交給「千金」嗎？還是想保護他們？又或者我只是想離開這裡？

「你知道蝗蟲嗎？」槿突然開口。

「咦？」被這麼出奇不意地一問，鈴木慌了手腳，他勉強動著腦筋，「蝗蟲……您是指昆蟲的？」

健太郎興致勃勃地探出身子，孝次郎則是對「昆蟲」這兩個字起了反應，或者是「蝗蟲」這兩個字太吸引他，急忙翻起蒐集冊來。

「這個人有時候會說些莫名奇妙的事。」小菫笑道。

「飛蝗。」

「是綠色的那種吧？」

「嗯，是啊。」槿靜靜地說。「不過，也有不是綠色的。」

「不是綠色的？」

「要是生長在同類密集的地方，就會變成一種叫『群生相』的狀態。」

「密集是指像『人口密度很高』嗎？」

「沒錯，『群生相』的飛蝗顏色黝黑，翅膀很長，而且很凶暴。」

「您是說黑色的蝗蟲？」

坐在對面的孝次郎指著攤開的蒐集冊，小聲的說：「這個。」用手指敲著印有土黃色蝗蟲的貼紙。「就是這個。」他用手遮住嘴巴悄聲告訴鈴木。

「同樣是飛蝗，也有許多不同的種類。如果成長在同伴眾多的地方，糧食會不足，所以飛翔能力會變強，好飛到別的地方覓食。」

「的確有可能。」鈴木知道昆蟲求生的戰略非常巧妙，這點工夫或變化的確很有可能發生。

「我認爲，」槿頓了一下，挪開眼前的餐盤，手肘放到桌上。他雙手交叉，直盯著鈴木。漆黑的眼睛像一道深井，深不見底，聽得見迴聲。「我認爲不只是蝗蟲。」

「什麼？」

「不管是什麼生物，只要群聚生活，形態就會逐漸改變。變得黝黑、急躁、殘暴。等到回過神來，已經變成了飛蝗。」

「殘暴的飛蝗嗎？」

「群生相會大批移動，蠶食各處作物，連同伴的屍體都吃。即使同樣是飛蝗，也已經和綠色飛蝗大不相同了。人類也一樣。」

「人類？」鈴木好像突然被點到名字。

「人類要是住在擁擠的地方，一樣會變得異常。」

「原來如此。」

「人類密集群居，尤其是通勤人潮和觀光勝地的塞車潮，簡直教人嘆爲觀止。」

先於意識之前，鈴木用力地點頭。他想起那位教授的話，脫口而出：「人類這種生物，與其說是哺乳類，倒不如說更近似昆蟲吧。」

「是啊，你說得沒錯。」

「你說得沒錯。」聽到人家這麼說，果然爽快。這種時候若是有人反問：「那企鵝也是蟲嗎？」的確教人不快。

「不管多綠的蝗蟲，也會變成黑色。蝗蟲能夠伸展翅膀，逃到遠方，但是人類不行，只會愈來愈凶暴。」

「你是指人類全都是群生相嗎？」

「尤其在都市。」槿的眼神銳利起來，但不是爲了威嚇鈴木。「想要平靜度日，極爲困難。」

堅定不搖地佇立在擁擠的人潮中，沉靜而頎長的樹木；鈴木腦海裡又浮現這個意象，同時感到一股強烈的疑慮在體內滋生。儘管兩人聊的是蝗蟲，但是聽起來反倒像是他在告白「我就是推手」。

槿的表情沒有變化，眼底卻像有一道光芒在試探鈴木。不，只要認定，在月亮上都能看見兔子，不能妄下斷語。只不過，他覺得對方像是拋下了一句暗示：剩下的，你自己想吧。

鈴木忍住吞口水的衝動，戰戰兢兢，彷彿此刻只要喉嚨稍微出聲，槿就會立刻現出推手的本性，對付自己。「你覺得人口減少，會變得比較平靜嗎？」鈴木發現自己問話的聲音很緊張。

「應該會吧。」槿立刻回答。

「你爲了讓飛蝗化的人類恢復原狀，想要減少人類的絕對數量，才把人推向汽車或電車前面吧？」鈴木很想追問下去，終究忍住了。

眼前的男人到底是何方神聖？鈴木面對著槿，暗自思索。推人，加以殺害；這稱不稱得上是一種職業都有待商確。然而，眼前這個男人確實給人一種奇妙、靜謐與詭異混合的壓迫感。這個男人是誰？假如他眞的推了寺原長男，我又該怎麼做？鈴木沒辦法繼續提問，他冒然闖入敵陣，卻失去了攻擊手段。鈴木低聲呻吟，除了呻吟，他無計可施。

過了一會兒，鈴木不經意望向一旁，看到孝次郎拿著他隨手擺在桌上的手機端詳，正用雙手按著按鍵。

啊！鈴木一驚，急忙搶過手機。要是孝次郎在操作時不小心接通比與子的電話，後果就不堪設想了。可能是動作過於粗魯，孝次郎嚇了一跳。

「這個很容易壞，不能亂摸。」鈴木含糊解釋，毫無說服力。

「騙人！」健太郎厲聲說道，還湊到弟弟耳邊悄聲說明：「那種口氣一定在騙人，一定是他不想讓其他人碰。」孝次郎用力點頭，一臉無趣地把注意轉回明信片，又開始念：

「東——京——都——，文——京——區——」

有一種像是被自己的孩子搞得焦頭爛額的感覺，鈴木望著兩名少年這麼想。這又有什麼關係呢？他覺得好像聽見了某人悠哉的回答。

回到公園，來到園內，水花自噴水池裡猛烈噴出，水珠在空中畫出優雅的弧線落進池子。倒映在水面的山毛櫸樹影受水滴衝擊而晃動，葉子落盡的乾枯枝椏映在水面，看來就像細密延伸的血管，這些血管震動的模樣看來也很奇妙。

噴泉倏地停止，像是若無其事地說「剛才的都是騙人的」，周圍變得平靜。雲朵四散，整個公園似乎變得明亮許多。

鯨身體前傾，走回自己的睡窩，同時想著一小時前和梶的對話。

「我爲什麼非自殺不可？」一開始面露憤慨與驚愕的梶，在與鯨交談的過程中，說話恢復條理，倒也通達事理。梶有三個女兒，鯨原打算在關鍵時刻抬出他的女兒威脅，或者取出手槍，說「不自殺就去死」；不過沒那個必要了。

「你騙了我嗎？」鯨逼問之下，梶三兩下就招認了：「其實，我雇了別人除去你。」「除去」這種說法太過時，鯨不禁皺起了眉頭。他暗自想，「鯨」不該被除掉，應該是被保護的生物才對。

「我和對方說好，要他埋伏在這個房間裡。」梶難過地說。

「眞同情你。」鯨只回了這麼一句。

之後梶急遽地失去生氣，變得孱弱不堪。

那個男人——鯨想，那個男人可能依稀察覺到自己正逐漸成爲政界無用的廢物、衰老的絆腳石，他似乎也在爲自己尋找台階，甚至有過要藉自己的死，在政界激起一番波瀾的浪漫情懷。

「我要以死喚醒世人。」他用高昂的語調自語，在桌前拿起鋼筆寫起冗長的遺書。「我可以預見讀完這段文章後，媒體感嘆不已的樣子。」他口沫橫飛地說著，或許他一直夢想能有這樣一個機會。沒多久，梶就寫完那封信。

「你是爲了什麼從政？」最後，鯨在梶站上椅子之後問他。

梶的表情已經變得朦朧，或者該說恍惚。他俯視著鯨說：「這還用說嗎？這世上有人不想當政治家的嗎？」

他的回答一如預期，鯨微微點了點頭。

鯨瞥了一眼梶痙攣的身體，拿起桌上的信，上頭矯揉造作地寫著「致太晚赴死的人們」，鯨感到一陣反感。

他離開房間，進了電梯。離開飯店前往東京車站途中，他撕掉信封，把信扔到百貨公司門口的垃圾桶。

「怎麼樣了？」背後傳來聲音，鯨停下腳步。他正站在帳篷與帳篷之間的十字路口。

鯨回頭，那裡站著一個戴鴨舌帽的男人，帽子上頭畫著放大鏡圖案、附帽簷。男人戴著眼鏡，臉頰消瘦得像被挖去了肉，既像是死期不遠的陰鬱老人，也像失去希望的悲觀青年。是田中。他右手拿著拐杖，身體歪斜地站著，或許是股關節的狀況惡化，姿勢很不自然。

「你去工作了，對吧？」他說話的聲音很流暢，鯨又混亂了，他分不出這是現實，還是幻覺。如果是幻覺，卻沒有伴隨眩暈。最重要的是，田中並不在鯨的被害者名單中。他不記得有這回事。「工作？」

「你的表情像是這麼說。早上你說的遺憾，已經解決了嗎？」

「不。」推手這個字眼閃過腦海，「不是那件事。」

「那麼，解決了別的麻煩嗎？總之，你看起來一臉舒暢。」

「是因爲梶的事吧。」

「火災的事嗎？」田中臉上露出複雜的表情，不確定到底聽懂了沒有。「趁早解開你的心結比較好唷，然後立刻引退，不然，這樣下去的話……」

「這樣下去的話？」

「你會變成死人。」

「像你一樣嗎？」

「咦？」

「你是活人嗎？」

「看不出來嗎？」

「看了就能知道嗎？」鯨加重語氣。

「你正被幻覺呑沒唷。」田中說。

「什麼？」

「不久以後，你的人生將遭到幻覺呑沒，你得留神點，否則會開始分不清哪邊才是現實。」

「早就開始了。」鯨差點脫口而出，卻還是忍住。

「幻覺是有徵兆的。例如走在路上，眼前的號誌怎麼閃都閃不停，不管怎麼走就是走不到樓梯盡頭。或是在車站看著駛過的電車，不管等多久，電車就是沒完全通過，當你納悶這列車怎麼這麼長時，你就危險了。這些全是幻覺的證據，號誌和電車容易成爲幻覺的指標，既是陷入幻覺的契機，也可能是醒來的信號。」

「也許每個人都身陷自己的幻覺，是吧？」

「有可能。」田中滿不在乎地回答。「對了，換個話題。」田中右手握拳按在左手掌上，說：「最近我讀到一本書，裡頭寫著：未來取決於神明的食譜。」他略顯害臊地說。

「未來？食譜？」

「總之，就是今後的事或許在我們身外就已經決定好了。在那本書中，稻草人會說話，它是這麼說的。」

「你是用什麼表情去讀那本稻草人會說話的書？」鯨不感興趣地說：「那只是虛構的世界，和我身處的此時此地，也就是現實世界無關。」

「哪邊是小說，哪邊是現實，只身處其中一邊的人是無法判斷的唷。不說這個，你的遺憾怎麼辦？」田中對他說。「未來已經決定好了，只要順其自然就行了。你今天完成了一項工作，或許這就是一個契機，就像河川緩緩流過一樣，事物總是連繫在一起的。」

「河川遲早會出海吧。」

「完成那個火災的工作時，你沒有得到下一個暗示嗎？」

「暗示？」鯨覺得像是聽了一場荒謬的演說，不耐煩起來，卻無法聽而不聞。

「就是新的線索啊。」

「哦。」鯨邊應著邊把手伸進大衣口袋，口袋裡放著在飯店抄下的一組電話號碼，是梶最後打的那通電話，鯨調查手機的通聯紀錄，抄了下來。這應該是梶委託的對象，派來刺殺鯨的殺手。為什麼要抄下這種東西，鯨自己也不明白，但是注意到這點時，他已經拿起了筆。

「這發展也寫在食譜裡了。」田中像是看透了一切說道。

「就算是這樣，」鯨瞪著對方。「會改變什麼嗎？」

對決呀。

田中說。鯨不確定他是否眞的說出口了。

從頭開始清算呀。

這句話聽起來也像是鯨自己說出的。

蟬煩惱著該如何告訴岩西。在飯店房間裡，脖子上套著繩索、以典型的上吊姿態左右擺盪的，無疑的就是那個姓梶的議員吧。「目標男子塊頭很大，留鬍子的矮個子是梶議員，千萬別弄錯啦。」他想起岩西的說明。那人塊頭不大，不可能是他。仔細想想，那人個子很矮，而且嘴邊的東西怎麼看都是鬍子。

蟬離開車站，本想搭地鐵，卻提不起勁，便在站前的百貨公司消磨了一會兒時間。他不想接到岩西的電話，聽他悠哉地問：「順利結束了嗎？」所以連手機也關了。

要獲得自由最簡單的方法，就是殺掉雙親；蟬想起某本小說裡這麼寫道。而現在不同了，想獲得自由，只要關掉手機就行了。單純，無聊得要命，沒有夢想。換句話說，自由不過是這種程度的東西。

這是你的失誤！他可以輕易想像得到岩西一定會朝他咆哮。「全都因爲你的遲到，事情才變成這樣！竟然遲到壞事，我哪有臉去向委託人報告！」

可是——蟬在想像中和岩西爭論。反正委託人都自殺了，也沒人可以聽報告了。「那不就沒問題了。」

「酬勞呢？應該拿到手的酬勞怎麼辦？你一點都不覺得有責任是吧？」

「爲什麼我該負責？」

「都是因爲你遲到啊！」

不用說，爭執一定會演變成這樣，而且過錯確實出在「遲到」的自己身上。時間就在咖啡店裡消磨、在商店街徘徊當中過去了。

「咦，蟬，你在這裡啊。」突然有人拍他的肩膀，蟬嚇了一跳轉過身。

「是桃啊。大冷天的，妳這什麼打扮？」

一個穿著分不清是內衣還是洋裝的衣服，體形肥胖的女子站在那裡，半透明的布料透出肌膚，雖然看得見隆起的豐滿乳房，卻不會讓人有性的遐想。

「我一直在找你耶，不對，找你的人是岩西。」她氣喘吁吁的，像久未運動的人難得運動一般，上氣不接下氣地說：「竟然在這種地方閒晃，你打算到我的店裡來嗎？」

「或許。」儘管自己沒有意識到，不過蟬的確是朝著商店街的方向走去。平常來到東京車站附近，他大多都會繞到「桃」那家色情雜誌店，以至於習慣性地朝那裡走來。

桃從外貌判斷不出年紀，半年前曾聽她說「又到了我的本命年啊」，但在蟬的眼裡，桃像二十四歲也像三十六歲，甚至像四十八歲。噯，總不可能是十二歲吧。

「岩西找我？他找我幹嘛？有事打電話不就得了？電話可是文明的利器耶，而且最近還可以隨身攜帶，他不曉得嗎？」

「我說啊，」桃板起臉，鼻子旁擠出皺紋，一下子老了許多。看她這樣子，應該也不是二十四歲吧。「你關掉手機電源了吧？」

「說得也是。」

「岩西剛才打電話來，那人實在很囉嗦。『蟬去妳那裡對吧？他的電話打不通，要是妳看到他，叫他馬上回電給我。』看他慌的，簡直就像聯絡不上馬子的男人。」

蟬頓時愁眉苦臉。煩死人了！因爲太煩了，全身突然癢了起來。「八成是因爲那傢伙自以爲把我操縱在手掌心，只要稍微聯絡不上，就大驚小怪。」

「你不是被他操控著嗎？」

「什麼！」桃簡直像對準了蟬最敏感的部位刺過來似地，讓蟬大吃一驚。

「你不是樂在其中嗎？」她慵懶地掀動嘴唇，看樣子，她剛才好像就是這麼說的。「被他操控」，是他聽錯了嗎？

「你啊，不保持聯絡怎麼行呢？這個世界可是靠情報組成的。城市啊，不是靠大廈、馬路或行人，而是情報構成的。你知道嗎？大概二十年前，美國大聯盟有個創下四成打擊率的白人選手。」

「我手上的棒球名鑑裡沒這個人。」

「他的打擊率之所以這麼高，是因爲他知道所有暗號，他請人從看台上用望遠鏡看到暗號，再告訴他。」

「所以呢？」

「能夠蒐集情報的人才能存活下來。」

「那不過是作弊罷了。」

「這個業界也一樣，情報就是武器。」

「『業界』啊，岩西也說了一樣的話。笑死人了！殺人這一行也有業界，那還得了。」

「你眞的很討厭岩西呢。」

「討厭！討厭死了！」

「芭蕉（註）的俳句裡不是有這麼一句？『寂靜啊，滲入岩石裡的蟬聲』。」

「那又怎樣？」

「岩西跟蟬，不都在這段俳句裡嗎？『岩西』裡的『蟬』聲。你們啊，不管嘴上怎麼抱怨，終歸是一掛的。」

「那只是冷笑話罷了。」蟬儘管不高興，還是聳聳肩問：「那，岩西說了什麼？」難道梶的屍體已經被人發現了？

「天曉得，大概是想確認你工作完成了沒吧。他猜你八成到我這兒來了。你啊，又不買書，卻老愛往我這兒跑呢。」

「關妳什麼事。總之，岩西那裡我會打電話啦。」蟬覺得麻煩，想要離開。「這麼說來，」他停下腳步。「妳最近有聽說寺原的事嗎？」

她皺起眉頭，明顯露出不快。「什麼聽說不聽說，搞得雞飛狗跳的，大家都被拖出來了。」

「大家指的是誰？」

「業界的大家。」

又是業界啊，蟬實在受夠了。「這麼說，剛才也有兩個怪傢伙在亂來。」蟬想起在小巷子裡持刀相向的男人，柴犬跟土佐犬。「推手是何方神聖啊？有人耍狠想問出他的下落呢。」

「就是他！」桃像要刺穿什麼似地狠狠戳出手指。「就是因爲那傢伙幹掉寺原的兒子，才鬧得滿城風雨，他就是萬惡的根源。」

「眞的有推手嗎？」

---

註：指松尾芭蕉（一六四四～一六九四）。日本江戶前期的俳人。他將原是市井小民吟詠的俳句昇華到藝術領域。

「我也不清楚，聽說他專門從背後暗算，推人一把，藉機殺掉對方。可惜有關他的傳聞太少了，我也很少聽說。」

「妳沒聽說過嗎？」桃竟然不知道，眞是稀奇。

「只有一些，不過沒有半點可用的情報。其實啊，我還以爲推手只是像都市傳說之類，信口胡謅的東西。」

「什麼意思？」

「譬如說，像你這種收錢殺人的人，他們搞砸任務時，常會說什麼『被推手搶先一步』、『被推手妨礙了』，拿推手當藉口，把過錯全部怪罪到捏造出來的推手身上。我是這麼看的啦。」

「不利的事，全推給全球暖化不就好了。」

「不然就是『不快點完成任務，會被推手搶先唷。』之類的警告。」

「就像『說謊就會被閻羅王拔掉舌頭』之類的嗎？」

「沒錯。」看她一臉嚴肅，蟬也不好意思出言諷刺。「總之，關於推手的線索非常少。別看我這家店小，可是打聽得到很多消息唷。」

「妳知道一個叫鯨的嗎？」蟬現學現賣，說出剛聽來的知識。

「那傢伙專門逼人自殺，很有名呢。」

「很有名嗎？」
「聽說個子很魁武，很危險，眞的像鯨魚一樣。我只有遠遠看過一次。」她說得像是親眼看過海裡的鯨魚一樣。
「寺原的兒子眞的是推手幹掉的嗎？」
「不曉得，現階段還只是謠傳，謠言要多少都有。寺原的兒子素行不良，想必到處招怨吧。」
「我想也是。」
「常聽說寺原的兒子偷襲別人，很多組織都氣得火冒三丈。」
「很有可能。」
「不過，寺原那邊好像有一個員工查到推手的下落了唷。」桃不假思索接著說：「只是那個員工不肯說出推手在哪裡。」
「什麼？」蟬眉間擠出皺紋。「把人揪出來，逼他招供不就得了？不是自己的員工嗎？沒想到寺原意外地不中用呢。」
「就算想揪他出來，也不曉得那員工人在哪裡，目前只能靠電話聯絡，還找不到人。要說爲什麼的話——」
「爲什麼？」

「東京太大啦。」

「眞意外。」

「加上最近電話又可以隨身帶著走。」

「眞令人吃驚。」蟬雖然嘴上這麼回答，卻感到納悶：那個員工何必把事情鬧得這麼麻煩呢？

「或許他是喜歡反抗上司的類型吧。」桃說。

「妳說什麼？」

「我說，他可能不想對上司唯命是從吧。」

「我也不是不能了解。」若是這樣，蟬就能理解他的心態。那個員工或許是想要搶在寺原前頭吧。「可是，那傢伙眞傻。」不可能全身而退的。

「很傻啊，或該說很蠢吧。」

兩者都是吧。「那，寺原怎麼做？」

「到處蒐集情報。也到過我這兒來了。岩西應該也有接到聯絡吧？」

「才不會有人理他呢。」蟬說。突然發現在這件事上面，自己似乎領先了岩西一步，發現這個事實的同時，他不禁笑開了，像是有人在胃部深處搔癢，體毛微微顫抖著，滿心期待。

「喂，要是找到那個推手，算是立下戰功嗎？」
「什麼戰功啊，你是哪個時代的人啊？」
「大家都在找推手吧？但是不曉得人在哪裡。先搶到的人先贏嗎？」
「不過，從我剛才聽到的，」桃繼續說。「他們好像打算誘出那個員工唷。」
「等一下，叫他，他就會來嗎？他也知道要是去了，不可能輕易了事吧？一定會被刑求逼供啊。與其呆呆地回去，倒不如一開始就招了嘛。」他應該沒笨到那種地步吧。
「我也這麼想啊。」桃雙手在腰間一攤，「可是，搞不好那傢伙還沒有眞實感也不一定。」
「沒有眞實感？」
「畢竟他既沒被人拿槍指著，也沒人包圍他，生活一點也沒改變。就算知道其他人拚了老命要找他，本人或許還沒有眞實感。即使腦袋明白『危險』，但還沒眞正感受到危機。」
「是這樣嗎？」
「打個比方好了，」桃豎起手指。「有個強力颱風要登陸，聽到報導的人都知道外頭很危險，躲在房間裡。但是呢，最近的建築物很堅固，隔著牆壁，根本不知道外頭是什麼狀況，聽不見風雨聲，也看不見雨勢。可是打開電視，就看得到災情狀況。那樣一來，你知道人會怎麼做嗎？」

「怎麼做？」

「會偷看外面。」桃強調似地緩緩說道。「他們會打開門窗，確定外頭的狀況，想說：『眞有那麼嚴重嗎？』大家都會這麼做。接著，就被狂風颳來的樹枝打到臉，受了傷，急急忙忙關上窗子，由衷地說：『哇塞，這颱風有夠強。』」

「原來如此。」蟬聽懂了桃話裡的含意。「也就是說，那個員工就算知道危險，還是有可能現身嘍？」

「不吃點苦頭，是不會有人當眞的。」

「不要等到吃到苦頭時爲時已晚就好。」

此時，一個新的念頭在蟬的體內逐漸成形。「喂，」他對桃說。「妳知道進行拷問的地點嗎？」

「你問這種事幹嘛？」

「我要擄走那個社員。」

「說什麼傻話。」桃不當一回事的樣子。「你想被寺原盯上嗎？」

「我要問出推手的所在，然後由我來收拾那個推手。」

「什麼意思？」

「我要搶在拖拖拉拉的『千金』員工前頭，幫寺原報仇。這樣一來，寺原也不會太生氣吧？」

「搞不好他還會感謝你呢。」桃的口氣像是料定蟬絕不可能成功。

「就說吧！」蟬從容地回答，他確信自己一定辦得到。「這樣，遲到的事，就可以一筆勾銷啦。」

看著自信滿滿的蟬，桃啞然張口。「怎麼，你以爲你已經立下戰功啦？」

「什麼戰功，妳活在哪個時代啊？」

## 鈴木

桌上的盤子已經收拾乾淨，小菫的動作很俐落，就在鈴木在意著槿的視線期間，她已經洗完盤子，問道：「你能喝咖啡嗎？」鈴木原以爲是在問自己，順著菫的視線望去，才知道她問的是健太郎。

「當然能喝啊？」嘟起嘴巴的健太郎很可愛。「對吧？」他對孝次郎說。

「咖啡是什麼？」孝次郎小聲地問。

「一種苦苦的茶，苦茶。」健太郎語帶驕傲地說明。「我討厭苦苦的。」孝次郎低聲抱怨，看起來感冒像是完全痊癒了，鈴木稍感放心。仔細一看，孝次郎又拿出新的明信片，把臉湊在上面。「文——京——區」又在寫了。「焉——岡——三之二之……」孝次郎一邊念誦一邊寫下地址，模樣很可愛。他大概打算再寄一張吧。要是我們也有孩子的話，會是這種感覺嗎？這麼想的同時，鈴木又想起亡妻的身影。夾在電線桿和車子之間，脖子扭曲的妻子。

開車撞死妻子的凶手很快就查出來了，是個素行不良的年輕男子。對方二十多歲，終身與反省或後悔幾個字無緣，只忠於自己的慾望而活。鈴木無法接受妻子的死被當成單純的交通意外處理，動用存款委託了徵信社調查。

「鈴木先生，這件事或許不要再深入比較好。肇事的車，好像和另一名年輕人有關。」一段時日之後，調查員提出報告，與其說是報告，更像忠告。

「反正那人也是個垃圾吧？」鈴木盛怒之下這麼脫口而出，儘管這不是一名教育者該有的說法。調查員面部抽動著，說：「就算是垃圾，對方也是危險的垃圾，就像核廢料一樣。還是不要扯上關係比較好。」調查員又告訴鈴木，這場車禍其實起因於寺原長男的惡作劇，他不肯再透露更多，但是鈴木軟硬兼施地逼他說出了「千金」的事。

「那個世界眞的存在嗎？」一介教師的鈴木驚訝地想。寺原和「千金」聽起來像是另一個世界的事。因爲憤怒，他並不覺得恐怖，只是驚嘆。

「這個世界有各種不同面貌，比方說，你知道昆蟲有多少種類嗎？」調查員說。

對了，當時也提到了昆蟲啊。

「光是種類，就有上百萬種，而且每一天都會發現新品種。也有人說，如果包括未知的品種，可能上千萬種吧。」

「已知的十倍嗎？」鈴木茫茫然地應和。「也就是說，未知的世界就是有這麼多。」對方回答。

「你有心事嗎？」槿盯著鈴木的臉。

「我們會不會雇你，有這麼嚴重嗎？」小菫擔心地把臉靠過來。

「啊，不是的。」鈴木老實說出：「只是想起了內人的事。」

「鈴木先生已經結婚了啊？」小菫探出身子問，一副女大學生想要插手別人戀愛的天眞無邪。她看到鈴木無名指上的戒指，笑顏逐開。

「嗯，是啊。」鈴木含糊其詞，右手把玩著隨時可能從手指滑落、略鬆的戒指。

「你們是怎麼認識的？」小菫興奮地問。槿似乎對妻子的熱心毫不感興趣，保持沉默。

「自助餐。」鈴木說。

邂逅亡妻，是五年前鈴木獨自去廣島旅行的事。路面電車駛離鬧區不久，就能抵達他住的那家頗爲高級的飯店。

早餐在頂樓的西式自助餐餐廳享用，在那裡，鈴木遇到一個盤子堆滿了食物的女子，她正好站在等待隊伍裡的鈴木前面，左手捧著食物堆積如山的餐盤，那就是妻子。

蛋包飯、炸雞塊、肉丸子、芝麻拌四季豆、炸白肉魚和香腸，這些食物在盤子上堆積成山，和洋雜處，疊得亂七八糟，看不出任何主題或偏好。大量的食物堆得很穩當，實在令人佩服，鈴木看得入神，連要拿早餐都忘了，實在太壯觀了。

途中，她似乎感覺到鈴木的視線，瞥了他一眼，表情像在說：你有意見嗎？

她把盤子放到桌上，又去排隊，這次拿了咖哩、甜點等，每種料理各拿了一些。

鈴木雖感興趣，卻也沒有在意到想上前打探。只是她剛好就坐在隔桌，像是遇到頭上纏著繃帶的人會問「你受傷了嗎？」，鈴木出於禮貌，指著她的盤子說：「妳的食量真大呢。」

她沒有生氣，毫不介意地說：「我啊，就喜歡一對一決勝負。」口氣有些自豪。那種態度近似於蔑視不懂規矩的初學者。

「一對一決勝負？」

「我才不會去想早餐到底吃了多少這種無聊問題。」

「我不覺得這是無聊問題。」

「站在食物前，我只會問：『想不想吃這個？』」

「問誰？」

「問自己啊。想吃的話，就裝進盤子。就是這樣。這是一對一的勝負。最後會累積多少分量一點都不重要。」

「不，很重要啊。」鈴木詫異地想：這人真奇怪。「不過，人各有志吧。」

「還說別人，你那種拿法，不是太糟糕了嗎？」她指著鈴木的桌子。

鈴木只拿了兩盤，一盤盛著麵包，另一盤裝著優格。

「那種東西，到普通的商務旅館就吃得到了，你瞧不起飯店自助餐嗎？」她責備鈴木太過隨性的食物取法。

「我早餐吃得很少。」

「太浪費了。」她甚至露出一種面對罪犯般的輕蔑眼神。「明明就有這麼多料理，也只能不客氣地拚命吃了啊。」

也只能做了啊。現在一想，從邂逅的最初，她就這麼說了。

後來鈴木起身離座時，看到她臉色發白按住肚子，盤子上的料理還剩一半以上，食物山只被挖掉了一角。「欸，你想不想吃這個？」她完全忘了剛才威風的宣言似地，對鈴木說。

「妳反省了嗎？」

「本以爲是一對一決勝負，誰知不知不覺中變成了一對多，寡不敵眾啊。」

「哦，是嗎？」

「總覺得要是能把這些全吃掉，每天不愉快的事似乎也能一起消化。」她的表情嚴肅，看起來很痛苦。鈴木回答：「消化食物跟消化問題是兩回事。」

一個月後，兩人正式開始交往，一年半後結婚，蜜月旅行去西班牙，在飯店用自助式早餐時，她又做了一樣的事。「我總是一對一決勝負的。」

人總是重蹈覆轍呢，鈴木再一次體認到。

「自助餐……飯店附的早餐那種？」

「對，就是那種，而且正是在飯店的餐廳。」

「你在拿料理的時候順便追求夫人嗎？」

「說不上追求啦……」

「喏，今天在這裡拿到契約的話，尊夫人也會很開心吧？」小堇用天真的語氣大剌剌地說，但鈴木不覺得不舒服，反而因爲妻子已經過世，違背了她的期待而感到抱歉。

電話響了，又來了。

「對不起，我接個電話。」鈴木拿出手機，站起來。「或許是她打來叫我別吃義大利麵了，快點回家。」他半開玩笑地說。不過雖不中亦不遠矣，電話是比與子打來的。

他出到玄關口，把電話湊近耳朵。

「快回來！」比與子的聲音像針一樣射了過來。

「簡直像在呼叫男朋友。」

「有閒工夫開玩笑，就快點回來。怎麼樣，查出來了嗎？那男人是推手嗎？究竟還要我問幾次才行？總之，你快回來，告訴我們人在哪裡。」

「還不行。」鈴木覺得自己像個一直解不出數學題目的低等生。還沒，我還解不開，可不可以饒過我？「我還需要一點時間。」他懇求著，現在也只能拖延時間了。

「我不知道你在想什麼，要查出來不用花那麼多時間吧。夠了，就認定那個男人是推手，反正我們不是警察也不是法官，只要把可疑的人一一抓來懲罰就行了。有嫌疑，就有罪。總之，你快回來，就算先說明經過也好。」

「回去以後，你們會用蠻力逼我招供吧。」

「你以為我們這麼野蠻嗎？」

「不是嗎？」鈴木目瞪口呆。

「怎麼可能？這對我們又沒好處。」

「那兩個人平安無事嗎？」鈴木想起來，問道。

「誰啊？」

什麼誰啊。「昨天妳用藥迷昏，搬到車上的年輕男女。」那個長得像我學生的青年。喏，那個要繼承父業當木匠的學生。

「哦，沒事沒事，他們好得很。」

「聽起來像在騙人。」

「真的啦。那兩人現在監禁在總公司。」

「監禁？」

「應該說軟禁吧？畢竟又沒用鏈子綁起來。那兩人吃了藥，迷迷糊糊的。總之，人還沒死，就在總公司。而且還意外老實呢，搞不好會雇用他們也不一定唷，對方也有那個意思。」

「怎麼可能……」

「要不要見個面，順便談談這些事？欸……你在哪裡？」

「呃，」比與子問話的口氣太自然，鈴木差點就回答了。「我不能說。」

「竟然沒上當。」比與子嘻皮笑臉地說。「那我給你一小時，四點到品川車站來，有舊飯店的那一頭，有車子會去接你，其他的等你到總公司再說吧。」她又說明了車站前的公車站位置。

「我才不要在那種地方見面。」很可能在自己呆呆站著的時候就被強拖進車。

「不喜歡地點嗎？要不然哪裡好呢？」

「不，不是這種問題。」鈴木支吾。

「總之，這次你要是遲到一分鐘，我絕對饒不了你。就算我放過你，寺原也會抓狂，或許會有人代替你被殺。」

「誰？」

「例如說，把同姓的男人一個一個抓來殺掉。」

「姓鈴木的人很多唷。」

「那不是很值得一試嗎？」

「愛說笑……」鈴木想一笑置之，卻辦不到。這不是不可能的事。

鈴木驚訝地發現自己已經看著手表在確認時間了。自己打算去見她嗎？他難以置信地自問。明明可能是陷阱啊？不，對付我這種小角色，他們應該不會那麼大費周章吧？

比與子雖然像平常一樣喋喋不休，這次卻摻雜著一種不擇手段的迫切感。這次那對男女也許眞的會被殺，最後該不會眞的演變成是我捨棄了他們？這帶給鈴木的恐懼要來得更巨大。

「而且啊，」比與子對吐吐吞吞的鈴木施壓，「對你來說或許不是什麼大新聞……」

「那就不要說。」

「蠢兒子復活了。」

「什麼？」

「寺原的蠢兒子。人家說禍害遺千年，還眞是這樣呢。他在醫院接受治療，已經恢復意識了。」

「騙人。」鈴木在腦中描繪出脖子呈不自然歪斜的寺原長男，大聲說道：「不可能！」

「詳情等你來了再說。怎麼樣？感興趣吧？你還沒有幫太太報仇；換個說法，也就是你還有機會復仇。」

「他不可能還活著。」

「你很在意吧？快來吧。」

「不可能。」

「那個蠢兒子不只受到父親和政客的袒護，」比與子接著說。「搞不好連神明都很眷顧他呢。」

## 鯨

鯨下了電車，走出車站，筆直穿過河岸。正確地說，若要以最短距離前往目的地，就會經過河岸。強風從側面吹來，打在臉上。鯨抬頭一看，一隻鳥以張開雙手般的姿勢飛翔，不確定那是鳶還是紅隼。他期待能用叫聲來判別，但是鳥叫聲與風聲重疊，聽起來像「嗶——咻咯咻咯」，也像「嘰——嘰」。

在那隻鳥的眼裡看到的究竟是什麼呢？——鯨想。在空中蜿蜒飛翔的猛禽看著地上的我，知道我是活著的人類嗎？

黃昏四點，太陽還沒西沉，已經下降到相當低的地方了，就懸在左邊遠方的大廈群上。

河川在搖晃——一開始鯨這麼想。迂迴曲折的河川朝兩旁扭曲，河水似乎隨時會氾濫，地面好像陷了下去，景物晃動著，鯨這才發現是平常的眩暈。又來了嗎？他皺起眉頭。下一瞬間，聲音和氣味都消失了。他睜開眼睛。

「你爲什麼打電話給岩西？」聲音響起。

這次又是哪個亡靈？鯨厭惡地望向一旁，沒有人影，轉頭左右張望，卻沒看見出聲的對象。

「你就那麼在意那個政客雇用了誰嗎？」聲音繼續響起，沒看到人影。

終於連亡靈的實體都看不見了嗎？鯨想著，視線移向上方。剛才的鳥在上頭飛翔，與其說是飛，形容成飄浮更貼切吧。是牠在跟我說話嗎？雖然不曉得是鳶還是紅隼，不過或許問話的是牠。「為什麼特地打電話？」牠重複著先前的質問。「你該不會相信那個田中說的話吧？」

周圍沒有人的氣息，也聽不見車聲，是碰巧，還是因為自己正置身幻覺裡？

三十分鐘前，鯨撥打在飯店記下、梶死前嘗試聯絡的電話號碼，他沒有任何打算或計畫，單純認為只要電話接通，自己總有辦法應付。

盤旋的鳥又發出聲音：「話說回來，那個岩西三兩下就告訴你大樓位置呢，你不覺得可疑嗎？」

「那傢伙太冒失了。」鯨不知不覺間與鳥對話起來。「是個思慮不周，行事敷衍的人。」

他想起剛才電話裡和岩西交談的情形。鈴聲一聲都還沒響完，岩西就接起電話，不等鯨出聲，就高聲問道：「蟬嗎？你幹嘛關掉電話？」像是父親斥責行為放蕩的孩子一樣。

「蟬？」鯨一反問，岩西的口氣就變了。「啊，搞錯啦，不好意思。那你又是哪位？」他彷彿想用粗魯的口氣掩飾動搖與羞恥。

鯨從對方的聲音掌握了他的外表與性格。從他的用詞和說話的速度，鯨想像對方絕對是個粗鄙膚淺、不知禮數的人。你是梶委託的對象嗎？鯨在內心這麼問。他委託你殺掉我嗎？你現在還在那裡做什麼？爲什麼沒到飯店來？梶已經死了，你的任務失敗了，爲什麼還能這麼冷靜？

鯨轉念想：或許這個男人不是實際執行者，從他的聲音感受不到殺手獨特的戒愼恐懼，可能對方是聯絡人或管理者，所以鯨試探著說出「你的部下倒在飯店」這種信口胡謅。這裡既不是飯店，也沒有人倒下。

「蟬嗎？」對方反射地激動問道。「倒下的是蟬嗎？」

「是蟬。」鯨配合著接話。

「那個白痴怎麼搞的？從剛才就聯絡不上，眞是的。對了，你現在在哪裡？」

「我帶他過去，告訴我你的位置。」鯨流暢地接話。就像毫無抵抗地順著對方製造的水流乘船一樣。

「叫蟬聽電話。」對方說。

「他昏了，睡著了。」當然只能這麼回應。「要不要我帶他去醫院或警局？」他料想對方絕對不會同意而這麼說，果然對方的反應在自己預料中。「用不著那麼麻煩，送到這裡來就好。」

「地點在哪裡？」

「你是誰？」都到了這步田地，才問這種問題？

「我是梶的部下。」鯨信口開河。他預期只要說出委託人梶的名字，對方也會卸下心防。

「哦，這樣啊，梶議員的部下啊。」所以才會知道這裡的電話啊，對方像是自己做出了結論，接著說出自己所在大樓的位置。鯨記下地址，心想未免也太毫無防備了，這難道是他一貫的作風嗎？

「把他放在大樓入口就行了吧？」鯨裝出嫌麻煩的口吻說，對方便輕易上鉤。「就順便送到房間來嘛，六〇三號房的岩西。」連房號都說出來了。

「我現在就過去。」鯨要掛斷電話時，「等一下。」對方插話了，「蟬那傢伙有順利完成任務吧？梶議員的工作完成了吧？」

「完成了。」鯨撒謊。很遺憾，我還活著。「我現在過去。」他再次重複，掛斷電話。他考慮時間和搭車路線，這個時間與其搭計程車堵在路上，坐電車還比較快。他迅速跑進眼前的ＪＲ車站，坐上剛進站的列車。

「接電話的人也未免太粗心大意了吧。」鳥說，現在的牠化身成既不像鳶也不像紅隼的模糊影子。「工作最重要的就是愼重，冒失當然不用說了，對方眞的是殺手嗎？實在臭不可言，絕不能讓他待在上風處。（註）」鳥一副對風向瞭若指掌的姿態，在空中飛著。

「實際執行任務的是那個叫蟬的人吧。」

「去見他，然後呢？」

「跟他談談。」鯨回答之後，才想到「是這樣啊。」是這樣啊，原來我打算跟他談談啊。

「不可能只是談談吧？」鳥小小地迴轉。「和你說話的話，那個岩西會死，你可是教唆自殺的專家，岩西一定會自殺。你打算讓岩西自殺，對吧？可是，你爲什麼要殺他？」

因爲覺得厭煩了，爲了讓一切回歸空白。鯨說話的語氣像在說服自己心中的某人。

「我要從身邊開始，一一解決。」從和我有關的人，從我的敵人開始，一個個處分。如此一來，事情也會逐漸明朗化。「這是清算。」

「那是田中說的吧？」鳥揶揄地說，「你受到他的影響了。」

「不對。那是我自己的想法。」

這時，鯨感覺到頭腦一陣搖晃，他閉眼，睜開眼。情景看起來比剛才更加鮮明，在空中翱翔的鳥兒消失了，算是取而代之嗎？右手邊電線桿上停了一隻烏鴉。烏鴉跟他沒有關係。堤防下傳來歡呼聲，鯨轉頭，那裡有個四周圍著網子的網球場，穿著單薄的四人組不畏寒風正揮著球拍。

好像回到現實了，他這麼想的同時又不禁忖度，誰知道這不是幻覺？至少我無法判別。

或許自己此刻正身處幻影與亡靈的世界，和現實世界根本沒有任何連結。就像戰場上倒下的士兵，死前一刻做的夢一般。若是置之不理，從自己腦袋裡流出來、分不清是液體還是氣體的妄想，會不會就這麼流入空中，擴散在大氣中吞沒整個城市？

距離城鎮中心雖有點遠，鯨還是很快就找到大樓，是一棟九層樓建築，明明沒下過雨，卻感覺溼氣很重，呈現一種陰森的灰色。

鯨走過正面入口進到電梯，按下六樓的按鈕。那個岩西會等在房裡嗎？鯨在電話裡的信口胡謅，不知道對方究竟信了多少。搞不好岩西已經和那個叫蟬的人取得聯絡，發現了鯨的謊言。「喂，這不是蟬嗎？咦，剛才有人打電話來，說你昏倒了耶？」「我好好的呀。」「那剛才的電話是怎麼一回事？」「陷阱吧。」「那傢伙就要過來了。」「你最好提防點。」不確定他們是否已經這麼討論過了。或許他們正等著鯨的來訪，在六〇三號房拿著手槍，等待他自投羅網。

註：此句爲日文的慣用句，暗指對象是卑劣之人。

這樣也好。鯨這麼想著，他意外地發現這一刻自己竟如此冷靜。他確信，爲了讓眼前複雜的狀況變得單純，最好拋開算計與猜疑，付諸眞正的行動。一個個清算的時刻，不需要事先安排。

他在走道上發現虎頭蜂屍骸，黃與黑的配色十分詭異。空氣中瀰漫著溼氣與陰鬱，讓人懷疑這棟大廈是不是用屍骸建成的。鯨站在六〇三號房前，果決地按下門鈴。沒有回應，再按一次，依然沒有回應。

果然是陷阱嗎？鯨懷疑，卻沒想過打退堂鼓。他握住門把，緩慢地旋轉，輕輕拉開，門沒上鎖。一踏進屋內，裡面就傳來「喂，很慢耶」的聲音，接著是腳步聲，「『守時就是守身』啊。」

聽到他輕浮的口氣，鯨確定這傢伙沒有任何防備，既沒有拿著武器準備迎擊，也沒有呼叫同伙。沒準備也沒覺悟，他好像眞的以爲梶的部下把蟬帶回來了。與其說是濫好人或是天眞，倒不如說他少根筋。以罪犯的標準來看，這種毫無防備簡直是種罪惡。一個細瘦男子出現在走廊前方的門，雖然戴著眼鏡，卻沒有絲毫知性氣質，小臉，下巴尖細，氣色很差。

「怎麼這麼慢？蟬在哪裡？你不是帶他來了？那傢伙淨是給人惹麻煩，完全不聯絡，急死我了。而且梶議員那邊也沒有聯絡。」他焦急地說，在鯨的面前站定。「你怎麼穿著鞋子就進來了？啊啊？」

「岩西嗎？」鯨邊發問邊走近。

「等一下，你幹麼？」都這步田地了，不僅無法掌握狀況，連危機感都沒有的這個男人，讓鯨不只厭惡，反倒羨慕起來了。

「你板著一張臉幹麼啊？」岩西一步、兩步地後退。「連招呼都不打一聲唷？你不知道什麼叫禮貌嗎？禮、貌。你不知道嗎？要讓人生有意義的最大武器，就是禮儀。你知道這是誰說的話嗎？」他連珠炮地說。「蟬按照指示，幹掉大塊頭了吧？」他口沫橫飛地說到這裡，突然張著嘴僵住了。

他總算發現逼近的人正是那個大塊頭。「你……」他囁嚅著，因為太過驚訝而癱倒在地，但是立刻扭轉身子，以四腳著地的姿勢爬回室內。

鯨跟了上去，他穿過房門，進入屋裡。地面鋪著木板，沾在鞋底的泥土留下了腳印。左手邊是黑色的沙發，正面有一張不鏽鋼桌。

岩西繞到桌子另一頭，翻動著抽屜。他的臉色蒼白，像一隻漂白過的螳螂。

鯨慢慢接近，左腳踩在地面，舉起右腳狠狠踢了把手探進抽屜裡的岩西一腳。岩西滾也似地往後倒下，拿著的手槍掉在地上。

「幹麼啊你！」

鯨看也不看地上的手槍，站在跌坐在地的岩西跟前，彎下腰，迅速伸出右手，抓住他的嘴巴。「痛！」岩西微微呻吟，但鯨更用力地、要捏碎蘋果似地捏住他的下顎，於是連叫聲都停止了。鯨順勢抓起岩西，岩西的身體浮在半空中，雙腳離地微弱地踢蹬著。

可能是牙齒咬到舌頭，岩西嘴巴流出滲著鮮紅血絲的唾液，嘴邊沾滿了血沫，像一口氣咬碎塞了滿嘴的草莓一樣。

鯨放下手臂，岩西癱倒在地。他摸摸臉頰，看見沾在手指上的血，叫嚷起來：「你幹什麼啊，混帳！」

鯨左右掃視房間，尋找可以用來上吊的道具，卻遍尋不著。洗手間的毛巾能用嗎？他思忖。就算找到繩索，也沒有可以掛的柱子或通風孔。他確認裡面的窗戶大小，寬度可讓人穿過。雖然不合用，卻也不是不可能。

「跳樓嗎？」鯨俯瞰正用膝蓋慢慢撐起身體的岩西，呢喃。

「你跟我有什麼深仇大恨？」

「梶委託了你吧。」

此時，岩西總算確認了眼前的人就是蟬沒殺成的大塊頭，「就是你嗎？」

「你想殺我吧？」

「不行嗎？只要接到生意，管他什麼工作都得幹啊。」岩西似乎完全不把雙方體格和臂力的壓倒性差距放在心上，並不是逞強，只是不在意；他太愚蠢了。「說起來，你也不是什麼正派人物嘛。我們還不是同行。」

「同行？」

「殺人啊。」

「不對。」鯨連自己都感到意外地一口否定，我才不是殺手。「是我面前的人自己要死的。」

「你就是那個逼人自殺的？」岩西的表情瞬間僵住。

「你知道？」

「聽說過。這樣啊，你就是那個鯨啊，個頭眞大。」

「你以爲鯨是小魚嗎？」

岩西似乎這時才意會鯨前來、站在自己面前的理由。「喂，是我嗎？你是來做掉我的嗎？」

「這裡只有你一人。」

「等一下啊。欸，爲什麼要我自殺呢？你就這麼不爽我接下梶的委託嗎？」

「不是。」

「那爲什麼？」

「爲了清算。」

「什麼跟什麼啊？」岩西說完，停止了眨眼。他抬起眉毛，定住，嘴巴微張：「蟬怎麼了？不會被你做掉了吧？」

鯨往前一步，雙手抓住岩西的雙肩，瞪視著岩西，低沉地說：「你想跳樓嗎？」

岩西瞳孔轉動著，微微發顫，虹膜彷彿要滲出眼白似的。「啊啊。」那是帶著某種感動的呻吟，額頭與嘴角的皺紋彷彿瞬時變淡了些。

跟平常一樣——鯨想。每一個人在自殺前都會露出淡泊的表情，像是看開一切，眞要形容的話，稱得上神清氣爽的表情。眼神像是做夢一般，表情舒坦，也可以說是恬淡。

毋寧說是渴望死亡，不是嗎？

就算抵抗、哀嘆、失禁、掙扎、用指甲撓抓絞住頸動脈的繩索，最後還不都因爲準備自我了斷而歡喜嗎？鯨忍不住這麼想。

「後面。」鯨用下巴指示岩西背後。

岩西帶著空虛、恍惚的眼神，回過頭去。

「這是你最後一眼看到的景色了。」鯨說。

岩西像被吸引似地走到窗邊。

鯨望著他，確信自己接下來什麼都不用做，他也會往下跳。

正在這時候，一陣眩暈襲來，連氣憤的時間都沒有。幾乎在鯨想要抱怨「竟然在這種節骨眼」同時，頭部感到一股壓迫，不閉上眼睛就無法忍受，是一種腦袋被人捏碎般的苦悶感。

幾秒鐘過去了，痛苦平息，鯨睜開眼睛。一如預期，本來在眼前的岩西不見蹤影了，他的右手邊站著一名中年女性。「你一定在想，竟然在這種時候出來搗亂，對吧？」臉頰豐腴，下巴囤積脂肪的婦人——亡靈愉快地說。鯨默然不語，看也不看她一眼，他告誡自己，眼前的不是現實。岩西就在這裡，雖然看不見，但他應該就在這裡。

「你打算逼這個弱不禁風的眼鏡男自殺吧？」婦人指著岩西原本應該站立的地方帶刺地說：「我也是從大廈頂樓被扔下來的，你又想做同樣的事嗎？」她的口氣混合了挖苦與諷刺。她以前就這麼說話的嗎？

鯨仍舊無視她的存在，死命凝神察看，依舊看不見岩西的身影。自己還在幻覺裡。

「可是我告訴你，」不曉得是否生前就是如此，婦人滔滔不絕地說：「這個男的一看到你的臉就一副要去自殺的表情，可是那八成是裝出來的。」

「什麼？」鯨忍不住出聲，望向站在右邊的政客夫人的亡靈。

「這個男人可是老奸巨猾，他只不過裝出被你催眠的樣子罷了。」

鯨慢慢地轉向正面，卻只看得見窗戶。泛黃的蕾絲窗簾另一頭反射出即將西沉的夕陽。參差的大樓中亮起的螢光燈、電線桿上纏繞的藤蔓、四散卻依然流動的波狀雲——雖然能夠清楚把握這些，就是看不見岩西。

「要是鬆懈下來，不當他一回事的話，會被一槍斃命唷，或許這樣也不錯。」婦人接著說，「不管怎麼說人都是嚮往死亡的嘛，你也不可能例外。」

一瞬間，鯨覺得像血開始滲出傷口、一種異樣的感覺從腳底竄爬，這種全身汗毛倒豎的感覺到底是什麼？鯨感到詫異，然後馬上領悟了，那是焦躁感與危機感，像爬過全身似地撫上來。

雖然張大眼睛，卻依然看不見岩西。現實世界究竟在哪裡？鯨轉動眼珠左右凝視，現實在哪個方位？

電話響了。

細長而顫抖的電子鈴聲尖銳地響起，鯨動彈不得，但當第二聲鈴聲響起，鯨的脖子像要斷了一般受到一股輕微衝擊，晃了晃腦袋，眨了幾下眼睛。

室內亮了起來，饒舌的婦人倏然消失，取而代之的是岩西躍入視線。鯨從幻覺脫身了。

剛才還站在窗前茫然注視的岩西，不知不覺中移動到鯨視野外的右手邊，他屈著身體，四肢著地，伸長了手。

手槍掉在岩西的右前方，鯨立刻逼近。身後桌上的電話響個不停，單調又刺耳。鯨抬起右腳，踢開岩西的臉，沾在鞋子上的泥土四散，岩西被踢飛撞上塑膠垃圾桶，紙屑和泡麵袋散了一地。鯨的手伸向地上的槍，「不許亂動。」

電話鈴聲沒有要停下的跡象。

「誰叫你自己要露出破綻？」

「破綻？」

「在那裡自言自語的，是不是腦袋有問題啊？」岩西的眼神很嚴肅，卻硬擠出笑容。

「什麼教唆自殺專家嘛。」

鯨沒有回答，打開手槍保險，槍口對準岩西。自己衣服內袋裡也裝了一把手槍，但那完全是爲了逼人自殺用的，並沒有裝子彈。

「你也沒什麼了不起嘛。」岩西大笑，笑聲很刺耳。「蟬還沒死是吧？他才不可能被你這種人幹掉咧。」

電話固執地響著。

「我可以接個電話嗎？」岩西舉起雙手，做出投降的姿勢。

「你以爲你能接嗎？」

「在死之前，至少讓我接個電話吧。」與其說是肺腑之言，倒像是他表現幽默的方法。

鯨拿著手槍道：「隨你便。」他不是可憐岩西，反正岩西橫豎要死，這是已經注定的事，

「接電話，然後跳樓。」

「跳樓唷。」岩西苦澀地癟起嘴巴，像是自言自語地接著說：「傑克·克里斯賓日，」他的聲音微弱得分不清究竟是不是打算說給鯨聽。「逃避人生的傢伙，就跳下大樓吧。」

誰啊？說那種無聊話的傢伙。鯨正打算反問時，岩西拿起了桌上的話筒。

「那個社員被帶去哪裡了?」蟬問。他抓住桃的肩膀左右搖晃，桃只好像安撫小孩似地說：「好啦好啦，用不著這麼粗魯，我也會告訴你的啦。」甚至還假裝搖著波浪鼓，裝出哄小孩的模樣。「見不得人的事呢，當然得在見不得人的地方進行。」她說出某棟大樓的名字，位在品川車站往東車程約十五分鐘的地方——她邊說邊取出記事本畫了張簡單的地圖。

「那裡本來有一家汽車工廠，很久以前就荒廢了。那附近有這一帶難得一見的大片杉樹林，八成是因爲花粉症（註）才被人敬而遠之。那條馬路對面全是杉樹林啊。」

「用花粉驅逐人類，很夢幻，不錯啊。」

「一點都不夢幻好嗎?滿臉鼻涕和眼淚，哪裡夢幻了。四周不是倉庫就是舊大樓，其中一棟就在寺原公司名下，光看就可疑得要命，笑死人了。牆壁變得髒兮兮，烏漆嘛黑的，窗子也都是破的。」

「妳去過嗎?」

註：杉樹的花粉是引起花粉症的主因之一。

「去工作。」桃滿不在乎地說。

「去送色情雜誌？」

「也有啦，不過人家也是有副業的呀，副——業——。」

「不知道哪個才是副業唷。」

「反正，我曾經承包過寺原公司的業務，在那棟大樓工作過。」

「承包業務啊。」

「大公司不管什麼業務都會外包啦，我做的工作只要打開電話簿，隨便亂打電話，接電話的如果是老人家，就威脅對方說：『你孫子被我們揍得很慘』之類的，『想要我們放過他，就匯錢來』。眞是意外地好騙。十來個人關在一個房間裡，人手一隻手機，拚命地打。」

「工作那麼輕鬆，眞好。」蟬想起岩西委託自己的工作內容，嘆了一口氣。「一點風險都沒有嘛。」

「是啊，還有一群人配合著演戲，叫『劇團』來著。他們裝出被刑求的樣子，假裝慘叫。」

「那，那個員工會被帶去那棟大樓？」

「那個跟蹤推手、嘴巴很硬的社員？應該吧。寺原的公司要做些見不得人的事時，都選在那棟大樓。」

不用說，那個社員一定會被嚴刑拷打吧，不可能平安無事脫身的。「告訴我們，犯人在哪裡？」「不，我不說。」「那就沒辦法了。等你改變主意再告訴我們吧。」——這種事絕不可能發生。不論那是不是叫做拷問，總之一定會進行拷問的。

「什麼時候開始？」

「不曉得。不過剛才好像有人接到指示了，應該就是今天了吧？」

「誰接到指示？」

「拷問專家啊，暴力的愛好者啊，擅長折磨別人問出情報的傢伙，我聽說那些人接下了工作。」

「寺原是認眞的啊。」

「當然啦，兒子都被殺了嘛。可是你眞的打算插手嗎？」桃看他的眼神有些憂心。

「大家會對我刮目相看吧？」我要搶先找到推手，收拾他。蟬情緒高昂起來，肚子一帶開始發癢，冷靜不下來。這無關使命感或優越感，而是一種腳底變得踏實，確立了自己存在的實在感。

「最好不要多管閒事吧。」桃勸阻他。蟬突噘起下唇不滿回說：「妳是叫我乖乖聽從岩西的命令就好了嗎？」

「不是這樣啦。可是寺原不是好惹的，真的很危險啦。」

「告訴妳，我是自由的。」

「什麼？」

「我才不是任人操縱的傀儡。」

蟬說完，一把搶過桃手裡的手繪地圖離開了。如果是品川東郊，開車去比較快。這麼想著，他在街上溜達了一陣子。

他物色容易下手的車子，腦海裡整理該做的事。他想，行動單純一點比較好。前往目的地的大樓，帶走那個員工，把他拖進車裡載到別處，問出推手下落，再搶先趕過去，給他一刀，就行了。向岩西報告這件事的話，他一定會大吃一驚，明天起就會改口叫自己「蟬先生」吧。

就算那個社員不肯招供，用拯救他免於拷問的恩情施壓，或許他會願意透露一點情報。再不然，強問出來就行了，不過是救出被拷問的人，再加以拷問一番罷了。

搶功嘍！搶功嘍！蟬興奮難耐。我要證明自己一個人也能立下大功。

走了一會兒，蟬轉進大馬路旁辦公大樓間的一條小巷，發現一輛停在路邊的休旅車，那是一輛白、灰雙色的新車種，車頂加裝了可以裝載滑雪板或雪橇的架子。最重要的是，那台休旅車像在誇耀自己有生命一般，渾身震動著。引擎沒有熄火，車門沒鎖，方向盤旁的鑰匙也插著。可能是駕駛怕冷，不想關掉暖氣，天眞的以爲自己馬上就回來，不會有事。

太棒了。「要是讓我設立獎項，一定頒給你諾貝爾不小心獎。」

蟬叨念著，身子滑進駕駛座，迅速關上車門，扳動自動排擋桿。這眞的是——蟬內心大喜，竟能偷到這麼棒的車，只能說是上天的旨意了。

他把車子開出寬闊的國道，卻在十字路口前遇到塞車，蟬感到不耐，立刻轉進了岔路。時間指著四點。

蟬選擇空曠的小路行駛，過沒多久看見前方車子一輛接一輛地亮起煞車燈，他不悅地咋舌，停車。這是一條略往右彎的道路，朝前一看，前方一百公尺左右正在施工，有人揮著紅色螢光棒在指揮交通。駛過那裡之後，應該就不會塞車了，好像只有那裡在施工，只能忍耐了吧。蟬靠上椅背。

會打電話，純粹是一時興起。蟬厭煩了一直踩著煞車靜靜待著不動，等他會意過來，已經取出了手機。他打開電源，找到紀錄的號碼，打給岩西，你幹嘛聯絡那個男人？自己的內心傳來一個不解的疑問。你是因爲接下來要去寺原的大樓，覺得害怕，想先得到父母的許可，才打電話給岩西嗎？

才不是咧。

蟬搔頭，聽著電話鈴聲。岩西一定沒料到我在追推手吧？他打算聽聽岩西的聲音，嘲笑他一番。

岩西一直不接電話，鈴聲一直響著。「跑去哪裡摸魚了？」蟬忍不住想埋怨。

然後他想起梶自殺的屍體，飯店房間裡像綁了繩子的砝碼般筆直垂掛著的身影。岩西接到消息了嗎？不，房間的門鎖著，或許屍體還沒被發現。

如果是那樣，岩西現在一定正氣呼呼地等待蟬的聯絡。

沒人接電話，眼前堵住的車流總算動了。蟬想掛掉電話時，卻傳來了「幹嘛」的回應。岩西傲慢的臉立時浮現眼前。

「我啦，是我。怎麼那麼慢才接電話？白痴。」

「囉嗦，我這裡也很忙。」岩西的回話裡有種在意旁人的焦躁。

「明明就遊手好閒，不是看電視就是在睡覺吧。」

電話那頭傳來岩西嚥口水的空白，岩西接著說：「你果然還活著啊。」

「這不是廢話嗎？你耍什麼白痴啊？」蟬把電話按到耳邊。前方車輛的煞車燈一輛輛熄滅了。

「蟬，聽好了，你要是知道我現在在做什麼，一定會大吃一驚的。」不曉得是不是因爲興奮，岩西的聲音顫抖著。

「這是我的台詞。」蟬提高音量。「要是我告訴你現在我要去哪裡，你一定不會相信的。」

「你要去哪裡？」

「品川。」蟬的話中藏不住笑意。我才不是乖乖受你掌控的小角色哩。「品川的郊區啊，有一棟大樓。」

「大樓哪裡都有吧。」

「是寺原的大樓唷。」

「寺原先生的？什麼意思？」岩西的聲音聽似心不在焉。

「你知道我要去做什麼嗎？」蟬興奮難耐。「我啊，」他頓了一下，充分享受胸口的激昂，說：「現在要去收拾推手。」

「你……你說什麼？」聽到岩西驚訝的反應，蟬高興極了，幾乎要「呀呼」地歡呼出來了。

「聽好了，聽說有人知道推手的下落，那傢伙被『千金』的人誘出來了，我要把他搶過來。」

「搶過來？你在想什麼啊？」

「噯，你等著看吧。要我報告結果給你聽也行唷。」

岩西的聲音中斷了。前面的轎車前進了，蟬的腳放開煞車。「喂，拜拜啦，再聯絡。」

「等一下。」岩西懇求地問：「哪裡？你要去哪裡？」

「囉嗦，說不清楚的地方啦。」跟你預告就很好了，被你礙事還得了。「反正，」蟬匆促地說，「我已經不受你控制了，自由了。嚇到了嗎？」

「才沒有咧。」岩西的口吻不像是逞強或斥責屬下，硬要說的話，聲音甚至充滿了感情。

「你說什麼？」

「你一直都是自由的。」岩西清楚地說：「和我一點關係都沒有啊。」

蟬一時詞窮，搜尋著詞彙，動著嘴唇卻說不出話來。因爲太過困惑，他甚至沒有發現自己大受動搖。「噯，反正你就在那棟骯髒的大樓等著吧。」他勉強回答。

「囉嗦。」岩西的聲音很輕快，卻聽得出話裡的陰影。「蟬，拜拜，有緣再見。」

「什麼有緣再見，反正見了面你又會跟我吵著要名產吧？我才不會對你唯命是從哩。」

「你眞的很吵呢。」岩西發出困窘至極的聲音。「對了，你知道嗎？傑克・克里斯賓引退時說的話。」

「我一直想問，那個叫什麼賓來著的傢伙，眞的有這號人物嗎？」

「傑克・克里斯賓決定結束音樂活動時，有個雜誌記者這麼問他：『你退休之後想做什麼？』你猜他怎麼回答？」

「就跟你說不知道了。」這種無聊的瞎扯淡，至今已經聽過不下數十遍了，他想掛斷電話卻轉念決定聽到最後。他打算幹掉推手後，就和岩西斷絕往來，再也不會和他見面了。這麼一想，聽他說到最後也好吧。「他說什麼？」

「想吃披薩。」

「啥？」

「他這麼回答啦。退休之後，想吃披薩。」岩西雖然在笑，聽起來卻像在哭。

「就算不引退也吃得到吧？」

「就是啊。」岩西說，笑了出來。「很有意思，不愧是他吧？」

「少蠢了，我要掛了。」

「就這樣，你好好加油啊，蟬。」岩西最後這麼說：「別輸了啊。」

加什麼油啊？蟬目瞪口呆地掛掉電話，用力踩下油門。打開車窗，風溜也似地吹進來，這就叫解放感吧——他想。

## 鈴木

「我負責的學生發生了一些事。」鈴木繼續提出虛假的解釋，「我必須暫時回去一趟。」

小董聽了露出潔白的牙齒笑著說：「哪有什麼暫時不暫時的，你還要再回來嗎？也去別戶人家推銷看看怎麼樣？」

「啊，呃……」鈴木支吾著，「可是，我很希望你們能夠雇用我。」況且根本還沒弄清楚槿究竟是不是推手。

鈴木嘴上這麼說，卻對寺原長男的事在意得不得了。比與子的聲音在腦中迴盪著。他還活著？怎麼可能。那種慘狀還能活著？現在醫學有這麼進步嗎？再怎麼說，也進步得太誇張了吧。

鈴木還是答應和比與子見面。他當然知道這可能是陷阱，拿那兩個跟他非親非故的年輕人性命作爲交涉籌碼，信口開河說什麼「寺原長男還活著」，他們無非是想藉此誘出鈴木。非常有可能，豈止可能，除此之外根本別無可能了。

只是，鈴木評估事態應該不至於太糟，只要小心注意，對方也不會輕舉妄動吧。和比與子交涉完之後，決定不約在車站圓環，而是約在人更多的地方——例如咖啡廳——見面。

「我們只是想聽聽你的說明，這種小事可以配合你。」她不以爲意地說。「那，就約在咖啡廳。」

槿一家四口全到玄關送鈴木。「大哥哥眞的要走嘍？」鈴木在水泥地穿上鞋子，健太郎問道。

「要回去了嗎？」聽見小聲的問話，鈴木慌忙望向腳邊，孝次郎不知什麼時候站到他的左側來。他穿著拖鞋，像要抱住鈴木似地把手伸進他的口袋。

「我還可以來嗎？」鈴木問他，孝次郎把手掩在嘴邊小聲說道：「我不知道。」哦，是嗎？

「對了，你剛才寫好的明信片，我可以順便拿去寄。」鈴木提議。不過孝次郎搖搖頭，小聲回答：「我還要寫。」你到底有幾張重複的貼紙啊？鈴木忍不住想問。

「東——京——都，文——京——區——」孝次郎又唱誦著。

槿在一旁默默看著。正當鈴木握住玄關門把要開門的時候，小堇出聲喚住他：「對了，鈴木先生。」

彷彿背後被擊中似地，鈴木渾身一震，回過頭去。

「我不曉得你要去哪裡，不過要不要讓外子開車送你？」她露出天真無邪的笑容，「喏，」她對槿說：「送客人一下吧？」

「說得也是。」意外的是，槿點頭了。「仔細想想，這裡離車站有點遠，開車比較快。」

鈴木不曉得該如何回答，揣測起這個行動的眞意。「你要是一個不留神，搞不好會被殺唷。」鈴木回想起比與子電話中的話。他覺得不能放我回去嗎？「既然知道了，就不能讓你活著回去」。恐懼立時竄上背脊，鈴木擔心地想：他該不會打算把我載到遠方，收拾掉我？

「你要去哪裡？」眼前的槿依然給人一種透明的感覺，甚至有種錯覺可以透視他看見他身後的樓梯。

「到品川。」沒有片刻考慮的時間，鈴木被對方牽著走，答案脫口而出：「車站的咖啡廳。」

「那我送你到車站。」

「不用了，謝謝。」鈴木連連揮手婉拒，但是當槿用他那看透一切、有如吹過靜謐森林的微風般的聲音說「不用客氣」時，他就無法拒絕了。

門前停了一輛藍色轎車。回過神來，鈴木已經坐在副駕駛座了。這裡什麼時候停了一輛車？自己什麼時候打開車門、繫上安全帶，鈴木完全沒有印象。就連腳踩過地面的記憶都不復存在。槿沒有誘導他，也沒有催促，無意識下，鈴木已經坐進了副駕駛座。跟出生的時候一樣呢——鈴木忽地想到。不知不覺間出生，不知不覺間身在此處。「哪裡都沒有我存在過的證據啊。」亡妻的話語復甦，鈴木赫然一驚。確實，在不知不覺中出生，自動展開人生旅程的我們，或許不會在這世上留下任何證據，就像沒有布萊安．瓊斯曾經是滾石樂團一員的證據一樣。

彷彿劇本已經在未知的地方準備妥當，而自己不知不覺中依循著它演出。鈴木甚至認為事情會如此順利展開，會不會是因為身處夢境或幻覺當中？簡直順利到不自然的程度。

槿熟練地開出車子。

轎車平緩行進時，鈴木一直很怕開車的槿會不會說出「我知道你在打什麼鬼主意」這種話來，車窗外的景色讓他知道車子是開往品川方向，卻無法放下心來。鈴木很想縮起肩膀，蜷起身體。

不久後他發現，現在不正是解決疑問的大好機會嗎？自己實在太糊塗了，鈴木因為自己的遲鈍目瞪口呆。只有兩人共處車內，這正是確定對方是不是推手的好機會。鈴木下定決心，感覺到自己體內名為勇氣的士兵們一同奮起，現在正是站出來的時候。

他轉向右邊，「那個……」他看向槿，話卻在這裡停住了。你真的是推手嗎？他說不出這句話，總覺得若是再深入一步，就會掉下懸崖似的。身爲「千金」的員工，待會兒我必須向公司報告才行，我可以跟他們說你就是推手嗎？——鈴木想這麼問。就算得不到答覆，他也想看看槿的反應。可是他做不到。面對威風凜凜的敵人，勇氣十足的士兵們停下了腳步。

「什麼事？」槿開口。

「健太郎眞是個活潑的孩子呢。」怎麼轉移話題了！鈴木自己都莫名其妙，另一方面卻也覺得拿小孩當開頭也不壞，這是爲了尋找突破口的迂迴戰術。

「是嗎？」槿的反應很曖昧，像是漠不關心，也像在裝傻。「那傢伙書讀得不好，足球倒是踢得很不錯。」

「他眞的踢得很棒。」沒有奉承和算計，鈴木打從心底認同。他想起兩人一起踢球時的對話。「只要有好的環境，或許可以靠足球踢出一片天下呢。」

「好的環境？」

「呃，」鈴木含糊其詞。總不能說如果是父親是推手，小孩子也無法全心投入足球。

「我是說自然環境。現在全球暖化的問題不是很嚴重嗎？」他自暴自棄地說。

「孝次郎怎麼樣？」槿接著說，看起來還是意興闌珊。

「他很可愛。」鈴木老實說。「就像小動物一樣。可是爲什麼他總是那樣竊竊私語呢？」他提出疑問。

「那是，」開車的槿望著前方，緩緩說道：「我教他的。」

「教他什麼？」

「眞正重要的事，就算小聲說，對方也聽得到。」

「是這樣嗎？」

「政客大聲嚷嚷說出的話，有人會聽嗎？」

「政客說的話，誰也不會聽的。」

「眞正有難的人，是不會大肆聲張的。」

鈴木不懂槿這番話的眞意，卻提不出進一步的疑問。

「你有什麼話想對我說嗎？」槿瞥了他一眼。

「沒有。」鈴木感覺胃部痙攣。「什麼都沒有。」勇敢的士兵撤退了。

是自己的膽小救了自己呢？還是神經質的慎重而錯失良機？鈴木看著車窗，茫然地想，緩緩地吐了一口氣。

「到了。」車子前進了約二十分鐘後，槿出聲說道。

他唐突的出聲，讓鈴木彈坐了起來。「這裡是品川車站嗎？」他伸長脖子左右張望，卻看不見車站的建築物或鐵軌。

「直走就可以看到車站。」坐在駕駛座的槿用下巴指示右側。槿停車的地方，是雙線道的馬路路肩，前方五十公尺可以看到車站。「你們約在哪裡？」

「車站內的咖啡廳。」鈴木說出店名，然後道謝：「我可以從這裡走過去。謝謝你。」

車內的時鐘顯示還有十分鐘才到約定的四點。

「不好意思，還麻煩你陪健太郎玩。」槿望著前方說。

「不，我才是。」他解開門鎖，打開副駕駛座的車門。「我很喜歡踢足球。」他走上人行道，鞠躬致意。槿開始轉動方向盤，車子在號誌處右轉，漸行漸遠。「你是推手嗎？」事到如今，鈴木終於說出了自己的疑問，然而已經太遲了。

品川車站所在的圓環人潮眾多，穿西裝的上班族和提著大行李的旅客匆匆來去，計程車一輛接著一輛，吞入乘客後又駛離。大型巴士才停下，就湧出一群不合時節、穿著清涼的外國人，接著消失在車站裡。

鈴木穿過人群，進入車站。裡頭很寬廣，人潮流動得也快。他爬上樓梯，走過漫長的通道。

他們約好的咖啡廳，鈴木在「千金」工作的第一天曾和比與子一起去過。她好像也記得這件事，用一副裝模作樣的少女口吻說：「約在我倆邂逅的回憶之處呢。」去妳的回憶之處——鈴木板起臉。

店內不大，櫃台站著留鬍鬚的店長和一名服務生，除了鈴木以外，只坐了兩名男客。他在看得見入口的座位坐下，看看手表，已經超過四點了。鈴木還未感到切身的危險，他盤算著，不管發生什麼事，只要大聲嚷嚷，客人或店長應該會幫忙通報警察。

鈴木喝了一半端上來的水時，比與子現身了。她穿著深藍色套裝，雖然樣式樸素，裙子卻異常地短，很不搭調。

「總算見到面了。」比與子露出懷念的笑容，坐到鈴木前面，點了咖啡。她瞪視著讓自己傷透腦筋的問題人物，眼裡透露著不耐煩。

「寺原——先生還活著，是真的嗎？」鈴木首先這麼問，聲調不自然地提高。

「還尊稱他先生，你這人也真了不起呢。」

鈴木有股想要搖晃比與子身體的衝動，他按捺著想要揪住對方衣領逼問「寺原還活著嗎？回答我！」的慾望。那個惡意與倨傲怠慢的化身還活著嗎？

「先告訴我你去了哪裡。」

「我只想知道他的事。」

「你有先報告的義務吧？」

「報告什麼？」

「推手的事。你跟蹤的人是推手吧？告訴我他家在哪裡。寺原急瘋了，大發雷霆。」

「應該，」鈴木搬出準備好的說詞。「應該不是。我一直在觀察他，但是他似乎只是一個普通人。」

「什麼叫普通人？拿刀子殺人的殺手，毒殺鄰居的女人，要說是普通人，這些人也是啊？」

「我想他跟那場意外無關，那個人不是推手。」

鈴木內心則做出相反的結論：那個人一定是推手。槿平靜的表情、銳利的視線、看透鈴木般的發言，在在令人感受到身分特殊的人所具備的獨特壓迫感。光是面對面說話，就有如被刀尖抵住一般。從他提到「蝗蟲」的話中，感覺得到他對人類的嫌惡以及冷酷的觀點。槿是推手，這麼認定才說得通，那種匪夷所思的壓迫感絕不尋常，如果他不是推手，就無法說明他散發出的不協調感，是他把寺原長男推向馬路的。這就是結論。

但是，他不打算把這件事告訴比與子一干人。

一想到健太郎與孝次郎開朗的笑容，鈴木的胸口就猛地哆嗦起來。不能把他們牽扯進來。這個想法超越了義務和使命感，更接近渴望。我必須保護他們。鈴木像是突然成了他們的父親，受到一種使命感驅使。「最好不要再管那個男人了。他不是推手。」鈴木加重語氣，聳聳肩。

「決定的人不是你，是我們。」比與子的語氣像在斥責鈴木的傲慢。她的瞳仁深處閃過一道詭異的光芒，混合了殘酷與焦躁。

事到如今，鈴木總算察覺到自己的處境比預期中危險。

「你也太天眞了。要逃的話，不逃到最後怎麼行呢？竟然傻呼呼地跑出來。像你這種半吊子，人生很悲慘唷。」

「我不知道推手在哪裡。那個人不是推手，你們就算逼我也沒用。」

鈴木這麼說，卻感到自己的頭愈來愈沉重。咦？他納悶不已，連思考都無法隨心所欲。眼皮垂了下來，他慌忙睜眼，但眼皮立刻又垮了下來。

我被下藥了。鈴木總算發現，卻已經遲了，太遲了。他用變得遲鈍的腦袋拚命思考：「這怎麼可能？」他早就設想到比與子可能會用安眠藥，所以比與子進入店裡之後，他就一直警戒著不讓對方有機會碰到杯子，她應該沒有下手的機會——鈴木想，但同時醒悟了：「劇團？」

那是比與子曾經提過的業者。她不是說過嗎？「只要接到委託，他們什麼角色都能演。」搞不好這家店從客人到店員，都是「劇團」的成員，他們在水裡下了藥。很有可能啊——鈴木哀怨地想，就在後悔著「我眞是個傻瓜」時，睡著了。

身體彈跳著，鈴木睜開眼睛，頭好痛。鈴木發現自己在車子後座，座椅全被拆掉，鈴木就躺在那裡。是廂型車嗎?車內很寬敞。他被兩名男子挾持住,大衣被脫掉,車體的冰冷隔著毛衣透進體內。

手腳都被綁住了,綁住自己的不是膠帶或繩索,而是被戴上了像束縛器具般的東西。真是準備周到啊——鈴木佩服不已,但是一想到他們八成早就習慣處理這種事,就感到恐怖。

「你啊,真是可憐。」右側的短髮男子對他說。他的臉湊近鈴木,一副要滴下口水的姿勢。這個人好像是咖啡廳的客人。「劇團?」鈴木出聲說。

比與子的笑聲響起,鈴木歪過脖子,她從副駕駛座探出頭來。「你記得很清楚嘛。可惜這些人不是,劇團跟我們現在處得不是很好,這些人的本業是……」

「本業……?」

「拷問專家。」比與子的嘴唇漂亮地揚起,令人著迷。

啊啊……鈴木只能吐出低吟:「我就知道。」

「你也真是蠢,竟然會相信那種謊言。」

「謊言?」

「蠢兒子被撞得稀巴爛的,怎麼可能還活著嘛?」

我就知道。寺原長男不可能還活著的。鈴木鬆了一口氣,同時感到害怕。這果然是個圈套嗎?自己的不安應驗了,不出所料。

彷彿看透了鈴木的心思，比與子又說了：「不過你應該也是半信半疑吧？」

「明明不信，卻還是來了啊。該說是腦袋有洞嗎？有夠蠢的。」左側的扁鼻子男子說。一頭毛燥的黑髮留得很長，雖然不見頭皮屑，但是看起來不像是爲了趕流行而留的。男子右頰貼著紗布塊，微微滲著血。「妳堅持這個男人一定會來，還眞說對了。」他望向比與子。

「噯，鈴木的性格我大概清楚。」比與子愛理不理地回答。「而且危機感這種東西，就算腦袋明白，卻意外地沒什麼眞實感。」

「什麼意思？」短髮男轉向正面。

「以爲自己不要緊。」比與子笑道。「人不管身處多危險的狀況，還是認爲不要緊。寫著『危險』的箱子，實際打開之前，都會以爲『不會多危險吧』。就跟通緝犯會去打柏青哥是一樣的心理。噯，不會怎樣的啦，不會突然變那麼嚴重啦。他們深信危險會按部就班地一步步造訪，就像即使被警告會得肺癌，人們也不會戒菸一樣。」

眞的就是這樣。鈴木也相信事情會一步一步來，雖然想過比與子可能說謊、自己可能會落入圈套、自己的判斷可能有誤，然而想像歸想像，他卻不認爲眞的會發生。

「結果如妳預料，這傢伙出現了。」臉頰貼著紗布的男子對鈴木投以同情的眼光。

「你最好趕快招出你知道的，我們可是專家。」右側的短髮男說道，兩片嘴唇有如厚實的鱈魚子般詭異地蠕動著。「拷問可是我們的拿手好戲。」

「而且老子今天心情不太好。」左側的男子話中帶刺。「你最好覺悟。」

鈴木有股冰柱貼上背脊的感覺，毛骨悚然，彷彿下一刻就要被利刃刺穿。

鈴木仰臥著，身體被按住，他望著車內的天花板。他很清楚現在置身的狀況，只是還沒有把握到事態究竟有多絕望。

都到了這個節骨眼，我還是覺得沒什麼大不了的。

鈴木對這麼想的自己感到目瞪口呆，同時想起亡妻生前說過的話，那是他們漫不經心地望著電視螢幕上的外國紛爭時的事。「就算敵國的士兵擋在面前，我們或許還是不會有身處戰爭的現實感吧。」她說，「我想過去世界上發生的大部分戰爭，都是在大家認爲沒什麼大不了的時候發生的。」她遺憾地聳聳肩。妳說得果然沒錯，我完全忘了這些話——鈴木把神經集中在無名指的戒指上。「跟你說，世界上大部分的不幸，都是因爲有人認爲沒什麼大不了而發生的。」沒錯。

鈴木完全不曉得自己要被帶到哪裡，他望向左右車窗，卻只看得見開始轉暗的雲以及複雜的電線，完全找不到可供辨識方位和所在的線索。因爲平躺在車底，就連上下感覺都快消失了。啊——當他驚覺的時候，嘴巴被貼上了膠帶，塑膠的氣味令他暈眩。

「喏，到嘍！」沒多久，比與子用一種抵達期待已久的動物園般的開朗聲音說，甚至有種要歡呼「熊貓在哪裡？」的氣氛。

「啊。」一直默默無語的司機出聲了。

「幹麼？」比與子的聲音響起。

「前面有人。」司機的聲音毫無生氣，不僅沒有生氣，聽起來也缺乏思慮，彷彿他生來就只是爲了開車。

「前面是哪邊的前面？」

「有人從這條路走過來。」

「沒人啊？」

「跑掉了，不見了。」

「你啊，是不是嗑太多我們家的藥啦？」

聽到這句話，鈴木才知道司機八成是「千金」的客人。沉迷於禁藥的客人爲了拿到藥，常被當成牛馬使喚。眼前的司機八成也是這樣吧。

扁鼻子的長髮男打開車門，走出車外，看起來不良於行，拖著右腳走路，掛在腰間的金屬鎖鏈發出聲響。

「給我乖乖的。現在就把你搬出來。」右側的短髮男把手插進鈴木的脅下，因爲束縛器具而動彈不得的鈴木伸長了身體，就像一塊板子。

先下車的紗布男抓住鈴木的腳，把他拖到車外，自己簡直就像搬家的行李。被搬到車子外頭後，冷風吹來。鈴木轉動眼珠，確認自己的所在。這是一條像單行道的小路，左方有一排大樓。

哪裡傳來物體「沙沙」搖晃的聲音。鈴木躺著，抬起下巴，眼睛朝上轉動，在馬路的另一頭他看見了樹林。是杉樹林。風強烈地吹動枝葉，那聲音聽起來像是樹葉在呢喃，也像是威風凜凜的樹木在恫嚇。

鈴木腳先頭後被搬出去，他的臉朝上，只看得見漆黑的天空。不一會兒，建築物映入眼簾，他們似乎正前往建築物的入口，那裡有五或六層樓高。

這裡原本可能是辦公大樓，但是現在看起來不像有人租用，有些樓層的玻璃窗還是破的，二樓的窗戶看得見堆積如山的輪胎。唯一確定的是，這裡待起來絕不舒服，也絕對不會有熊貓。

鈴木不曉得電梯停在幾樓，門打開的同時，他又被放倒了。穿過通道，經過門扉，被抬進房間。那是一間空蕩蕩、一無所有的辦公室。或許公司撤走之後，就這麼保持原狀，只有一片寬闊的空間，水泥牆壁直接裸露出來，地板鋪滿冰冷的磁磚。

從前也許常在此處進行消毒作業，房間的每一個角落都散發出滲入其中的藥品氣味。

房間正中央擺了一塊像床墊的東西，鈴木被放到那上頭，背後的衝擊讓他的五臟六腑震了一下。灰塵撲到臉上，他嗆咳起來，好一陣子都睜不開眼睛。

「我先聲明唷，我可不想折磨你。」比與子坐在椅子上。那是把附有小輪子的椅子，她從相距數公尺遠的地方一口氣滑過來，要不是嘴巴被膠帶貼住，鈴木眞想回答她：「我相信。」

「只不過，我也說了，我們可不是什麼正派公司。」

鈴木的呼吸急促，布製膠帶獨特的臭味刺痛鼻腔。

「而且疑神疑鬼到了一種病態的地步。」

這我知道。

鈴木扭曲了臉龐。飛揚的灰塵止息了。他轉動脖子，底下的床墊傳來一股噁心的溼氣。兩個男人站在兩旁，左側的紗布男雙手已經戴上黑色的皮手套。

「我已經給你好幾次機會了，在咖啡廳的時候也是。我拜託過你好幾次，叫你說出那男人的地址，可是你就是不說。我實在不曉得你這麼做有什麼用。對吧？」

鈴木看見右側的短髮男手中握著一把骯髒的鐵鎚。

那一瞬間，鈴木知道自己的眼神不安得游移起來。好可怕，在自己動彈不得的此時，他們會對自己做出什麼事？腦中滿是恐懼。

槿的臉、小菫的臉、健太郎與孝次郎的臉依序浮現，他想起他們的住家所在。只要招出，自己就能得救了嗎？突然變得怯懦的自己，讓鈴木震驚不已。你啊，這麼容易就要拋棄孩子們嗎？他覺得亡妻正用輕蔑的眼神望著自己。

「我覺得這樣的你很了不起呢。是叫沉默的美學嗎？」比與子揚起鮮紅的嘴角，「只不過，這是伴隨著風險的。」

鈴木覺悟到嘴上的膠帶不會被撕掉了，渾身顫抖。對她而言，或許報告什麼的都無所謂了，她不打算從我口中問出情報了。眼睛明明睜著，視野卻被黑暗籠罩；那是遲來的絕望。

「我們會慢慢來的。」左側的紗布男露出鄙俗的笑容。「我不會整死你，只會讓你生不如死。」

這個男人眞像隻青蛙——正當鈴木這麼想，對方重重一拳打進自己腹部。無法呼吸，鈴木吐出舌頭呻吟。與其說是出聲，更像是聲音從口裡洩了出來，唾液也不斷地流出，嘴巴被膠帶封住，流出的唾液又回到口中，進入氣管，嗆到了自己。又一次被毆打，有什麼東西從胃部湧了上來，一定是還沒消化的義大利麵。鈴木勉強只能想到這種事。

「手指、腳趾、手肘、膝蓋。」他聽見短髮男右手揮舞著鐵鎚，打著拍子說，鐵鎚虎虎生風地舞動著。

# 鯨

鯨望著敞開的窗子。隨風擺蕩的紅色薄窗簾就像舔舐著室內的舌頭般翻動著。鯨沒有看窗外，就算往下看，也只有摔爛的岩西而已，搞不好還會被聚在屍體周圍的居民看見臉孔。從剛才開始，就一直有大樓門扉開開關關的聲音，尖叫和吼聲此起彼落，一下子吵鬧起來。

鯨掃視室內，看著桌上的電話，想起跳下窗戶之前的男人——長得一臉螳螂相的岩西。

「好好加油啊，蟬。別輸啦。」露出無所畏懼的笑容之後，岩西掛斷電話。然後像卸下重擔似的，表情一派暢快，攤開雙手說道：「真教人吃驚哪。」

「什麼？」鯨問。他打開窗戶，窗簾像在歡迎跳樓者似地顫動著。「剛才的電話是誰打來的？」

「蟬。」岩西露出滿是齒垢的門牙，口臭撲鼻。「我的手下。應該要殺掉你的傢伙。」

鯨的眉毛一震。

「你也想幹掉蟬嗎？」

「幹掉？」

「你不是要一個一個清算嗎？那樣的話，蟬也是對象之一吧？」

對決、一一清算。這個聲音在鯨的腦中反覆迴響著。「那個蟬人在哪裡？」

「品川的大樓。」

「大樓哪裡都有。」鯨反問，而剛才岩西在電話中也對蟬這麼說。

「我嚇了一跳呢，那傢伙說要去寺原先生的大樓唷。」

「寺原。」鯨的腦中浮現數面之緣的「千金」老闆寺原的臉，臉上滿是沒刮乾淨的鬍子、膚色黝黑；姿勢很好，個頭雖小，卻像小塊礦石一般格外堅實，體格結實。眉毛粗濃，鷹勾鼻，有著一張不像中年人的精悍長相，充滿氣魄與威嚴，具備發號施令者應有的風範；難以親近、嚴厲、毫無破綻。

「既然你是幹這一行的，應該也聽說過寺原吧？他兒子最近被撞死了，你知道嗎？」

鯨沒有回答，但是反射性地，昨晚目擊到的情景在腦中播放。在藤澤金剛町車站附近看到的交通事故，在十字路口等待綠燈的行人中，有一個人跳出馬路遭迷你廂型車撞飛。推手，這個名詞閃過腦袋。不要想。有如咒文般，鯨告訴自己。推手。不要想。不，應該想，這是對決。

「寺原先生認爲，」岩西露出不正經的笑容。「那是推手幹的。」

「那又怎麼樣？」

「聽說有人知道推手的下落。」儘管鯨沒有要求，岩西卻開始說明。

寺原的員工好像查出推手的家，可是卻不肯說，好像已經找到那個員工了，寺原好像打算施暴，逼他吐實。

「全都是『好像』哪。」

「蟬打算中途攔截。」不曉得爲什麼，岩西顯得有些自豪。「剛才他在電話裡這麼說哩。」

「在哪裡？」鯨口乾舌燥起來。「說！」他像要用聲音中的魄力貫穿對方似地問：「你的手下、蟬，去哪裡了？」

一切都串連在一起了。鯨俯視自己的胸口緩慢、但確實地上下起伏。就像田中說的，從一個契機開始，一切都連繫在一起了。鯨開始相信，未來已經寫在某人的食譜之中，而寫下這道食譜的，或許就是那個不良於行的田中。

「你果然打算幹掉蟬吧？」岩笑開了。

「你要阻止我？」

「怎麼會？」

「你很高興？」鯨完全搞不懂眼前的岩西究竟在想些什麼。

「自己的手下幹出超乎想像的大事，這不是很痛快嗎？」岩西說完，從鼻子噴出氣來，嘻嘻地笑。「雖然那傢伙很討厭我。」

「你不討厭那傢伙嗎？」

「不討厭也不喜歡。只是唯一的手下能夠獨當一面的話，我也能夠了無牽掛地飛了。」

儘管他的表情已經恢復冷靜，「跳樓自殺」的決心似乎沒有改變。

「你不是要飛，是死。」

「我啊，」岩西驕傲地說。「最討厭自殺的人了。只有人能用死來逃避，這不是太狂妄了嗎？不管再怎麼不幸的豬，都不會自己去死，人太傲慢了。所以啊，我要飛。死只是順便。」岩西一把拉出桌子的抽屜，鯨以爲他要拿出武器，舉槍瞄準。「別開槍啊，我怎麼可能抵抗嘛？」岩西舉起雙手。「我可不想在死之前就給殺了。」

他緩緩地放下手，探進抽屜，拿起一張小照片轉向鯨；是一張黑白的證件照。

「這是什麼？」鯨捏著照片，問。

「蟬。」

照片上的年輕人一頭柔軟的頭髮留到耳際，有尖挺的鼻子，不高興地皺著眉頭，看起來年紀很輕。

「本想幫他準備護照，結果忘了。」岩西一副對自己的過錯或健忘洋洋得意的樣子。

「這傢伙就是蟬，別搞錯啦。」

「爲什麼特地告訴我？」

「因爲我想目睹你跟蟬的對決啊。」

「你看不到的。」

「他人在品川。寺原的總公司雖然在那附近，不過應該是其他地方，他如果想拷問員工的話，會選在另一棟大樓。你應該也知道吧？」

「知道什麼？」鯨訝異地注視岩西。

「寺原的另一棟大樓啊。和大馬路間隔著一條路的骯髒小巷裡，就在杉樹林對面，在業界很出名不是嗎？」

「殺手也有業界，這還得了？」鯨在眉間擠出皺紋。

「眞有意思，蟬也說過一樣的話。」岩西輕快地笑了出來，翻找著桌上的地圖，遞向鯨。「就在這裡，一定是這棟大樓。」

「你是我的同伴還是敵人？」鯨不解。

「都不是。我是觀眾，看熱鬧的。」岩西說，從椅子上起身，走向窗戶。「拜啦。不想活得像行屍走肉，眞是句名言。」話聲剛落，岩西已經跳出窗外。沒發出尖叫聲，沒多久，肉塊在地面摔爛的聲音響起。

因爲不想撞見其他住戶，鯨從後面的樓梯飛快下到一樓。他瞥見警車停在大樓出入口前，雖然沒有鳴警笛，但旋轉燈開著。

鯨離開大廈，折回來時的道路，他想穿過堤防從ＪＲ車站到品川去。他看手機確認時間，下午四點十五分。

鯨大步前進，看見恰好在十字路口轉過來的計程車，攔了下來，坐車去比較快。他拿出撕下來的地圖給司機看。「到這裡去就行了吧？」司機不耐煩地說。

「去就是了。」

車子才剛起步，鯨就感到腹部一陣疼痛，就像胃部裝了個螺絲狀的東西，有人把它用力扭到不能再緊般的疼痛。一點一點，仔細的、執拗的痛楚。鯨右手按住腹部，把臉靠在左側車窗，試圖平復呼吸。他不自主地扭動身子，以爲被轉到極限的螺絲又繼續轉動了。

同時，他感到胸口開了個洞似地出現一個窟窿。把洞塞起來，他用大腦下達指令，卻徒勞無功。腹部的鈍痛與心窩的空洞，同時折騰著他的身體。呼吸困難，鯨拚命張動嘴巴。也許是貧血的緣故，他知道自己的體溫下降了。

「客人，不舒服嗎？」司機望著後視鏡問。

鯨想回答，卻發不出聲音。

「想吐的話說一聲啊，我會停車的。」司機毫不掩飾不悅地說道。他想必把鯨當做天黑以前就沉迷於酒精的醉鬼之流。

鯨閉上眼睛，努力平息呼吸，下顎的咬合處發出顫音。好冷，身體哆嗦起來。鯨把手伸進大衣口袋，把沒了封面、皺巴巴的文庫本用力捲成筒狀。「沒什麼好狼狽的！這不過是肉體的不適罷了！」

「那是罪惡感吧？」他彷彿看得見輕蔑地調侃自己的亡靈身影。

大約過了十五分鐘，計程車停了下來。身體的痛楚總算消失，鯨深呼吸時，聽見了不悅的問話：「這裡就行了吧？」司機轉過頭來的臉就在面前。「從那裡左轉，然後右轉，就是那棟大樓的正門了。」司機比畫著手指說。換句話說，是叫他下車用走的。

鯨掃視周圍，確認地圖。「你不開到大樓前面嗎？」

「大樓正面有杉樹林啊。喏，客人也看得到吧？」司機臉上有著刮完鬍子的青色痕跡，他用食指比向擋風玻璃的左上方。「我有嚴重的花粉症，再靠過去就慘了。」

「慘了？」

「我會一把鼻涕一把淚的，到時視線模糊，搞不好會出意外。」

這個有著青色鬍碴的司機口氣傲慢得讓鯨不禁懷疑他是自己想像出來的亡靈之一。

鯨從皮夾裡取出紙鈔，付了車資下車。可能是相當懼怕花粉，計程車緊急發動，轉眼間不見蹤影。鯨在十字路口左轉，慢慢走著。路很窄，有一條兩部轎車勉強可以擦身而過的馬路，兩旁骯髒的大樓櫛比鱗次。飄蕩著一股落魄的氛圍。霉臭味。與其稱之爲大樓，更像是水泥箱。

沒有行人，也沒有車子經過。走了一會兒，前方有亮光，好像來到大馬路上了。一輛休旅車停在前方約二十公尺處，車頭朝向這裡，開上右邊的人行道，打斜地停放。

一名年輕人從車上下來，鯨趕緊藏身到右側牆壁的凹陷處。那名年輕人身形消瘦，動作敏捷流暢，甩動著貓毛般柔軟的頭髮，展現出貓一般柔韌的身軀。

鯨看見了對方的側臉，是蟬，他想起岩西給他看的照片。

## 蟬

蟬開著偷來的休旅車，以順暢的速度抵達大樓。按照桃所指點的路線，經過品川站後，以一次強硬的迴轉和插入車道，蟬總算順利到達了目的地。

立刻就找到了寺原的大樓，那是一棟五層樓的暗灰色建築，各樓窗戶因爲塵埃而變得霧白，龜裂的牆壁淌血似地滲出水來。

蟬行經大樓，在第一個轉角左轉，輪胎發出了一點聲音，但是蟬沒工夫在意。前行數公尺後，把車子開上路肩，車體打斜著停了下來。

下車前，蟬注意到後座擺了毛毯，掀了開來，心想要是有誰藏在裡面就糟了，但是底下只放了兩只空紙箱。蟬蓋回毛毯，打開駕駛座的門，走出車外。

他順著來時的道路，走回大樓。

馬路另一頭有一片樹林，鬱蒼茂密、充滿壓迫感的杉樹林。約四、五十公尺高的杉木排成一列。儘管無法確認樹林的規模，但是似乎不小，赤褐色的樹木筆直伸展，樹梢延伸出葉子。簡直就像瞄準天空的矛嘛——蟬感嘆著在心中呢喃。可能是有風吹過，樹木左右搖晃，一搖晃，葉子就沙沙作響。就像大型動物踩踏地面，全身體毛都在顫動一般。

前方駛來一輛廂型車，蟬慌忙折返，跑過轉角躲起來。

他豎起耳朵，聽見廂型車的停車聲，又傳來女人的聲音。蟬從牆後探出半張臉。

他看見女人打開後座車門，接著兩名男子從車內現身。他們匆匆地走進建築物，看不清長相，但是注意到那二人組抬著像行李的東西。不，不是行李。蟬馬上就發現那是一個被綁縛住的人。

原來如此，那就是傳說中的員工啊——蟬舔舔舌頭。就是那個不肯鬆口、頑固、不幸、即將被拷問的員工啊。幸好對方不是大塊頭或高個子，蟬鬆了一口氣，這樣要擄走他就容易了。確認廂形車駛離後，蟬走向大樓。「好好加油啊，蟬。」岩西的話浮上心頭，他忍不住想回答「用不著你說啦」。

大樓入口前鋪著白地磚，滿地口香糖殘渣和亂丟的菸蒂，就像牢牢附著的霉菌或苔蘚一般。

大門上有個圓形門把，蟬握住它，用身體施壓推開門。一樓原來可能設有服務台，正面擺了一張長形櫃台。

他站在電梯前，確認停下的樓層。

確認他們在五樓停下之後，蟬轉身走出大樓，走向緊急逃生梯。搭電梯不是明智之舉，電梯移動的話，可能會驚動五樓的人，換來一開門就被埋伏的男人開槍打中的下場。

蟬躡手躡腳，一階一階走上生鏽的樓梯。冰冷的風與其說是撲上臉頰，更像是在摩擦他的臉。呼吸變急促，蟬知道自己漸漸感到興奮。我要大幹一場——他低語著。

抵達四樓，蟬拉開緊急逃生門，滑進室內，來到通道，盡頭處是電梯。他筆直前進，看見左手邊有一道沉重的門，他把耳朵湊近門旁的磨砂玻璃窺探，裡頭人數似乎不多。蟬評估，下車的是一個女人和兩個男人，自己總有辦法對付，先進去再說。他手裡抓著刀，身體撞門衝了進去。

攻其不備的時候，要訣在於腳步不停。

室內開著燈，燈管也許是故障或是舊了，不夠明亮，不過還是足以看清室內的情況。房間中央的女人吃驚地回過頭來，看到蟬後，更是睜圓了眼睛。

太慢啦。

蟬躍過地板，他看見躺在床墊上的男人。小哥，我來救你啦。

蟬一面逼進一面觀察眼前的對手。他集中精神，照順序來。一如預料，只有一個女人和兩個男人而已，女人正要從附滾輪的椅子上站起來，像是怔住了。

先從女的下手。蟬判斷。兩個男人手裡沒有槍，床墊左側的男人戴著皮手套，右側的握著工具，是把鐵鎚。如果有人帶槍，在女人身上的可能性比較高。女人因爲臂力與體格處於弱勢，常不動聲色帶著槍。

所以蟬先是奔向女人，舉起左拳，揮向女人的下巴。用刀也可以，但是蟬不假思索地空手揄去。女人一臉驚愕，像是不曾被人打過，跌倒在地，腳上的高跟鞋鬆脫。如蟬所料，她帶著手槍，槍掉在地上，滑到房間角落。

男人掄著拳頭衝過來，蟬迅速揮動手中的刀子。

男人脖子的位置、自己右手的長度、刀刃長度、與對方的距離——他完全把握住了，就像割開垂在眼前的床單似地，蟬揮動著刀刃。他用身體記住了這些動作，極爲熟練。開始替岩西工作後，數年來他都用刀子劃開吊在房間的布塊當做訓練。「就像棒球選手在榻榻米上練習揮棒動作一樣，不是很棒嗎？你看起來簡直像個健全的運動員呢。」他想起岩西當時揶揄的口氣和他大笑的樣子。

揮舞的刀子刺進男人脖子的皮膚，陷進肉裡，切開頸動脈、割開骨頭的觸感傳了過來。

男人瞪著蟬的眼睛，張著嘴巴停住了動作，舌頭蠕動，卻發不出聲音。他的眼神轉爲暗淡，血沫溢了出來。血液從脖子流出，就像被捏住開口的水管似地噴濺而出。蟬把男人的身體拽倒在地，血在地板匯集成灘。蟬又端正姿勢，面對緊接著襲擊過來的短髮男。

男人舉起拿著鐵鎚的右手，蟬看到對方的臉，「咦」了一聲，向右側身，避開了鐵鎚的攻擊。猛衝過來的男人往前撲倒。

「這不是柴犬嗎？」蟬說完，發出乾笑。對方就是數小時前在往東京車站的小巷裡遇到的男人，剪短的頭髮就像柴犬一樣。蟬看向另一邊，方才用刀子切斷脖子的男人倒在那裡，腰上纏了一條鏈條，這傢伙原來是土佐犬啊。

怎麼？是柴犬跟土佐犬啊。眞是感動的再會，你們是太郎跟次郎（註）嗎？

柴犬再一次舉起鐵鎚。蟬凝神細看，看到了。他的眼睛追著柴犬手臂動作的軌跡。柴犬打算從左邊毆打蟬的臉，蟬上身後仰，看著鐵鎚惡狠狠地掠過鼻尖，避開。不曉得是憤怒還是混亂，柴犬兩眼通紅。

鐵鎚掠過的同時，蟬挺起後仰的上身。「剛才放你一馬，但這次不行了。」他迅速地說，但柴犬似乎並沒有在聽。「因爲『能夠原諒的只有第一次』啊。」

因爲揮空，柴犬失去了平衡，勉強重整態勢後掄起了右手，他想把鐵鎚丟過來——蟬瞬間理解。距離這麼近，被砸到可吃不消。這麼想的同時，蟬的右手也動了，他扔出刀子。感動的離別。沒有餘韻也沒有聲音，飛離蟬手上的刀下一秒就插在柴犬的右眼上。

柴犬沒發出慘叫，他往後退，顯得很疑惑，無法理解爲什麼右眼失去了視力，比起痛楚，他似乎無法支撐變得沉重的頭部，不斷地向後踉蹌。

註：太郎與次郎指的是一九五六年跟隨日本南極觀測船前往南極探索的樺太犬之中的兄弟犬。因故被留在當地的十五隻樺太犬當中，太郎與次郎奇蹟似地生還。這段故事被改編爲電影《南極物語》，二〇〇六年由迪士尼改編成電影《極地長征》。

「爲什麼？」柴犬發出困惑的聲音。

蟬以爲他在問「爲什麼要刺我」，回答：「因爲你們是太郎跟次郎嘛。」

間不容髮地，蟬抓起口袋裡準備好的第二把刀子。他靠近柴犬，刺進對方心窩，刀刃移動到胸口。所有的步驟都一如往常。手上傳來切開布匹般觸電的觸感，刀子貫穿脂肪、刨挖心臟的感覺，蟬瞭若指掌。一口氣抽出刀子之後，可以聽見血液大量湧出的聲響。

柴犬倒下了。蟬再次轉向女人，他確認剛才的槍還在地上。女人似乎費了一番工夫才爬起來，還沒有餘力撿起手槍。「我先聲明，我可不會因爲妳是女人就給妳差別待遇。剛才雖然是空手，但是我可沒有手下留情，只是打妳的那隻手碰巧沒拿刀而已。明白了沒？」

「你是什麼東西？」褐髮的女人瞪大眼睛，尖聲說道。

看得出女人在虛張聲勢。他把女人從頭到腳掃視一遍；短髮，穿套裝、黑色絲襪，高跟鞋掉在一旁，皮膚很白，就像人型模特兒一樣。

「不好意思，這傢伙我帶走了。」蟬彎下腰，把刀子放在鞋子旁，望著躺在床墊上的男人。男人被皮帶綁住了，綁得很緊，很難解開。蟬雙手並用，在皮帶與皮帶間弄出隙縫，一點一點拉開，卻不順利。「綁得眞牢耶。」蟬不禁感嘆，解開皮帶竟然比拿刀幹掉兩個人更困難，這是什麼道理？

這時蟬察覺到女人走動的氣息，在意識到之前，他已經回頭，拿起刀子站了起來。

他看見女人的背，女人正拚命跑向門，腳上沒穿高跟鞋。蟬咋舌，準備扔出刀子，卻還是忍住了。

女人很可能是去向寺原通報，但是只要殺掉推手，寺原也不得不對我刮目相看吧——蟬心想。「沒必要追那個女人吧。」

他再一次蹲到床墊前，動手解開皮帶，在耐心地拉扯後，皮帶一點一點鬆開了。有什麼東西從男人手中掉了下來，掉到地上發出輕聲。蟬迅速地用右手撿起，拿到眼睛高度。是戒指，雖然看起來不像高級貨，不過多少可以換點錢，蟬把它收進牛仔褲口袋。

「我來救你了。」蟬在不斷眨眼的男人耳邊說。「很感動吧？」

## 鈴木

搭救自己的究竟是什麼人，鈴木完全摸不著頭緒，可以確定的是，對方是初次見面，而且將他從束縛器具中解放出來。

情況岌岌可危，正值窮途末路、千鈞一髮的生死關頭，鈴木回想起來仍是渾身顫慄。當時他的手指差點就被鐵鎚敲碎，先是有人重毆自己的腹部，接著側腹部又被踢，長髮男人從後面拉扯鈴木被綁住的手，抓住手指按在床墊上，「好，打斷。」他對短髮男子下達指示。

「打斷你一兩根手指，看你想不想說。」

鈴木想像手指被鐵鎚敲碎的情景，腦中描繪出碎裂的骨頭、斷裂的血管、破碎的指甲，渾身爬滿雞皮疙瘩，自己陷入了絕境。他的胃部瞬間有如被扭絞般疼痛起來。

就在這時，他聽到有人闖進來。

二人組停止了動作，抬起頭來，他們也不明白眼前的狀況。

接下來，鈴木無法掌握辦公室內發生的對話和爭鬥。他閉著眼睛，伏著臉，就像躲在洞穴等待暴風雨過去，或是閉上眼睛忍受不愉快的電視節目；掩住眼睛、背過臉去，這些全都不關我的事。

等到聲響和動靜都沒了，他戰戰兢兢地睜開眼睛，最先看到倒在右手邊的男人。那是拿鐵鎚的短髮男，他的頭轉向另一側趴伏在地，鈴木看見他從長褲裡伸出來的細瘦腳踝。短髮男全身抖動，不住地抽搐著，那副可怕景象實在很難讓人認爲他還活著。

鈴木把臉轉向左邊，這次看見另一個男人倒在地上，身下有一攤液體，仔細一看，那是血。

活著的只剩下前來援救鈴木的男人，他看起來年紀很輕，頂多二十出頭。舉止欠缺沉著和威嚴，就像是熱中偷竊和恐嚇的性急年輕人，所以當聽到他說「我來救你了」，鈴木很難把眼前的年輕人想成救世主。

他扶鈴木起身，命令：「走。」被毆打的腹部傳來一陣鈍重的疼痛，肋骨感到刺痛。鈴木用袖口擦拭嘴巴四周的唾液，有一股酸味，更刺激了鈴木想吐的慾望。

「你沒有……」鈴木忍不住說，「你沒帶威士忌來嗎？」

「什麼？」

「不，沒什麼。」昏沉的腦袋讓他產生一種遇難的錯覺。

年輕人自稱「蟬」，他得意洋洋地自我介紹，儘管沒這個必要。他有一頭漂亮的頭髮、打扮時髦；「蟬」感覺不像本名，或許是綽號。他也許是嫌鈴木動作太慢，走過來把肩膀借給他：「快點啦。」他撐著鈴木的身子，半拖著他走。

鈴木回頭望去，看見倒在地上的兩個男人，他們一動也不動，就像堆在地上的黏土作品；與其說是屍體，更像是老舊地板上的突起物。

「不是還有一個女人嗎？」鈴木想起比與子，她直到剛才都還在自己身邊，就坐在椅子上，現在卻不見蹤影。

「哦，那個女人逃走了，跑得很快。不過算她聰明。」

「聰明？」

「不夠聰明的傢伙會抵抗，變成那樣。」蟬用拇指比著背後的男人們——應該稱為男人們的屍體。「那女人八成去通知同伴了吧，危險的傢伙動不動就愛叫人，真沒趣。能靠人數解決的事，根本沒多少。你不覺得嗎？」

「你到底是誰？」鈴木還是忍不住問出口。

「我是蟬啊。剛才說過了吧？」

應該不是唧唧叫的蟬吧——鈴木想。「你是寺原的人？」

「別拿我跟他們混為一談，你才是他的人吧？我的公司規模小多了，算是個體戶啦。有名的是你才對吧？」

「我有名？」

「你知道推手的下落吧？」

蟬握住鈴木的左手腕，力道很強，感覺得到他絕不讓鈴木逃走的堅強意志。鈴木一時語塞，如果立刻用「你在說什麼？」或「你們都誤會了」之類的藉口搪塞過去就好了，但是鈴木已經錯失良機。他欲言又止，臉部僵硬，嚥下了唾液。他的反應或許比任何說明都清楚。

「你知道推手對吧？」蟬再一次確認。

他們穿過通道，來到電梯前。蟬看見電梯顯示依然停在一樓，說：「好像沒有其他人來過呢。」他按下下樓按鈕，傳來電梯啓動的聲響。

「萬一搭電梯下樓，」鈴木想到。「寺原的手下就等在門外怎麼辦？」

他想像那一刻；鈴木與蟬搭乘的電梯抵達一樓，門扉開啓，比與子和她的同夥拿著槍等在眼前，一齊開槍。發生這種事怎麼辦？即使這個橋段在電影中被使用了上百次，現實中只要發生一次就萬事休矣。

「如果有人埋伏，我們會被射成蜂窩。」

「蟬變成蜂窩的話也太妙了。」蟬興味索然地笑了笑。電梯發出聲響打開門，蟬放開手，把鈴木推進去。「碰碰運氣。應該還不要緊。還沒聽到車聲吧？剛才的女人就算叫來同伴，他們那種人腦袋都不太好，總是亂哄哄地吵成一片，如果趕來了，絕對聽得見煞車聲和關門聲的。既然沒聽見，就還不要緊。」

「不怕一萬，只怕萬一。」鈴木的雙手被蟬扭在身後按住，身體一動，關節就一陣劇痛。我簡直就像被刑警制住的犯人——鈴木想。

「萬一，」蟬的聲音從背後傳來。「門外有子彈等著我們的話，不好意思，你就當擋箭牌吧。」

電梯的行進速度很慢，像是故意要讓人著急似的，底板則彷彿要脫落似地左右搖晃。

「帶我去找推手。」蟬一副理所當然的口氣。

「推手。」鈴木在口中玩味著這兩個字的發音。每個人都在找推手，他無法不這麼想。

「你找推手做什麼？」

「見面，跟他聊聊。」

「只有這樣？」怎麼可能。

「怎麼可能。」

「你跟他有仇嗎？」

「沒有仇就不能見面唷？」

到一樓了。鈴木屏住呼吸，電梯門左右開啟。只能禱告了。瞄準自己的無數槍口、扣在扳機上的無數手指、射進肉裡的無數子彈、大量出血、無盡的痛楚、自己的哀嚎、開了洞的內臟……，影像排山倒海地湧入腦中。萬一中槍，我要吶喊亡妻的名字——鈴木暗自下了決心。光想像腳就發軟，他全身哆嗦起來，差點站不住。

爲什麼？事情爲什麼會變成這樣？洩氣和疑問充塞全身，鈴木試圖用亡妻的話驅逐恐懼。也只能做了啊。沒錯，全都是爲了她。鈴木站穩腳步，用力閉緊牙根發顫的嘴巴。

爲了妳，我挺努力的吧？

門開了。鈴木差點閉上眼睛，他奮力繃緊額頭和臉頰的神經，忍住衝動。不管發生什麼事，都應該看清楚。

寂靜無聲的一樓辦公處就在眼前，空氣彷彿頓時停止了流動，沒人埋伏，鈴木覺得窮緊張的自己實在滑稽。

「沒事嘛。」蟬輕快地說。鈴木放心地輕輕嘆息。「可是他們遲早會來的，走吧。」

鈴木勉強抬起幾乎打結的雙腿，走向出口。

「推手是什麼樣的人？」蟬在背後問道。

「他……他有家人。」鈴木懷抱著希望說道，他想喚起蟬的同情心，既然蟬和推手之間沒有恩怨，如果知道對方有妻小，或許會打消念頭。「他有小孩，兩個小孩，所以可不可以放過他們？」

蟬聽了發出模糊的歡呼聲，聽起來也像口哨。「那可是我的拿手好戲呢。」

「咦？」

「全家滅口可是我的專長。這下我得加把勁才行。」

這算哪門子玩笑?鈴木臉頰抽搐，注視著對方的側臉，蟬滿臉歡天喜地，不像是因爲剛講完笑話。這群人全是飛蝗啊。

鈴木被蟬拖行在人行道上，走了一小段路，兩人左轉進入一條較窄的人行道，前方有一輛停在路肩的休旅車。

「快上車。」蟬推著鈴木的肩膀。門似乎沒上鎖，蟬直接打開副駕駛座的門。「上車。」他說。

「快逃!」鈴木聽見有人這麼說。「上車你就完了呀。」警告聲傳來。他聽從忠告，左右張望，尋找逃跑的機會，只是他不認爲光跑就能甩掉蟬，不管是體力還是運動神經，明顯都是蟬占了上風。

「別想逃走啊。」蟬警告。鈴木驚訝地轉過頭時，挨了一拳，他倒向車門大開的副駕駛座，腦袋因眩暈而意識朦朧，遭拷問專家毆打的部位又痛了起來，很想吐。他失去了上下左右的感覺，知道鼻尖頂著的是車座椅，卻忘了該如何移動身體才能爬起來。

不知不覺中，雙手又被拉向後方，身子動彈不得，增加他判斷方向的難度。他的雙手被綁住了。蟬好像把束縛器具帶來了，雖然看不見，但是手似乎又被皮帶綁住了。蟬粗魯地關上車門。

# 鯨

「來兜風吧。」鯨聽見駕駛座的男人這麼說，他藏身在後座的毛毯底下，疊起原本在毛毯底下的紙箱，鋪在身下。車內光線昏暗，若不細看，藏在毛毯下應該不至於被發現。如果被發現，也只能在車裡打鬥了。

鯨在後腰帶塞了一把槍，那是岩西辦公室裡的槍。平時攜帶的那把沒裝填子彈的手槍，他擦掉指紋之後扔進了河裡。

「你爲什麼想找推手？」副駕駛座上的男人說，聲音混雜著困惑與畏懼。「爲什麼執意想知道他的下落？你既然跟寺原沒關係，爲什麼呢？」

副駕駛座的男人就是知道推手所在的員工嗎？

「就跟你說沒爲什麼嘛。你只要告訴我推手的下落就好。聽好了，你能選的路只有兩條，要不乖乖招出來，不然就是我強逼你說出來。第二條路，想必不太輕鬆，又痛又難過，而且結果還是跟第一條路一樣。」

「這跟剛剛有什麼兩樣？」副駕駛座的男人憤恨地說。「這跟寺原的手下對我做的事有什麼不一樣。他們也想折磨我，逼我說出來，你想做的事不是跟他們一模一樣嗎？」

「你是想說我缺乏原創性嗎？」

「不是的。」

回答之後，副駕駛座的男人好一陣子不作聲。是需要時間作決斷或是決定保持沉默，毛毯底下的鯨無從得知。

「噯，無所謂，換個地方慢慢問你。」蟬說完，窸窸窣窣動著身體。「鑰匙怎麼不見了？你知道鑰匙在哪裡嗎？」

鯨以爲蟬在問自己，但這是不可能的事。鯨想，車子若是不開動，對自己有利。他慢慢伏下身子，準備起身。

車體搖晃著，鯨失去平衡，他以爲引擎發動了，不過並不是。才心想「不會吧」，這個「不會」就發生了。眩暈開始，同時間頭痛發作，腦袋的螺絲又被轉緊，鯨覺得頭似乎隨時都要爆裂。

「結果，我也現身了。」聲音在耳邊響起。鯨睜開緊閉的雙眼，望向左邊。

一個黑髮旁分、身穿西裝的男人就在身旁，他人也在毛毯裡，臉湊得很近。兩個大男人擠在同一張毛毯，實在稱不上舒適，但是鯨此時無法趕走他。反正不過是一個亡靈。「你幫我報仇了呢。」男人客氣地說。

是昨晚在飯店單人房上吊的男人，那名個性一板一眼的祕書，因爲梶的貪瀆事件成了代罪羔羊；鯨的第三十三名受害者。又不是爲了你才這麼做——鯨無聲地回答。

「可是你讓梶自殺，我很高興。」他流暢地說。「梶也死了，或許在另一個世界他也會雇我當他的祕書呢。」他的表情不像在開玩笑。

鯨沒有回答。他決定等待男人消失，這段期間他焦躁不已，擔心蟬隨時會發現自己。

「做這種工作，你不覺得可悲嗎？」

鯨沒有回答，右手按住眼睛，緊緊閉上，焦慮浮上心頭。

「你也眞是辛苦呢。」男人在耳邊低聲說道。

鯨沒有回答。可是他覺得男人要是再不住嘴，他的憤怒就會爆發，忍不住朝祕書咆哮，他沒有自信能夠壓抑自己。從什麼時候開始，我再也控制不了自己了？一切都寫在食譜上。他想起田中的話。現在發生的事也寫在食譜上嗎？那麼調理出來的究竟會是什麼料理？既然如此——鯨想——不管亡靈消不消失，都只能行動了。儘管前座感覺不到人的氣息，但是他們一定在那裡。就算看不見，也只能行動了。得一一清算才行，鯨下定決心。

他緩緩屈起膝蓋，那個祕書緊緊貼在自己臉旁，鯨甚至感覺得到對方呼出的氣息，彷彿稍一疏忽，就會把這一邊錯認爲現實世界，將清醒後的世界當成幻覺，他像要突破包覆自己的幻覺薄膜，準備從毛毯裡起身。就在這時，一陣眩暈襲來，耳邊傳來祕書的聲音。

「就是現在。」

鯨撐起身體，把左手伸進駕駛座與副駕駛座之間，一把抓住蟬的額頭。

亡靈消失了，蟬就坐在位置上，手中也感得到蟬的存在。蟬的表情反映在後視鏡裡，他一臉驚恐，動彈不得。

鯨抓著蟬的頭往椅背上撞，蟬的後腦勺撞擊椅背的沉重聲響也傳到了鯨的耳中。這是清算。

## 蟬

莫名其妙。回過神時，自己已經被拖出車去。有人頭先腳後地拖著自己，臀部完全離地，鞋跟在地面磨擦著。就像雪橇——蟬想，不過不是坐在雪橇上，而是自己成了雪橇，被人拉著。

有人拎住外套後領，拖著自己走；那人力氣很大，他甚至一度以為拖著自己的是汽車或機車。

這裡是哪裡，蟬左右張望，他看見柏油路面，正前方是剛才還坐在裡頭的休旅車。這是怎麼一回事？蟬感到混亂。正當他好不容易弄清情勢，身體卻忽地浮了起來，他像個行李被抬起來，似乎是越過了路肩，腳下的地面不知不覺間成了泥地。

蟬還記得，自己直到剛才還坐在休旅車的駕駛座上恐嚇寺原的員工，那之後他為了找鑰匙摸索著牛仔褲的口袋，忽然一隻手冷不防地從後面伸出來，這件事他也記得。一隻手從車座左方冒了出來。蟬懷疑自己的眼睛，一時無法反應，眨眼間那隻手捉住他額頭。視線突然封閉，他知道眼前看到的是手掌的掌紋，只能透過指縫看見前方，緊接著後腦勺往椅背撞，一陣閃光之後意識逐漸遠去，腦袋在搖晃，身體震顫著，之後的事蟬就不大清楚了。

車門聲響起，連續砰砰兩聲，他隱約意識到是駕駛座的車門被打開，身體卻動彈不得，昏沉沉的，手腳使不上力。

這是怎麼一回事？連開口抱怨的時間都沒有，回過神來時人已經被拖出車外。

臉頰感到疼痛，有什麼東西刺著左臉頰，有草的味道。定睛一看，一旁就是草叢，是它在扎刺著蟬的身體。

是杉林。

他身在大樓對面那片鬱蒼且散發詭譎氣息的杉林中。明明離馬路沒多遠，卻聽不見半點聲響，只聽到蟬的鞋子磨擦地面以及某人踩過枝葉的聲音，就像走進洞窟裡，蟬被拖進森林深處。

這傢伙是誰？竟然藏在後座？——此時蟬總算有餘力提出這個疑問，難以置信的蟬轉過頭去，試圖掌握對方的身影，卻只是徒勞。

總不會是匹馬吧？

拖拉著蟬的力道強勁、粗暴，加上亂無章法的行動，讓蟬半認眞地以爲對方其實不是人，而是一匹瘋馬。

他想起從後座伸出來的手臂，打消了這個可笑的推測。那是人手不是馬蹄，而且還看得見掌紋呢。那不是馬，是人。一個有著怪力的人正拖著我。

蟬頭先腳後地被拖行著，簡直像被當成行李對待，他設法把右手伸進牛仔褲後口袋，抓住刀柄，朝對方身後扔去。

第一刀沒有命中；是方位不對，或是手揮動的角度有錯，刀落空了。「爲什麼沒中！」蟬下意識地大吼，像是傾家蕩產買彩券、損龜時氣得跺腳的敗家子。「怎麼可能沒中！」

突然，身體向下掉落，那人放開了他的後領，蟬一屁股跌坐在地，上半身往後傾倒。一陣疼痛傳來，背部感受到泥土的溼冷。蟬蜷曲身子滾到一旁，全身滿是泥土和草葉，慌忙站起身來。

得逃到安全的地方去才行。可惜大腦中樞似乎尚未恢復，蟬踉蹌著。「你是誰啊？」蟬拿著刀子與來人對峙，好巨大——他在心中感嘆著。

男人站在數公尺外，體格極爲壯碩，即使在昏暗的樹林中，也能看清他的模樣——他比蟬高出一個頭以上，肩膀相當厚實，短髮，眉毛與眼睛間隔很窄，膚色不白也不黑，臉的中央是一個壯觀的大鼻子，因爲輪廓很深眼窩呈現黑影。對方穿著大衣，雙手垂在兩側，看起來沒拿武器。蟬掌握對方的呼吸，研究巨人的呼吸，吸氣，吐氣，配合著對方的呼吸頻率。

「你是蟬嗎？」巨人說。語氣很平靜，一股奇妙的壓迫感震動了空氣，蟬甚至懷疑出聲的是四周的杉樹。

他重新掃視周圍，全是杉樹，約有四十公尺高的杉木覆蓋了天空，彼此間隔數公尺矗立著，赤褐色的樹皮裂紋呈垂直狀，似乎可以輕易撕開；向上生長的樹枝與螺旋狀生長其上的針葉隨風擺盪。光線從樹葉之間的隙縫灑落，日落前的微弱陽光朦朧地照亮樹林，就像光線透過開了洞的簾幕投射出直線的光影。

「你怎麼知道我的名字？」蟬察覺眼前的男人非比尋常，嚴加戒備。

能夠輕易拖著蟬的蠻力，面不改色、沉著應對的風貌，在在散發出一種異樣感。跟剛才交手的柴犬和土佐犬完全不一樣——蟬想。看他從容不迫的樣子，這傢伙很特別。

「你本來應該要殺掉我的。」對方的嘴唇微張，聲音透過地面攀爬過來。

蟬明白了。「就是你啊？」他牽動臉頰，勉強擠出笑容。「梶要殺的巨人。」

「你爲什麼沒來殺我？」巨人問道。

蟬調勻呼吸，不讓對方察覺自己的攻勢，踏出下一步。

距離。

蟬滿腦子只想著距離，能夠確保距離的人就是贏家；刀子的狙擊範圍加上臂長和刀身足以貫穿頸動脈的距離，奮力射出小刀能夠確實命中的距離。必須再靠近一些才行。

蟬知道只要一擊不中，這場戰鬥就結束了。他再次踏出腳步，目測距離。巨人一動也不動，默不作聲瞪視著蟬。

簡直就像大石頭，蟬想，這傢伙就像敲打幾百遍也絕不會碎裂的岩石之王。

再兩步，再一步——蟬默數著，正要踏出下一步時，他跳了起來。距離巨人約有兩公尺，蟬唐突地舉起刀，朝巨人猛衝過去。

你不可能躲得掉的，蟬確信。這個距離太短了，巨人不可能避開猛衝上去的蟬，地上的樹枝在蟬的腳下「啪吱啪吱」地斷裂。

巨人表情僵硬，慌忙將重心左移。

「就跟你說來不及啦。」

蟬假裝揮動右手的刀子，卻伸出左手，他的左手也藏著一把刀。

巨人意外地身手敏捷，但是因爲被蟬右手的刀子誘騙，動作慢了一拍。蟬的目標是對方的腹部，就像拳擊手使出鉤拳，他刺進左側腹部，刀尖刺破大衣布料，割開裡面的針織毛線衣。蟬繃緊並集中神經。刀刃陷進皮膚的觸感沿著握住刀柄的手指和手掌傳到手臂及大腦，刀尖切開肌膚表皮，血滲了出來，刀子繼續往深處挺進。他能想像接下來的手感。

只要扭動腰部，將刀子刺進對方體內更深處，刀尖會伴隨著類似殺魚的俐落手感陷入肉中，切開脂肪，挖出腸子。

然而事情卻無法如此順利。巨人身體後仰，躲開了這波攻擊，他順勢跌坐在地，發出巨響。蟬的刀尖失去目標，撲了空。而仰著倒下的巨人，手往後一撐迅速爬起身來。

蟬收回揮出去的左手，重新調整前傾的姿勢。「塊頭那麼大，意外地很會躲嘛。」他苦笑著說。儘管說得從容，其實蟬內心焦急萬分地喊著：這下慘了！

巨人站得筆直，拍掉手上的泥土，他俯視右腹的傷口，用右手按住又拿開，看著自己的手，一臉新鮮地凝視著從身上流出的暗色血液。

「那一刀不深。」蟬像是開玩笑地說完，感覺緊張蔓延全身，手心滲出汗水。「下一刀我會刺深一點的。」我眞的辦得到嗎？

「你眞有精神。」巨人低聲說道。這句話不像嘲笑也不像侮蔑。

「蟬本來就很吵。」

「而鯨魚很大的。」

聽到這句話，蟬縮起下巴說：「我才剛從岩西那聽說你的事呢。你就是鯨啊。是做什麼來著？逼人自殺嗎？」

「是見到我的人自己去死。」

「眞敢說。」蟬佯裝若無其事，露出假笑。

「每一個人其實都想死。」鯨說。

「那樣的話，我有件事想拜託你。」蟬一邊說一邊慢慢移動腳的重心，他在尋找逼近的機會。距離，必須再一次搶到距離才行。他思考該如何轉移對方的注意力。蟬望著左手的刀，雖然血不到滴落的程度，但刀尖的確沾了血。

「什麼事？」

「我的上司啊，叫做岩西。說好聽點是上司，其實不過是個沒用的接線生罷了。幫我幹掉那傢伙吧。只要看到你，每個人都想死吧？啊，可是岩西臉皮厚得不得了，或許不容易，幫我收拾掉他吧。」蟬口氣輕佻地說。

鯨沒血色的臉仍是面無表情，說道：

「並不難。」

「啥？」蟬不自覺的尖聲叫道。

「岩西也一樣。見到我就自己死了。」

蟬頓刻說不出話來。他嚥下口水，差點放掉刀子。「你去找過他了唷。」他重新握緊刀柄。

「在來這裡之前。」

「岩西怎麼死的？」

「很在意嗎？」

「很在意啊。」蟬聳聳肩。

「跳樓。」鯨的口氣很冷淡，蟬無法判斷這是對蟬的體貼或是他的本性。「從窗戶跳下去了。」

「哦，這樣啊。」蟬的臉變得僵硬，頻頻眨眼，他沒辦法繼續說下去。

「那個人，」鯨往前踏出一步，蟬沒有留意，只覺得鯨的身形突然變大了。「岩西，他對你期望很深。」

「期望？那傢伙？」蟬苦笑。這算是哪門子玩笑？「那傢伙才不冀望我。」

鯨的身體看起來更大了，蟬完全沒注意到他是什麼時候靠近的，巨大的身軀擋在眼前，像一座聳立的岩山。

「總之，謝啦。」蟬不屑地說。「那傢伙不在了，眞是謝天謝地。」

「你是眞心這麼想？」有人說話。除了自己以外，在場的只有鯨，這句話理當是鯨問的，然而鯨的嘴唇似乎沒有動。

「當然是眞心的啊，岩西眞是煩死人了。難不成你以爲我在逞強嗎？」

「你一個人在自言自語什麼？」鯨的聲音響起，蟬回過神來。

他以爲自己在和鯨對話，但似乎並非如此。我在自言自語嗎？他感到背脊發毛，耳朵發燙。蟬雙手握緊刀柄，試圖整理思緒。

岩西死了。

意思就是我被解放了嗎？蟬立刻想到。這個發展跟加百列・卡索的電影完全不同。岩西死了，可是我還活著，也就是說我根本不是那傢伙的人偶。這種結局跟電影裡悲慘地哀求著

「就算是人偶也好，請放我自由」的青年完全相反。結局？我已經走到結局了嗎？

「我是自由的，我不是人偶。」蟬低聲說道。

「你是自由的嗎？」不知爲何，鯨的聲音就在耳邊鳴響。他覺得這次開口的眞的是鯨，卻無法肯定。我到底在跟誰說話？他不安起來。

像受到吸引似地，蟬抬起頭正面凝視著鯨，看見鯨的瞬間，他的背部一陣寒意，全身毛髮倒豎，渾身哆嗦。他直覺明白不可以看，卻無法別開視線。被盯住了。

也許是杉林製造出來的陰影效果，鯨的雙眼與其說是眼睛，更像是孔穴。沒有眼球和眼皮，就像頭蓋骨的眼窩裸露出來一般。再仔細看，可以隱約看到眼白部分，但瞳孔及虹膜卻像空洞。

那不是眼睛，是空洞，蟬對著那兩個空洞看得出神。這是什麼玩意兒？這麼想的同時，蟬被吸進那兩個無底深淵，被吞沒，深深沉入黑暗的水底。比夜晚更漆黑的水包圍住蟬，從他的口中入侵。並不難過，那些水就像沁入體內。我被浸蝕了，蟬朦朧地想。異物侵入體內浸透全身的同時，也腐蝕了自己，黑暗的液體擴散全身。儘管如此，蟬依舊無法將目光從鯨的眼睛移開。

一種黑色的、凝膠狀的憂鬱情緒在胸中擴大，蟬清楚地感覺到它即將攻占自己的腦袋。

一種與恐怖、不安、羞恥或憤怒都不同的黑暗情緒充塞蟬的體內，既潮溼又黏膩，同時又讓人感覺乾涸。

這是——蟬恍惚地想，這種感覺是什麼？

他懷著一種在沼澤中喘息的心情，努力動腦。他對這股前所未有的憂鬱感到困惑、恐懼，一種像是對自我的失望或灰心、幻滅的感情侵襲自己，分不清是沮喪還是恍惚。

難道——下一秒，他唐突地發現：難不成是我內心的罪惡感決堤而出了？罪惡感？怎麼可能！

這一刻，無數的聲音在他耳邊響起，那是呢喃、是尖叫，是怒吼，也是哀求，數量驚人的臉孔同時浮現腦海，是密密麻麻的人臉以及從他們口中發出的各種聲音。數量龐大的人臉和聲音，讓蟬幾乎暈厥，彷彿洪水一下子湧進眼睛和耳朵似的。

過了一會兒，蟬才發現那是死在自己手下的人們和他們吐出的話語。詛咒與憎恨的合唱，加劇了黑色憂鬱的侵略工程。

蟬咬緊牙關忍耐著。

這才不是罪惡感，無聊。他咒罵道，狀況卻沒有改善。

「是岩西的緣故吧。」聲音響起，聽起來像是發自鯨的口中，但蟬確信絕非如此。「岩西不在了，你頭頂上的蓋子也消失了吧？」那個聲音繼續說道。「至今為止，你能毫無顧忌地殺人，是因為有岩西在吧？現在岩西死了，你只能被氾濫的憂鬱淹沒、窒息吧？」

後面這番話明顯不是鯨說的，那些話像鐘聲般在蟬腦中迴盪。跟岩西才沒關係——蟬咬牙切齒地從齒縫間擠出回應。跟岩西沒關係！我在遇到他之前，不就已經在殺人了嗎？岩西只負責接電話跟安排行事曆罷了，哪有什麼擋住罪惡感的防波堤之類的作用。

鯨依然注視著蟬。

我跟岩西沒有關係，就算岩西不在了，對我也沒有影響。「我早在遇到他之前，就存在這世上了不是嗎？」蟬再一次這麼告訴自己，然而下一刻，他卻驚愕不已。

眼前一片漆黑。就像撞到一團黑色塊狀物般。回過神來，蟬發現自己跪倒在地。他知道血氣正從臉上流失，突如其來的絕望感讓他茫然失顧。「我想不起遇到岩西以前的事。」蟬發現了這個事實，膝蓋頹軟。騙人的吧？他呢喃道。然而話不成聲，只發出近似雜音的呼吸聲。

氣力從身上流失，原本跪立著的蟬完全癱坐。

肌肉使不上力，腳也失去了知覺，即便如此，仰著脖子的蟬還是沒有從鯨身上移開視線。他無法移開。俯視自己的鯨沒做出任何特別的動作，既不毆打，也沒踢踹、綁住蟬的身體，或是取出手槍。只是以那雙空洞的眼睛目不轉睛地俯視著蟬。然後，等待。

蟬注意到了。這個巨人在等我自殺。

每個人都想死。

這句話壓上了蟬的心頭。開什麼玩笑！他發現右手不知不覺間伸到面前，身體使不上力，只有右手有感覺。而手正握住刀子，刀尖朝著自己，預備著。

咦？

簡直就像要刺死自己一樣，蟬慌了。儘管慌張，身體卻不聽使喚。每個人都想死。這句話再一次在耳畔響起，這次蟬回答了：「嗯，沒錯。」我一直想死啊——他說。正好，我早就想除掉從內臟擴散到胸口、腦袋、身體各處的黑色憂鬱啊——他知道了。

蟬注視著鯨的眼睛，抬起右手，再次跪起身子，挺出腹部。我打從一開始就不存在了。分不清是太陽還是路燈，有光線微微地從杉葉間灑落，那是一種淡淡的、朦朧的光線。

在有如長槍伸展的杉樹林死去也不壞——蟬想。可能是有風吹來，杉樹彎曲的樹身重重地搖晃，那聲響彷彿在催促著蟬，說著：「死吧，快死吧！」刺下去，然後去死吧。囉嗦，死就死。蟬下定決心。就在手上的刀即將刺向自己時，視野突然開闊，籠罩四周的霧氣突然間消失了。

蟬不明白發生了什麼事，陷入困惑，但是他立刻就明白了。

鯨的樣子不對勁，雖然還站在剛才的位置，眼睛卻快閉上了，一臉作夢的表情。這是怎麼一回事？——蟬想。

## 鈴木

鈴木無法掌握目前的情勢，當他注意到時，駕駛座的車門從外頭打開，蟬被拖了出去。

被獨自留下的鈴木好一會兒都處在茫然的狀態，手腳被綁住，動彈不得。他掙扎著撐起身體，倚著椅背坐起來，從車窗望向右方。

遠遠地，他看見蟬的身影。蟬被一個體格壯碩的男子拖行著，速度快得讓人懷疑蟬是被放在拖車上。巨人抓著蟬的衣領，把他拖進杉林。

此時太陽幾乎完全下山了，周圍景物罩上一層薄霧，馬路對側的杉林裡很陰暗，就像無底沼澤或沒有盡頭的洞窟。蟬像被吸進去似地，身影融入黑暗的森林中，失去蹤影。

要逃就趁現在。鈴木扭動著上半身和四肢，改變身體方向，他設法將車門打開，卻不順利。他背過身體將手靠近車門，盡可能張開手指，想拉住把手卻徒勞無功。不要急、不要急、不要急。在他說服自己冷靜期間，內心的鼓勵不知不覺變成亡妻的聲音。急什麼？急什麼？我從沒聽過人著急時能做好事的。妳說得沒錯，可是不快一點，杉林裡的人就要回來了。他彷彿能聽見自己狂亂的心跳。鈴木的雙手拚命掙扎，上半身扭動著，食指到上臂的肌肉在抽搐邊緣，但是他沒工夫理會。

我到底在做什麼啊？這個疑問掠過腦海。寺原長男、「千金」、後座的年輕男女、「殺掉後面的男女」、車禍、比與子命令自己「快追！」的聲音、槿的家、健太郎與孝次郎、足球、寺原長男還活著、品川車站、寺原長男死了、束縛器具和膠帶、昏暗的小巷和大樓、遭到皮手套毆打、「我來救你嘍」、休旅車、消失的蟬——鈴木在腦中回想起一連串的經過，再一次問自己：「我到底在做什麼啊？」

他想著亡妻，看見被挾在車子與電線桿之間、再也回不來的她。現在可不是在這種鬼地方悠哉的時候。

背後傳來車門打開的聲音。鈴木驚訝地轉過頭，副駕駛座的車門被打開了。這次又是什麼事？厭煩與恐懼同時湧上心頭，他望著背後。

「好像很慘呢。」槿就站在那裡。

## 鯨

儘管感到混亂，鯨緩慢地環視四周，原本跪在眼前的蟬消失了。

至今爲止，幻覺出現以前都會伴隨頭痛或眩暈的症狀，這次卻完全沒有徵兆，因此鯨一開始並沒察覺自己陷入了幻覺。杉樹枝葉呢喃般的沙沙聲、吹過耳邊的風聲，似乎比剛才更大聲了，鯨望著空無一人的前方，總算意識到大事不妙。

蟬應該死了吧。前一刻他都已經把刀子對準自己的腹部，眼神渙散，一心求死的模樣。想必用不著自己暗示，在十秒內蟬就會自我了斷。現在卻因爲自己身陷幻覺，一番工夫全白費了。危機感瞬間籠罩了鯨。

岩西辦公室裡發生的事掠過腦海，在鯨陷入幻覺期間，岩西偷偷爬過地面試圖撿起手槍。當時眞是千鈞一髮，再晚一步，困在幻覺裡的鯨就會中彈身亡。看不見蟬的身影，鯨意識到眼前處境更加危險，比起岩西，蟬實戰經驗更豐富，只要鯨稍露出破綻，蟬絕不會錯失良機。

鯨就像急病發作似地踏出腳步，右腳朝蟬剛才所在的位置踢去。一想到蟬隨時會攻擊自己的恐懼驅策著鯨，他胡亂踢了一通，不出所料，全都撲了空。

蟬移動位置了。鯨轉動身體，窺視四周。但他只看得見杉樹，間距相等聳立的杉樹。他退後一步。

「怎麼，鯨魚也沒什麼大不了的嘛。」說話聲響起，鯨回過頭去。岩西——數十分鐘前從大樓窗戶跳下的岩西——就站在對面，打扮和在辦公室時一樣，披著紫色羊毛衫，齒列凌亂。「蟬差一點就要出局了呢。」

「還不是因爲你的出現。」鯨咒罵道。就連在人前和亡靈對話這點顧忌他也不在乎。都什麼時候了。

「結果是我救了蟬的小命啊。」岩西攤開雙手，「眞是湊巧。」

「沒錯。」鯨邊說邊轉身，他轉了一圈緊盯著四周。「現在性命交關的，是我。」

「不，蟬也還沒恢復過來唷。」岩西的聲音聽起來像高興，也像在憂慮。他往旁邊移動，踏到了地上的樹枝，樹枝沒有折斷，走過泥土地時也聽不見腳步聲。

「蟬厲害嗎？」

「跟我比起來。」岩西下流地笑了，興奮得像是意外遇見一位裸女。他的視線突然落在地面，突出下巴。「喂，你的書掉了。」他開口說。

鯨慌忙低頭，口袋裡的文庫本不知什麼時候掉在地上，風翻動攤開的書頁，紙張發出輕快的沙沙聲，倏地，停止了。

鯨想撿起書時，岩西的聲音傳來：

「讀讀那一頁吧，上面寫著：『最善於自我欺瞞的人活得最快樂。』怎麼樣？你順利騙過自己了嗎？」

「我不會騙自己。」

「所以你才活得不快樂啊。」

鯨無視於他的發言，伸手拿書。這時風向忽然改變，將書頁吹向另一個方向，一個句子映入眼簾。

「但是，神又爲你做了什麼？」

這句話刺進鯨的腦中，他苦苦思索著這是誰的台詞，拉斯柯尼科夫嗎？索尼婭嗎？還是其他俄國人？映入眼簾的話彷彿刺穿了水晶體和視網膜，直接飛進腦袋裡。

「神指的是傑克·克里斯賓嗎？」岩西的話不知所云，鯨索性閉上眼睛。

與其說神爲你做了什麼，倒不如說，有誰眞正得到過神的幫助？——鯨想。別說神或他人了，實際上連自己都沒有爲自己做過任何事，不是嗎？鯨覺得好笑。或許發現這理所當然事實的剎那，人就不想活了。人只能苟活著，根本沒有所謂的生存意義；得知這個事實時，人已經做好準備面對死亡。

鯨無從得知蟬的位置和他現在的姿勢。他還趴在地上嗎？跪著嗎？不，他還在這個杉林裡嗎？不是在乎杉林的時候了，蟬這個人眞的存在嗎？誰能斷言他不是亡靈之一？到底哪裡才是現實？

鯨不放過一丁點呼吸聲、腳步聲、衣物磨擦聲和任何氣息，屏氣凝神側耳傾聽，他在感覺，連水分滲出杉樹皮的聲音也不放過。他的皮膚神經變得敏銳，聽覺靈敏。

鯨睜開眼睛，緊接著一道光閃過。

數十公尺外的馬路上，有車駛過，車燈從眼前閃過，鯨的眼睛追逐著黑暗中的明亮車燈。他感到頭部一陣搖晃，就像被空氣打到。這裡才是現實世界嗎？鯨再次凝神細看。

他想撿起腳邊的文庫本，彎下腰，伸出右手。

這時，兩樣東西同時躍入眼簾。

一個是手槍，從岩西辦公室帶來的手槍，就掉在手伸出去的前方。之前看到的文庫本只是幻覺嗎？

而另一個是蟬，就近在眼前，背對自己。他向前跨一步轉過頭來，手裡握著刀子。

因爲鯨突然彎下腰，蟬握著刀的手揮了空，姿勢失去平衡。鯨撿起手槍，挺直身子，伸出手臂，扣下扳機。

## 蟬

蟬立刻扳回失去重心的身體，轉向鯨，掄起刀子。下一刻，他的胸口一陣灼熱。

他不解地停下動作，雙手無意識地按住胸口。好熱，卻不明白發熱的原因。他想吸氣，卻只能發出咻咻聲，這次又吐不出氣來。蟬無法呼吸，手不自主地伸向喉嚨。他伸長了喉嚨，張嘴，卻無法呼吸。當然，也說不出話來。被槍射中了——領悟時，膝蓋已使不上力，蟬倒在地上，壓到樹枝。傷口一陣刺痛，連咋舌也辦不到。耳朵貼在冰冷潮溼的泥地上，這時，他總算可以喘口氣了。

蟬仰躺在地，杉樹在數十公尺高的地方晃動，變成比夜晚更漆黑的影子俯視著蟬。樹葉窸窣作響，紛紛落下。更靠近自己的地方，可以看見鯨的臉，他無言地俯視著自己。

「不可以輸啊。」說話聲響起，很明顯地這不是鯨說的。蟬轉動著眼珠，在鯨的左側看見了岩西的身影。一張螳螂臉，嘴巴露出凌亂的牙齒，瘦骨嶙峋的身體彷彿稍微一動關節就會咯吱作響。

「你自己不也從大樓跳了下來？」逐漸擴散的痛楚讓蟬咬緊牙關，空氣、精氣、志氣和體力從胸口的洞不斷流失，他漸漸虛脫。

「囉嗦。」

「話說，這個巨人，不是逼人自殺的嗎？」蟬指向鯨，發現自己的手指顫抖得不像話，抖得更厲害了。

「是這樣沒錯。」

「他根本就沒讓我自殺嘛。」蟬似笑非笑地指向自己的胸口。「他朝我開槍欸。跟別人說的不一樣嘛。」蟬啞著聲音。

「那是因爲你太難纏了。」岩西的輪廓變得朦朧，逐漸融入周遭景物。那是傷口的疼痛作祟，或是岩西本身不眞實？

「那麼大的鯨魚，怎麼可能覺得一隻小蟬難纏？可是最大的哺乳類對上一隻昆蟲耶。」

「我想你自己知道。」岩西突出下巴。

「知道什麼？」

「你會死。」

「我知道啦。」蟬朝旁邊吐了一口口水，唾沫混著血絲流淌在嘴角。「人總是要死的。」

「你沒有什麼遺言嗎？」

「才沒有。啊啊……」蟬發出呻吟。「蛤蜊。」

「蛤蜊？」

「我的蛤蜊還在吐沙。」蟬呢喃，想到公寓廚房的容器裡反覆呼吸的貝類，在腦海描繪著噗、噗吐沙的蛤蜊。「一直待在那裡也不錯。」

「蛤蜊嗎？」

「蛤蜊啊。你知道，人跟蛤蜊誰比較偉大嗎？」蟬問。

「當然是人啦。」

「白痴。聽好了，人類的智慧跟科學只能爲人類派上用場，你懂嗎？除了人類自身以外，根本沒有生物覺得有人類眞好。」說完，蟬感到一股寒意，頭暈目眩起來。

「說得你好像不是人類的樣子，你下輩子乾脆投胎成蛤蜊算了。」

「我也想啊。」蟬凝視著按在胸口的手、沾在手上的血。

「喂，有東西掉在那裡唷。」岩西指著蟬倒下的位置旁邊，泥地上有個小巧的戒指，沾到了黑土。「那是從那個員工那裡摸來的。」

「很貴嗎？」

在這種狀況下，開口依然不離錢的岩西，讓蟬覺得好笑。不可思議的，他並不感到嫌惡。「想要的話送你。」

「才不要咧。」岩西露出諷刺的笑容。「再見。」他的聲音與鯨的聲音重疊在一起。

## 鈴木

槿駕駛的轎車隨著車流順暢地前進，城市的道路就像河川呢——副駕駛座上的鈴木由衷地想道。車頭燈朦朧地照亮入夜之後的馬路，他的心境完全像在月夜順流而下般，不安而膽怯。

鈴木摩擦著剛才被綁住的手腕，看著膝上的束縛器具，那是由黑色皮革製成、附有皮帶扣的專業道具，無論如何拉扯都無法掙脫。

鈴木望著槿的側臉，「啊」地驚叫出聲，對方的表情未免太平靜了。這個人——鈴木再一次見識到，眼前的人即使被席捲城市的烈火包圍，也一定面不改色吧。就算面對淹沒大樓的洪水或是沙塵蔽天的巨大暴風，甚至被宣告自己壽命將盡時，他也會以一句「這樣啊」全盤接受吧。鈴木忍不住這麼想。

「槿先生。」車子等紅燈時，鈴木總算開口了。

「什麼？」槿轉過頭來。

「你怎麼會知道那裡？」

「那裡？」

「我被困住的休旅車，你怎麼知道我在那裡？」
「我跟蹤你。」
「跟蹤我？」
「在品川車站前放你下車後，我就跟著你。」
「跟到咖啡廳？」
「是啊。我停下車，在店外看著。」
「因爲我很可疑──嗎？」鈴木問道。如果槿眞的認爲他只是家教中心的業務員，就沒有必要跟蹤他。
「你覺得自己不可疑嗎？」槿的的口氣不像詰問，反倒帶著一種看著貓的動作不禁微笑的柔和感。鈴木一時語塞。比與子跟自己說「你被懷疑了」的聲音又掠過腦海。我走到哪裡都遭人懷疑啊，鈴木沮喪極了。
「家教中心的業務員不可能那麼厚臉皮的。」槿說。
「世上的業務員大半都是不厚臉皮就幹不下去的。」鈴木不死心地說著分不出是藉口還是抗辯的話，「你什麼時候發現的？」
「你剛來的時候。」
鈴木垂下肩膀，嘆了一口氣。儘管槿一開始的反應就像看透了一切，但是親耳聽見自己的身分打一開始就曝光，打擊還是相當大。自己豈不就像才剛登上舞台，就被觀眾識破「有機關」的魔術師般可笑嗎？

「從我跟健太郎說話的時候開始嗎？」

「打一開始。」

總不會是打從我出生的時候開始吧？鈴木感到沮喪。「健太郎他們也發現了嗎？」他戰戰兢兢地問。「他們也是一開始就發現了。」聽到這個答案，鈴木的臉像要燒起來一樣。

「我從一開始就原形畢露了嗎？」

「所以我才跟著你。你從咖啡廳被人搬出來，像喝醉了一樣睡得不省人事，是被下了藥吧？你被搬上停在車站圓環的廂型車裡。那些人看起來不像善類，該怎麼說……」

「非、合法的？」

「嗯。」槿點頭，放開煞車，駛出車子。「沒錯，有那種感覺。」

你也半斤八兩吧？

「我連忙跟上去，車子愈開愈偏僻，然後我把車停在別處，沿路走回小巷，看到一輛休旅車停在那裡，往裡面一看，你就在裡頭。」

「我可是吃盡了苦頭。」

「看起來是那樣。」槿望向鈴木膝蓋上的束縛器具，問：「是誰幹的？」

「你知道『芙洛萊茵』這家公司嗎？是德文，意思是『千金』。」

「我應該要知道嗎？」

「應該。」鈴木有所覺悟了。現在不需要裝腔作勢了。如果是小說，被識破捏造事實還好，如果是造假的紀實文學被識破，再繼續強辯也沒有意義。鈴木覺得坦誠一切是唯一上策。他再次在內心召集勇氣的士兵。來吧，集合了，這次一定要成功。鈴木再次提出質問：

「因爲槿先生殺死了寺原的長男啊。」

「我嗎？」

「是的，槿先生你。」

「有趣。」他面不改色，看起來一點都不覺得有趣。「我怎麼殺死他兒子的？」

「推手。」鈴木終於說出了這個名號。雖然緊張，但不至於發抖得太誇張。鈴木瞪視著槿，而槿的表情絲毫沒變。「你推了他不是嗎？從後面推了站在路口的寺原一把。」

「什麼？」

「有一種叫推手的殺手，專門從背後推人，趁機殺害被害人。」

「推人？」

「你就是推手。」

「我是系統工程師。」

鈴木不打算遇到這點挫折就敗下陣來。「不，你是推手。」他篤定地說。

「原來如此。」然而看不出如此回答的槿究竟認同了多少。

「而且，我看見了。」

「看見了？」

「我看見你推了那個人。」

鈴木以為會得到冷淡的回應，意外地並非如此。槿沉默了數秒，像在尋找適當的措詞，然後他回答：「沒有。」

「咦？」

「我應該沒被看見。」

這句話讓鈴木失去信心，他慢慢地回溯記憶。「嗯，確切的說，我並沒看到推人的那一瞬間。但是，我看見你離開現場，我看見了。」

「離開現場的人全都是凶手嗎？」

「不是這樣的。」鈴木結結巴巴地說。他很訝異，槿的反應是至今未曾見過的，雖然他不至於露出「不小心說溜嘴」的困窘表情，但是槿的側臉看上去似乎在為自己的多話覺得難為情。

當他說「應該沒被看見」時，雖然不明顯，但說話的口氣的確流露出志氣或自尊之類的情感。「槿先生剛才的口氣，像是在說『我執行任務時才不可能被人看見』呢。」

「是嗎？」槿的嘴角線條變得柔和些。

「這是你身爲推手的自負嗎？」鈴木接著說，「你果然是推手呢。」他用一種說是試探太過露骨、說是斷言卻稍嫌舉棋不定的問法。

「推手——眞可笑的稱呼。」槿微微揚起嘴角。「你不覺得嗎？」

鈴木知道他是故意岔開話題。槿的回答不肯定也不否定，像是在享受問與答的交流。

「你要去哪裡？」鈴木望著擋風玻璃問。早已駛過品川車站，可能是爲了避開國道，車子開進狹窄的單行道，雖然沿途都有路燈，卻不甚明亮。

「根戶澤。」槿回答，「我要回自己家。你也要一起來嗎？」

「嗯，可是那裡很危險吧。」

鈴木腦中閃過駭人的情景；數小時前，他在吃義大利麵時腦海閃過的情景。

抵達根戶澤公園城住宅區的黑頭車、闖入屋內的「千金」員工、藏在餐桌底下的健太郎與孝次郎、面無血色的小堇；另一個不同的場面：倒在陰暗倉庫的兩個小孩、尖叫的小堇，小堇緊緊摟住孩子們，她赫然回頭的那張臉變成亡妻的臉。實在搞不懂爲什麼會變成亡妻的臉。鈴木覺得胸口梗塞，意志消沉。

血液在血管裡奔竄，脈搏劇烈起伏牽動了身體，鈴木壓抑著已經湧到喉頭的不安，想說出「你被盯上了」，舌頭卻不靈轉。

「怎麼了？」

「你還是堅稱自己是系統工程師嗎？」鈴木的聲音很激動。

「無所謂堅稱不堅稱的。」槿很平靜，轉動方向盤右轉，踩下油門，加速轉彎。離心力將鈴木的身體推上車窗。

槿傾斜身體，摸索褲子的後口袋，左手拿出錢包遞給鈴木。

「這是什麼？」

「裡面有職員證，系統工程師的派任單位發的，這樣能證明我的身分嗎？」

「這種事不重要。」鈴木粗聲說。他不打算打開錢包，無從得知裡面是否眞有職員證。

「我不是你說的推手。」

本以爲他總算要招認自己是推手了，對方卻矢口否認。鈴木被他捉摸不定的態度耍得昏頭轉向。「你還要繼續說這種話嗎？」車窗外被拋在後頭的行道樹影子看起來像是矗立的巨人。「總之，你家現在很危險。」

車子停了下來，抬頭一看，號誌轉成紅燈了。

「你先是謊稱家庭教師，又被可疑的人抓走，現在又恐嚇我我家很危險。要不是我耐性好，早就把你推下車了。」

「槿先生不是把人推下車，而是把人推到車子前。」

駕駛座傳來嘆息。

「寺原的公司——也就是『芙洛萊茵』公司，他們跟槿先生有過節，正在找你。」鈴木不理會槿的反應逕自說下去。

「太莫名其妙了。」

「不，他們恨得理所當然。」

槿看似愉快地從鼻子吁出氣來，又散發出那種帶點陰柔的風情。「恨得理所當然？眞有趣的說法。假設眞是這樣，他們又怎麼知道我家在哪裡？」

這下換鈴木沉默了。

「這輛車子似乎沒被人跟蹤，你說出我家地址了嗎？」

「還沒說。」鈴木說完，一股羞恥感襲上心頭。槿見狀優雅地從鼻子呼出氣來，「誠實是件好事。你可能會說是嗎？」

「要是被嚴刑拷打，或許我已經說了。」

「也是，拷問是人類的發明之一。」

「不過我並沒有說出來。」因爲在那之前，蟬救了他。

「這麼說，我家就沒危險了吧？」

「的確是這樣，但是……」鈴木說著，有股莫名的不安。然後他突然想到自己身上或許被裝上什麼也不一定，感到一陣戰慄。他慌忙掀起衣服，畢竟現在的科技已經能透過人造衛星鎖定一個人的所在位置了。他們綁住鈴木之後，很可能也裝設了那一類的裝置。

「剛才把你從車裡拖出來時，我大致檢查過了，你身上什麼都沒有。」

「啊，這樣啊……」檢查過了？

「只要不是被塞進肛門，應該不用擔心。」

聽槿這麼一說，鈴木把意識集中到肛門一帶，卻沒感覺到任何異樣。要是那種地方被塞進什麼，自己早就察覺了吧？可是——鈴木想，到底是哪種系統工程師，會細心到檢查對方有沒有被裝設追蹤裝置呢？

鈴木懷疑起手機來，他想到「千金」發給的電話裡也許裝了定位儀之類的特殊裝置？他把手伸到後褲袋，卻完全沒發現手機。「咦？」

「怎麼了？」

「手機不見了。」

「弄丟了嗎？」

「或許是掉了。」說完鈴木才注意到大衣不在身邊，「大衣丟在廂型車上，手機或許也掉在那裡。」

「眞可惜。」

「反正是公司的電話，丟了也不可惜。」會打這個電話的頂多也只有比與子。他想，如果光靠手機就能查出鈴木的所在，公司何必大費周張誘他出面。「沒問題了。」沒錯，沒問題。

「是嗎？」

此時，電話鈴聲響了，微弱單調的電子鈴聲似乎是來自槿的手機。槿左手從口袋裡取出手機，貼到耳邊。「沒事，因爲等他才拖到這麼晚。現在我正載他回家。」他回答。「對。他好像還要來我們家。我叫他聽。」他把手機遞給鈴木，「小堇有話跟你說。」

會是什麼事？鈴木困惑地接過電話。

「啊，鈴木先生？」她那悠哉又樂天的聲音，讓此刻的鈴木羨慕不已，卻也感到嫌惡。像是發生大地震時，還有人跟自己聊演藝圈的八卦。「正好。其實啊——」她輕快地說。

眼前的擋風玻璃頓時暗淡許多，讓他有一種不祥的預感，或該說是不祥的徵兆還是發現不穩因子，總之一股濃霧般不舒服的感覺籠罩全身。

「鈴木先生的手機在孝次郎手上唷。」小堇說。

「咦？」

「他不是送鈴木先生到玄關嗎？好像是那時候從口袋裡拿走的。」

鈴木拚命回想，卻怎麼也想不起來。沒錯，那時孝次郎的確緊纏住自己不放，想不到手機竟在那時候被拿走。他反問：「沒人打電話來吧？」

# 鯨

如果是「蟬」，用「屍骸」表示或許要比用「屍體」恰當一點，鯨俯視著地上的年輕人如是想。他望向被杉樹包圍的狹窄天空，那就像覆蓋住周圍的一層膜，連槍響的尾音都吸收了。

很久沒有開槍了。鯨回想起第一次開槍射擊、第一次殺人的情景。拉扯出來的記憶染成了青色，人物、背景住家與道路全由濃淡不一的青色構成。像舊照片褪成褐色一樣，記憶也會模糊泛青。

鯨走在漆黑的杉林裡，腦中浮現那片泛青的情景。

二十歲的鯨體格和現在沒太大差別，但臉上的皺紋沒有現在這麼多，額頭上的橫紋也很淺。當時他在報攤工作，住在緊鄰山手線的木造公寓，完全沒想過要離開那個狹小的城鎮。生鏽的公寓樓梯、巷弄的機車聲、列車經過時的震動——這些都在腦海裡復甦。

鯨已經忘了會在報攤工作的原因了，他只記得當時他不看地圖在住宅區四處遊走，挨家挨戶按門鈴，推銷報紙。如果碰到態度惡劣的住戶，鯨便硬是推開門，恐嚇對方，積極推銷和收款。

當時鯨對店老闆滿腹不滿，那個倨傲地坐在店內的痴肥老闆總是拿鯨當家臣使喚，他偏黑的皮膚與捲翹得厲害的頭髮浮現眼前。老闆動不動就說「你啊，就只有塊頭大」，發薪水時也是不屑地扔在地上。就是當時鬱悶淒冷的心情讓記憶褪化成青色嗎？這是一段陰鬱的過去。

老闆總是盛氣凌人，充滿了意圖支配鯨的人生的傲慢，他曾誇張地說：「搞不好你是我操縱的人偶。」

鯨第一次開槍就是在那時候。一次推銷報紙時，他遇到一個不正派的客人，詳情他忘了，總之客人把槍給了他——不，或許是鯨搶來的，他帶著槍回到店裡，朝店長開槍。那一槍沒有絲毫猶豫、成就感，不覺爽快也不感到狂熱。

不久前他曾聽老闆噘著嘴抱怨著「沒錢啊沒錢」，嚷嚷著「受不了，眞想一死了之」，十幾歲的鯨聽在耳裡便順理成章覺得「反正人早晚要死，我只是把時間提前罷了」。

那之後鯨再也不曾開槍，直到今天。離開前鯨曾停下一次腳步，回頭望著倒下的蟬。剛才還在痙攣的他現在一動也不動了。

他再次朝杉林出口走去，樹林裡沒有像樣的小徑，換個角度想，每一塊地面都是路。他走到馬路上，對面有一排大樓，完全沒有車子經過。由於光線昏暗，眼前的馬路與其說是路，更像條深溝。鯨穿過那道黑溝，走向蟬開來的休旅車。

男人應該在副駕駛座，他應該知道推手的下落——鯨強烈祈禱著。接下來只要除掉推手，清算就結束了。

這是對決。

只要對決，就能不帶遺憾引退了。他想起報攤的老闆，自己槍殺的那副軀體化成青色的影像映在腦中。嚴格說來，或許從那時候起我就一直在清算。

他拐過大樓轉角，靠近休旅車，副駕駛座的車門微微開啓。對方逃走了嗎？完全看不見那個年輕人的蹤影。鯨默默望了車內一會兒，後退了幾步。

追蹤推手的線索消失了，岩西跟蟬也從地球表面消失了，他一籌莫展。鯨環視左右，尋找年輕人留下的足跡，陰暗的人行道上似乎連一顆灰塵都遍尋不著，鯨懷抱著一絲期待，期待對方像蛞蝓一樣在行經的路上留下發光的黏液痕跡。

這時，傳來女人的說話聲。「我現在也要過去了。」她高亢的語調讓鯨大吃一驚，回頭尋找出聲的人。

一個女人靠在大樓的牆上。鯨大步走近她，抓住對方的手腕。女人發出呻吟，放掉按在耳朵上的手機。鯨用右手一把抓住女人額頭，把她按在牆上。一股人工的柑橘味撲鼻而來，可能是香水。

「你是誰？」女人的聲音裡聽不出恐懼，因憤怒而尖銳。

鯨記得她，記憶一點一滴地復甦。「妳是寺原公司的女人吧，之前在車禍現場看過妳。」昨晚在藤澤金剛町車站路口遞名片給他的女人。

雙腳懸空的女人扭動著身體抵抗，膝蓋瞄準鯨的股間，鯨完全不爲所動，將女人壓在牆上。仔細一看，女人沒穿鞋，光穿著絲襪站在這種地方本身就很詭異。鯨附耳問道：「妳在這裡做什麼？」

「做什麼？」女人痛苦地歪著嘴答道：「我們的員工被怪人給擄走了。」

「員工？」

「我叫來同伴，人卻被擄走了。」

「妳逃過一劫了是嗎？」

「我是想逃，可是如果就這樣回去，不曉得會被說什麼話。」女人嚷著。「所以我才在這裡閒晃，想辦法。」

「推手在哪裡？」鯨提出了質問。

「你……」女人生氣了，「你在說什麼啊？」

鯨右手施力，女人的額頭不寬，若是使出全力，要捏碎頭骨並不困難。「推手在哪裡？妳公司有員工知道推手的下落吧？」

女人的臉色微微發青。

「就這樣撞爛妳的頭我也無所謂，反正我不討厭腦袋像爛水果的樣子。既然不討厭，就有可能這麼做。」

「我知道了。」鯨感受到女人拚命求生的意志。

「知道什麼？」

「我告訴你推手在哪裡。」

鯨放開手，將手自女人額頭移開，女人就這麼摔在人行道上，失去平衡，以彆扭的姿勢蹲在地上。鯨彎下身，把臉湊近女人，要是這女人有任何反抗，他會立刻動手。女人撿起掉落的手機，拍掉泥土。

「妳真的知道推手在哪裡嗎？」

「只是碰巧。」女人試圖平復呼吸，神態帶著一絲優越，動著嘴唇說。她身上散發出的香水味讓人感到窒息，「我想打電話給鈴木。」

「鈴木？」

「我們的員工。那個跟蹤推手、嘴巴硬的笨員工。」

「他叫鈴木嗎？」

「結果，一個小鬼接電話了。」

「小鬼？」

「八成是推手的小孩吧。我才開口，他就說：『鈴木大哥哥忘了手機了。』」女人嘲弄似地細聲細氣模仿那個小孩的語氣。

「推手有小孩？」聽起來就像「窨子裡秋月」（註）一樣，格格不入。

「我好聲好氣地問他，他就眞的告訴我住址了。」女人露出獵人把獵物逼到絕境的滿足笑容。「眞笨。」

「把住址告訴我。」鯨抓著女人的肩膀站起來，把她拉到休旅車旁。「上車。」

註：比喻不可能之事。

## 鈴木

「大事不妙了！」鈴木反覆說著這句話，槿卻一副悠哉悠哉的模樣，讓他急得直跳腳。「就算著急，也不會比較早到家。」槿淡然處之。鈴木完全沒那份閒情逸致，「油、油門，」他結結巴巴地說。「不是有油門嗎？用力踩油門就會跑得比較快。車子不就是這回事嗎！會快點到家的。」他用顫抖的食指指著駕駛座下的油門說：「大事不妙了！」

路燈和自動販賣機的燈光從車窗兩旁經過，天色已經全暗了，景物的輪廓融化在薄暮中，化成深色影子的建築物不斷往後跑去。

「住址已經曝光了！」鈴木叫道。「寺原會立刻找上門來的。」

小堇剛才在電話中的說明，已經足夠讓鈴木血氣盡失。

「孝次郎亂玩鈴木先生的手機時，正好有人打電話進來，那時我在廚房沒注意到，結果孝次郎跟對方聊了起來。」

在電話中和孝次郎對話的，當然是比與子。她剛開始想必嚇了一跳，馬上就聯想到「推手有小孩」這個情報，改口問孝次郎：「鈴木在你旁邊嗎？」「你現在在哪裡呢？」「你家在哪裡呢？」「你會背家裡的地址嗎？」

怎麼會這樣！鈴木覺得被扔進了黑暗深淵，耳鳴不絕。「孝次郎告訴對方了嗎？」

「好像。」小董陽光般的嗓音更加深了鈴木的絕望。「眞不好意思唷，是不是該跟對方道歉比較好？」

「太糟糕了！」鈴木幾乎吼了起來。

「告訴人家地址有那麼嚴重嗎？」

「糟糕透頂！」

「對方搞不好以爲鈴木先生在我們這裡，特地跑過來呢。那是鈴木先生的女朋友嗎？不能讓太太知道的人是吧？」

「不是那樣的！」鈴木幾乎要從座椅上跳起來，完全不是那麼悠哉的一回事。「妳家現在很危險，快點離開！」他對著電話大吼，小董卻不慌不忙回說：「眞可疑呢。」只是笑著。

鈴木說服不了她，便將手機遞給槿。「槿先生，請你向她說明。」槿接過電話，「哦」了一聲，接著只是「哦，嗯，是啊，是啊」地應和小董，柔聲說道：「他現在有點激動。」瞥了一眼左手邊的鈴木。

「等一下，槿先生，請叫她們快點逃走啊。」

然而槿的態度依然沒變，就像話家常似地說了兩三句話之後，「就這樣」地掛了電話。他望向鈴木說：「就是這樣。」

「怎麼回事？」鈴木眞的生氣了。「現在可不是這麼悠哉的時候，你明白嗎？」

「只有你一個人在大驚小怪。」槿笑開了。

「健太郎他們眞的很危險！」

「如果你說的全是實話。」

「我說的全是眞的！」

鈴木已經沒有裝腔作勢的必要，也沒有餘力思考說明的順序，他迅速說明至今爲止的經過，粗聲告白。

寺原長男的事故、被吩咐跟蹤槿的自己、寺原派人拚命尋找凶手、以及住址曝光之後，好幾名員工應該正趕往他家——鈴木喉嚨幾乎充血地迅速說出這些經過。「所以你家現在很危險！」

「你要我相信你？」槿悠然地閃過鈴木掃過來的話鋒。

「拜託你相信我。」前方的小型轎車礙眼極了，鈴木發出不悅的咋舌。讓開——他在心裡咒罵。「得快一點才行。」急什麼？亡妻的聲音響起。

槿望著後視鏡轉動方向盤，慢慢地變換車道，卻沒有回應。車子超過小型轎車。鈴木把手按在額頭上，因爲自己的無能爲力而痛苦，甚至憤怒。

「你……」此時，槿開口了。
「什麼？」
「有證據嗎？」
鈴木像是被擊中了最大的弱點，甚至感覺到肉體的疼痛。「證據……嗎？」
「能夠說服我的證據。」
「沒……沒有。」鈴木並不打算逼迫對方，他加強語氣說：「我只能請你相信我，你不也看到我被那些不良分子拖進車裡嗎？他們還綁住了我。」他指向束縛器具。
「搞不好是你們在演戲。」槿微笑著說。
除了引擎聲和擦身而過的車聲，車內悄然無聲，連汽車音響都沒有打開。儘管感覺得到輪胎行進間的震動，車內瀰漫著一股寂靜，鈴木害怕若是這股寂靜與沉重的空氣再持續數小時，自己的神經會被緊張與壓力繃斷。「事情怎麼樣我都不在乎了。」他也想和這件事撇清關係，如果就這麼打開車門跳下去，不知該有多輕鬆。他實在無法理解自己不這麼做的理由。
在鈴木決心跳下車前，槿先說出：「到家了。」轎車停下。天色已經完全暗了，看不清城鎮的模樣，縱橫延伸的馬路明顯說明這裡是住宅區。看到槿轉動方向盤把車子開進停車場，鈴木睜大了眼睛。「我們馬上就要離開了，車子不用開進去！」

「你還不死心呀。」槿一副想要快轉無聊電影似的表情。

「請你相信我。我說的是眞的，寺原他們一定正往這裡來了。」

解除車鎖之後，槿轉頭看著鈴木。問道：「證據呢？」

「證據？」又是證據。

「證明你說的是實話的證據，我是推手的證據，有人盯上我家的證據，我得慌張不可的證據。」槿像在考驗鈴木，注視著他。

鈴木茫茫然地凝視那雙深湖般的瞳眸，他想逃走，想得不得了。可是他下定了決心。他胡亂搔著頭髮，做了一次深呼吸，肯定地說：「還說什麼證據。」鈴木發出連斥責學生時都沒有過的激昂語氣。「這跟證據有什麼關係？相信我就是了。要說證據的話，這世上也沒有布萊安．瓊斯曾是滾石樂團一員的證據啊！」

車內寂靜無聲。鈴木啞然不語，驚愕著自己究竟說了什麼，槿卻放聲大笑，這是鈴木第一次看到他的笑容。「這答案不錯。」

「什麼？」

「姑且就相信你吧。」槿的話讓鈴木眼睛眨個不停，「眞……眞的嗎？」就像看到下個不停的豪雨瞬間停止一般吃驚。

「我很好奇你會怎麼回答，沒想到竟然是布萊安．瓊斯。」

鈴木想起亡妻，雖然無法把握目前的情形，不過妳說得眞的沒錯。——的樣子。

# 鯨

鯨開著休旅車，不時瞥一眼坐在副駕駛座的女人。儘管她的胸部與臀部豐滿，身材肉感，卻帶著讓人無法輕易接近的尖刺，和第一次看到她的印象相同；儘管白皙的肌膚讓人感覺柔弱，卻像缺了角的刀刃，讓人不大舒服。

和剛上車時相比，女人顯得放鬆了些。

「我告訴你推手的家怎麼去。」她親暱地對鯨說：「那裡是住宅區，很久以前我去過一次，應該找得到。啊，在下個十字路口右轉。」

鯨移動到右車道，問道：「你們要找那個推手復仇嗎？打算怎麼做？」

天空和路面都呈深藍色，兩旁的路燈朦朧地散發光芒，幾乎沒有來車，但前方十字路口聚集了幾盞車頭燈，簡直就像甲蟲或蛾之類的昆蟲。

「哦，那件事啊。」女人噘起嘴唇，慢吞吞地說。她沉著的態度只是假象，鯨看穿這一點，對方正努力掩飾自己的焦急與恐懼。她壓抑著聲音和顫抖的腳，打算伺機逃走。「我已經聯絡公司了，我們的人應該正趕過去。」

「去推手家嗎？」

「是啊，打擾他們一家團聚的時光。」

「眞殘忍。」

「世上哪有不殘忍的事？人一出生就注定要死，光這件事就夠殘忍了。」

女人的手機發出刺耳的鈴聲，她迅速接起電話。「對，我正趕過去。」她說，斜睨了鯨一眼。「有位親切的先生開車送我。應該不會花多少時間，我差不多要到國道了。」她匆促地說。「你們那裡怎麼樣？那你們應該會先到吧。到了再打給我。」

鯨問掛斷電話的女人：「是誰？」

「『千金』的人。我在『千金』裡面地位算高的，對方算是我的手下吧。」

「有幾個人會過去？」

「這跟你有關係嗎？」

「不曉得。」當然大有關係。和推手對決時，其他觀眾必須迴避，換句話說，抵達推手家的第一件事就是除掉寺原的員工。「有多少人？」

「我沒細問，不過有四、五輛車過去，大概有二十個人吧。」

「眞多。」對手不過是一個小家庭，這人數簡直是小題大作。

「人數多，對方才容易死心，覺得就算奮力抵抗也贏不了這麼多人。不是嗎？」

「應該不至於找些三腳貓的員工吧。」

「全是些身強力壯、粗暴冷血的傢伙。公司應該也請了外頭的人幫忙吧。」

鯨正想反問外頭是指什麼，突然想到難不成是指「發包給其他業者嗎？」無聊——鯨打從心底這麼想。悖離社會的無賴們竟然遵從發包承包、轉包外包這種社會機制，令他覺得愚蠢至極，就跟反對階級制度的革命家卻建立階級一樣。

「推手先生大禍臨頭了。」女人事不關己地說。「他得在強敵環伺下保護家人。人那麼多，總不能一個個推去撞電車。」

「你們打算怎麼對付推手？」

女人望著自己的指甲——這應該也是佯裝鎮定的動作之一——豐滿的嘴唇蠕動著。「帶上車，一家人全帶去總公司。」

「不會當場解決嗎？」鯨估算，如果是這樣就能在前往總公司的途中擄走推手。

這是對決。

田中的聲音再次響起。

「只要對方不抵抗，應該不會開槍。畢竟——」

「畢竟？」

「最生氣的是寺原啊。他不親手殺掉推手，不會甘休吧。」

「寺原在總公司等著兒子的仇人嗎？」

「應該是。他現在一個人留在總公司，想必正興奮地鋪著塑膠布吧。」

「塑膠布？」

「血啊、糞便之類的要是沾了滿地就麻煩了吧？拷問時，那些東西總是濺得到處都是。他現在應該在爲拷問做準備。社長很喜歡來這套。啊，在那個十字路口左轉。」女人伸出手指，鯨聽從指示，把休旅車開進狹窄的小路。對向突然有小型車駛來，鯨按了兩下喇叭，兩車就算迎面撞上也不奇怪，幸運的是雙方平安擦身而過。

「眞令人佩服的社長。」

「我想他今天應該格外起勁吧。不管怎麼說，畢竟是殺子仇人嘛。」

「就算對方是女人或小孩嗎？」

「我想應該會先幹掉小鬼，接著把他太太也殺掉，讓推手後悔莫及之後，再凌虐本人。等他供出委託人的名字，再讓他嘗嘗生不如死的滋味。花樣很多，時間也多得是。」

「原來如此。」鯨一面回應一面思考該怎麼做才能不被打擾，與推手交手。

車子穿過狹窄的通道，號誌正好轉成綠燈，順利駛入國道。鯨忽地在意起一件事，問道：「他眞的是推手嗎？」

「什麼意思？」

「你們要去找的人，眞的是推手嗎？」

「我們有人跟蹤他。」

「確定是他嗎？」

「不曉得。」女人滿不在乎地歪了歪頭。「是沒有證據。」

「原來如此。」鯨猜八成是這樣。

「就算我們搞錯了，那一家人跟推手沒關係好了。」

「有這個可能。」

「那又礙到誰了嗎？」女人若無其事地說。

## 鈴木

儘管槿嘴裡說願意相信鈴木，他進入家門後仍沒有要採取行動的跡象。他走上玄關，對說著「你回來了」的小堇「哦」地應聲，指向鈴木笑道：「他終於招認了。」

「招認？」小堇毫不掩飾自己的好奇心，凝視著鈴木，「鈴木先生，你招認了什麼？」

問我招認了什麼，我要怎麼回答啊——困窘的鈴木答道：「其實我不是家庭教師。」他壓下羞恥心與罪惡感，簡單解釋。

小堇一臉遺憾地笑著說：「已經講出來啦？」就像看著通俗的猜謎節目不服氣地說：「怎麼講出答案啦？」

鈴木跟在槿後面進入客廳，走向餐桌。

「我早就露出破綻了嗎？」

「打從一開始。」她說，臉上的表情像是在同情手法被拆穿的魔術師。「我玩得很開心。」

「不，先別管這些了。」鈴木說道。現在可不是討論這種事的時候。「事態緊急。」

「你剛才在電話裡也這樣說。」她笑容滿面地說，看在焦急的鈴木眼裡甚至感到可憎。

「啊，大哥哥，你果然回來了。」客廳傳來健太郎的聲音，更加深了鈴木的焦慮。眼前這家人的悠哉態度讓他說不出話來。可不是逍遙自在的時候了！他忍不住橫眉豎目。健太郎在鈴木跟前停下，語帶自豪地仰頭說道：「我早就知道大哥哥不是家庭教師了。」

鈴木雖然羞得滿臉通紅，卻爲這個家中的平穩氣氛感到慌張。「槿先生。」他叫喚。鈴木氣憤起來，爲什麼自己非得這麼拚命不可？

才短短一天，你就把自己當成他們的爸爸啊——他感到亡妻正這麼揶揄自己。「都是因爲妳死了。」鈴木在內心回答。

槿在餐桌椅坐下，像命令鈴木坐下似地指著對面的位置。鈴木雖然沒有心情，但不照他的話做似乎就無法繼續對話，便心不甘情不願坐下。「快逃吧！你剛才說你相信我不是嗎？」他探出身子。

「嗯。」槿點點頭。「你說的是實話。」

「那樣的話——」

健太郎跟孝次郎這時也來到餐桌旁。

「這個。」孝次郎用比平常更小聲的聲音說。他坐在椅子上，挺直上身把手機遞到鈴木眼前。「對不起。」

鈴木慌忙接過手機。

「我擅自接了電話，對不起。」孝次郎低頭道歉。

「啊，沒關係。」鈴木回答。雖然關係可大了，但是現在責備他也於事無補了。

「孝次郎沒有錯。」聽到槿的聲音，鈴木抬起頭來。「是我拜託他拿走你的手機。」

「爲……爲爲……」因爲太過混亂，鈴木口吃地問。「爲什麼？」

「你不是家教這件事，我打一開始就知道了，但是我想要更多你的情報，才拜託了孝次郎。」槿沉著地說明。

鈴木注意到時，小堇也在一旁坐下了，她的表情雖然柔和，鈴木卻有一種在餐桌上受到全家人指責的沉重心境。坐成這樣，是在進行審判還是儀式嗎？——他忍不住想這麼問。

屋外忽然傳來車子駛近的聲音，引擎聲在平靜的住宅區裡迴響著，而且不只一輛。

鈴木心跳加速。「槿先生，先逃再說吧！他們來了！」

「是啊。」儘管這麼說，槿卻沒有起身。

「叫警察吧！」鈴木想到，拉高了嗓門。「對了，總之先叫警察吧。槿先生或許不願意，總比面臨險境好吧。」鈴木說完，想撥手機卻發現電源沒開，很顯然地，電池沒電了。偏偏在這種時候！鈴木衝動地想把手機砸在地上。

鈴木察覺「千金」員工逐漸近逼的氣息；停在門前的車，闖進屋裡的危險人物。儘管不可能，他彷彿聽見腳步聲，感覺到對方身上的熱度。他們一定會被帶到某個危險的偏僻處所。

只能引起騷動了——鈴木想。現在只好把附近的居民也拖下水；大叫、製造噪音，視情況甚至放火。事情鬧大的話，也許能嚇跑「千金」的人。

還有，鈴木想到也許可以從二樓沿著屋頂逃到鄰家。

「我先聯絡警察，然後到二樓去吧，我們從屋頂逃走。」鈴木環顧房間。「可以借一下電話嗎？」他說，不待回答就走到客廳。

他在室內踱步，兩隻腳害怕得不停發抖，一鬆懈可能就會癱軟在地，他的雙腿抖得連剛出生的小鹿都看不下去。就算只有自己和孩子們逃出去也好，該怎麼做呢？他的雙手無意識地搓揉，這才發現戒指不見了。「咦？」他忍不住出聲。掉到哪裡去了？

啊，你弄丟了唷？耳邊響起亡妻的指責。

「沒有電話。」聲音響起，他望向身後，槿站在客廳與飯廳之間聳了聳肩。「不好意思，這個家裡沒有電話。」

「沒有……電話？」這句話讓他陷入深深的絕望。

## 鯨

鯨駕駛的休旅車抵達住宅區時，女人又接到了電話。

「我們也快到了，沒關係，你們先行動吧。」女人淡淡地下達指示。「小孩子也一起帶上車。對，不要緊的啦，要是有鄰居出來，就說是運送病人什麼的，隨便掰個理由就行了。對對，快去吧。」接著「啊，對了」地加了一句，「如果住家跟住家之間的距離很近，搞不好他們會從陽台或屋頂逃走，千萬要注意。對對，後門也是。要所有人包圍屋子，不許出差錯。推手不是普通人，要是不好好警戒可會被反咬一口唷。」她用上司的口吻俐落地下達命令，還仔細問清楚從社區入口到目的地的路線才掛斷電話。她望向鯨，一臉滿足地說：「總算要開始了。」

「要進屋了嗎？」

「好像是。只把他們帶走而已，我想事情馬上就會結束。用人海戰術包圍對方，再用小孩要脅，做父母的大概都會乖乖就範。」

「你們的員工不是也在嗎？」

「你說鈴木？他還會回去嗎？我想他不至於蠢到那種地步，不過無所謂，反正他也幹不出什麼大事，就算不站在我們這一邊也不礙事。」

「這樣啊。」鯨只是有些介意。緊要關頭時，那種幹不出大事的人可能會發揮意想不到的作用，成爲阻礙。

女人指示在下一個路口左轉，說：「接下來直走到底就到了。」

這是一個平凡無奇的住宅區，外觀相似的住宅並排著，道路筆直延伸。鯨覺得換個角度看，這裡簡直就像牢房。他又想起十幾歲時到處送報的經驗。騎著腳踏車或機車，一個人在日出前的城鎮奔波，周圍一片漆黑，有種唯我獨醒的錯覺。黎明前的數小時被寂靜所包圍，讓人有種解放感與優越感。

「在那裡嗎？」鯨說。隔著擋風玻璃看過去，數輛車子縱列停在前方約一百公尺處，緊挨著馬路左側的人家。車燈雖然熄了，還是依稀看得到車身。

「是啊。」女人點頭。

鯨放慢車速，準備停車，同時思忖該如何處置推手。如果女人的話不假，寺原的部下不會當場殺害推手。

怎麼辦？要在哪裡截人？鯨思考著，沒多少時間了。

「沒時間煩惱啦。」突然間，有人在一旁說道。

鯨連忙踩下煞車，輪胎發出摩擦聲緊急停下。鯨和女人都向前撲倒，安全帶陷到肉裡。

「你幹什麼啊！」女人尖聲叫道。

「這女人好吵。」一個男人從後座探出臉來露齒說道，是應該已經死去的蟬。他從駕駛座旁探出頭來，說：「被我揍的時候，明明乖得跟什麼似的。怎麼連鞋都沒穿？」

「你……」鯨瞪著蟬，又望向女人。女人以爲鯨在和自己說話，「幹嘛？」地回應著。

「你停在這裡幹嘛？撞到貓了嗎？你不知道煞車要輕輕踩嗎？你是在哪裡學開車的啊？算了，反正就在前面，我在這裡下車。」也許是察覺出鯨的神情有異，發現此刻是逃跑的好時機，女人伸手開門。「拜。」她慌慌張張地下車，似乎鬆了一口氣。她關上車門，車內一陣搖晃。

「被她給逃了。」蟬啐了一口口水。不知不覺間，他坐到副駕駛座上。

鯨搞不懂眼前發生的狀況。坐在那裡的是蟬的亡靈沒錯，可是像上次一樣自己沒發生眩暈，而且照理說看到幻覺時應該看不見現實世界的人，然而副駕駛座的女人卻還在。

「嚇到了吧？跟平常不一樣對吧？這就表示你的情況在惡化，也就是你逐漸習慣了這種狀態，而且會愈來愈糟，就跟這個國家一樣。總之，能再見到你眞令人高興。」

「沒想到你這麼快就出現了。」鯨揉了一下眼角，冷冷地說。

「不快點去行嗎？」蟬指著女人跑掉的方向。「還在這裡磨蹭，你的寶貝推手會被人抓走唷。」蟬高興地笑著。「會被人捷足先登唷。」

鯨不想聽從蟬的指示，卻還是解開安全帶，走下駕駛座。他越過馬路。

「我也想知道推手人在哪裡。」蟬跟在一旁，手插在牛仔褲的後口袋，逍遙自在地走著。明明兩人步伐不同，蟬卻能緊跟在鯨身邊。「我本來打算幹掉他，好揚名立萬。」

「死人安靜一點。」

前方的車隊縱向並排了四輛車，每一輛都是骨架厚重的進口車，像黑得發亮的昆蟲，還有觸角般的天線伸出。

幾個穿西裝的男人站在一棟像兩顆正方形骰子重疊的建築物前，從外觀看與其說是住宅，更像設計公司。

「雖然對你很過意不去。」此時，蟬一副看好戲的口吻說。

「什麼？」鯨問。

「推手不在這裡。」

鯨訝異地看著蟬，但他像要賣關子似的看著眾人。鯨快步走近，找到女人。

「混帳！」女人對著西裝男子氣得直跺腳。她看到鯨靠近，頓時退了一步，馬上又裝出不在乎的樣子親暱地埋怨著：「真是糟糕透頂。」

「怎麼了？」

「都到這裡來了，才說搞錯了，你相信嗎？」女人抓著頭歇斯底里地大叫。

鯨轉向穿西裝的男人。那人體格魁梧，面無表情，像隻訓練有素的軍用犬。「不是這棟房子嗎？」

「推手不在這裡啦。」蟬的亡靈在他的耳邊笑道。「棒透了。」他說。

對方好像誤認鯨也是「千金」的幹部，老實地回答：「是的，裡面沒有任何人。這裡不是住家，好像是間公司。」

「公司？」鯨問，女人露出諷刺般的笑容：「聽說是家小事務所，裡面全是昆蟲貼紙。」

「昆蟲？」

「是的。」西裝男子進一步說明。「我們硬闖進去，卻只發現貼紙和飼養昆蟲的用具而已。」

「那個死小鬼，到底跟我說了哪裡的地址！」女人狼狽地尖聲叫喚，接著開始咬起指甲。

鯨望著標示在建築物門柱上的地址，「東京都文京區焉岡三丁目二番三號」。

「很讚吧？」蟬一個勁兒地放聲大笑，鯨默默地注視著他，直到蟬笑夠了後接著說：

「放心，你還有機會唷。」

## 鈴木

「這裡沒有電話。」槿回答，接著更說出「這裡不是我家」這種出人意表的話。鈴木啞然失聲，好不容易開口說了一句「啥？」這種可笑回答。

鈴木坐在餐桌椅上張口結舌，他正面坐著槿，旁邊坐著小堇，而健太郎跟孝次郎則坐在兩旁的椅子上。

這算哪門子惡作劇？鈴木腦中亂成一片，茫然失措，總算勉強撫平心情，努力想釐清這團混亂的迷霧。腦袋在空轉，有種松鼠在轉輪上奔跑，發出喀答喀答空虛聲響般的心情。

「你口中的危險分子看來是不會來了。」槿傾聽屋外的動靜後，用一種不像揶揄也非玩笑，而是接近憐憫的聲音說。

剛才雖然聽到車聲，來人卻完全沒有接近這棟屋子的跡象，也沒有停在門前的進口車或危險分子的腳步聲。寂靜無聲的住宅區，像是在嘲笑手足無措的鈴木。

「好像是呢。」鈴木回答。雖然對自己的大驚小怪感到難爲情，眼前自己置身的狀況更令他困惑。他困窘到了極點，「這些事不重要……」

「你剛才還爲了這些『不重要』的事而驚慌失措呢。」槿指謫道。

「大哥哥的表情好嚴肅。」健太郎用食指指了他幾下。「好好笑。」孝次郎悄聲說。

「這是怎麼一回事?」我投降了,實際上鈴木真的舉起雙手。我承認我輸了,我知道自己的愚蠢了,所以請把我從困惑的深淵裡拉出來吧。「孝次郎不是告訴對方住址了嗎?」

「他說的是其他地方的地址。」槿回答。孝次郎縮著下巴點頭。

「其他地方?」

「我要他拿走你的手機,也交代他如果有人問他在哪裡,就隨便說個地址。」

「什麼時候?你什麼時候下指示的?」

「昨天。」

「昨天?」鈴木拉大嗓門反問。「那不是在我出現之前嗎?」鈴木拜訪這個家,是在今天的白天。

「你昨天也來過了。」槿筆直地注視鈴木,鈴木又陷入一種望著湖面的錯覺。「你跟蹤我來到這個家。不是嗎?」

「哦,那件事。」鈴木點頭,他想不到隱瞞的理由。「沒錯,我的確跟蹤你。寺原的長男發生了車禍,然後——」

「你跟蹤我到這裡,原本以為你會當場攻擊我,但你並沒有。」

「如果我那麼做,你會怎麼辦?」

「不曉得。」槿看起來不像裝傻，「我推測你應該會再度來訪，就和他們商量了。」

「商量？什麼意思？」

「商量你來的時候要如何對付，還有怎麼處置。」

「什麼？」

「我們想確定你扮演的角色？你是來殺我的嗎？還是只是來偵查的員工？又或者是被捲入的普通人？」

「所以你們接受了我自稱家庭教師的說詞？」鈴木覺得眼前一片白霧，餐桌四周籠罩著濃霧，對話內容以及槿訴說的眞相都只能模糊地掌握大略而已。不管怎麼樣揮手，霧都不肯散去。

「是啊，我們相信你說的話。」

「正確地說，是假裝相信吧。」

「可是，和你一起踢足球眞的很好玩唷。」健太郎低聲說道，像是在安慰失魂落魄的鈴木。

「你們究竟想做什麼？」

「其實，」開口的是小董，「我們原本想多知道一些鈴木先生的事，看看能不能乘機接近寺原。」

鈴木沒想到會從小董口中聽到寺原的名字。他想，推手的妻子果然也熟諳這個危險世界嗎？「妳說的寺原，是那個寺原社長嗎？」

「不是有家叫『芙洛萊茵』的公司嗎？」槿不甚關心地說。「『千金』。」

「這是怎麼一回事？」鈴木單刀直入詢問。「小董夫人，還有健太郎跟孝次郎，這到底是怎麼回事？」

不知是出於對鈴木的同情或內疚，槿微微地蹙了一下眉頭，沒有誇大的前言，也沒露出裝模作樣的表情，說：「他們不是我的家人。」

我認輸了——半晌說不出話來。這次他真的再也說不出話來了。鈴木的嘴一張一闔地翕動，卻想不出可以說的話。

「他們是我的雇主。」槿淡淡地接著說，「你聽說過『劇團』嗎？」

鈴木點點頭，他記得比與子曾跟他提過。

「她是那個團體的一員，詳情我並不清楚，他們也是成員之一。」槿看著健太郎與孝次郎，他的視線不像父親在注視兒子們，而是更不同的，是望著同伴或同志——正確來說，是望著雇主的眼神。

「我們一直跟寺原的公司合作，不過最近發生了一些糾紛。」小董像女大學生抱怨男朋友似地皺著眉頭，口氣嚴肅。「我們想要解決這件事，決定委託他。我們雖然會演戲，在殺人方面卻是門外漢。」

聽到「殺人」這字眼從她口中說出，鈴木差點尖叫出聲。

「只是，寺原的公司很大。」槿面無表情地說，「非常大。」

「嗯。」鈴木分不清是痙攣還是認同地點著頭，「很大，很惡劣。」

「而且凶暴，對吧？所以我們擔心如果寺原的兒子死了，會造成什麼後果。我們不認爲那間公司會默默隱忍，或許會因爲我推了一個人，而掀起一場風暴，會波及無辜，有人可能因此被遷怒遭到池魚之殃。」

「有可能。」鈴木陷入朦朧，想起比與子的話。兒子被殺陷入震怒的寺原，只要手上握有權勢、機會，準備妥當，甚至可能在盛怒之下向別國發動戰爭。

「所以，我刻意讓人跟蹤。」

「跟蹤你？」

「人如果走投無路，是會爆發的，只要留下一條活路就行了。只要留下線索，人就會拚命循線追來。我們估計在追查我的所在時，寺原應該不會節外生枝。」

鈴木發現到自己的角色，差點掩住臉。「那就是我嗎？」

「別人也無妨。我們預計會有人追來，就把那人誘導到這個城鎮，這個家來。這裡原本是間空屋，是爲了這次的任務租的。」

「是我們準備的。」小董說，「我們」指的是劇團吧。「這間屋子連家具一起出租。」

「然後呢？」儘管覺得已經沒有往下聽的必要，鈴木還是問道。

「她跟他們，」槿依序看向小董和健太郎、孝次郎，「僞裝成我的家人。」

「爲了嘲弄我？」明知不是這樣，鈴木還是自嘲地問。

怎麼會有這種事？他聽得目瞪口呆。「你啊，」他看見亡妻強忍笑意指著自己，「你啊，把他們當成家人，結果人家根本是演出來的一家人嘛。」她笑著。「你就是性子急，又太一廂情願了。」

「我們並沒有嘲弄你的意思。」槿靜靜地說，小董接過他的話繼續說：「不只是寺原長男，我們也想收拾掉社長。我們一直在尋找機會。」

你們連社長都想殺嗎？鈴木以爲自己只在心裡這麼想，卻在無意識下說出口了。「我們的目標是長男，可是那間公司本身我們也看不順眼。如果能夠除掉社長，對我們也有利，才想利用這個機會。」小董回答。「所以，我們才想觀察跟蹤而來的鈴木先生。」

「也就是利用了我，是吧？」

「說利用就太讓人過意不去了。」槿聳聳肩，「我們是想活用你。」

「還不是一樣？」鈴木一臉快哭出來的表情，逗得小董跟健太郎哈哈大笑。

自己不是坐在觀眾席上，而是一個人站在舞台上，鈴木覺得丟臉極了。他紅著臉低下頭，調勻呼吸，凝視桌上的刮痕，默默地整理思緒，卻不順利。他再一次注視對面的槿。

那張臉上透明的靜謐表情，像是未曾有人跡踏入的雪原和一點一滴融化它的陽光。一張冷漠無情的臉，不知爲何卻帶有一絲暖意。眞是不可思議——鈴木由衷地想。

「可是，」他開口，他還有疑問。「爲什麼計畫中止了？你們放棄殺死寺原了嗎？爲何事到如今要告訴我眞相？因爲我已經沒有利用價値了嗎？」

「既然你知道了祕密，就不能讓你活著。」槿低聲說。

鈴木覺得好像有一隻冰冷的手撫過脖子，難道他們已經決定要殺了我嗎？

「騙你的。」槿若無其事地揚起眉毛。如果這是笑話，眞的沒有比這更讓人笑不出來的笑話了，鈴木甚至有些動怒。「不是放棄。是因爲寺原社長好像死了。」槿接著說。

「咦？」雖然已經驚訝連連，鈴木還是不由得驚叫出聲。「什……什麼時候？」

「剛才。」小菫回答，她望著槿的側臉，「我們的人聯絡我們，說寺原死了。應該是被殺死的。」

「被、被誰？」

「不曉得。」小菫不像在說謊。「目前還不知道。」

「什麼……」

「回程時，她不是打電話來了嗎？」槿望向小菫。「那時她通知了我這件事，所以我們再也沒有利用你的必要。」

「請說是活用。」鈴木勉強這麼回嘴。

「其實，我們原本不打算告訴你事情原委，反正也不是什麼值得特地說明的事。原本想把你載到某處，道別後讓你回去，就結束這一切。」

「那爲什麼決定要告訴我眞相？」

「因爲想這麼做。你看起來不像壞人。」

「對，不像壞人。」小堇同意，健太郎也露齒笑道：「看起來像個濫好人。」

「而且布萊安．瓊斯這個答案頗令人愉快。」槿笑也不笑地說。

鈴木恍如在夢中地前往玄關，這一切全沒了眞實感。總之，他想要回去。該回去哪裡？公寓平安無事嗎？商務旅館有空房嗎？雜七雜八的問題同時浮現。總之得回去，只有這件事是千眞萬確的。

「這是今天第二次送鈴木先生了呢。」小堇對著站在玄關水泥地的鈴木說，健太郎與孝次郎也並肩站在一起。不曉得是不是自己多心，他們的表情看起來有些惆悵，至於這是「劇團」培養出來的禮貌性演技，還是他們眞的感到寂寞，疑神疑鬼的鈴木無法判斷。

「大哥哥要回去了嗎？」健太郎說。

「嗯。」鈴木邊點頭邊說。「不過這裡也不是你家呀。」我也只能回去了。

「是這樣沒錯啦……」健太郎看起來很消沉，一旁的孝次郎牽著健太郎的手，小聲說：「你要回去嘍？」仔細一看，他們兩人長得很像，眉毛粗細和耳朵形狀如出一轍，或許他們眞的有血緣關係——鈴木想。

事到如今，鈴木才對他們小小年紀就加入「劇團」一事感到震驚。他們至今爲止的人生想必與一般人迥然不同、也可說是異常或異樣、不幸或苦難——總之很難說是過著尋常人生吧。鈴木愕然。他們的父母呢？連學校也沒去嗎？他想起踢足球時的健太郎，他那高興的模樣或許不是演技，而是發自內心的。

你在學校也踢足球嗎？當鈴木這麼問他時，健太郎的反應有些落寞。「嗯，差不多。」他無精打采地點頭。

明明不知道情況，同情個什麼勁兒？亡妻的聲音響起。你太一廂情願了。沒錯——鈴木心想，但是與兩兄弟面對面當下，他能想像他們所走的路有多險惡與艱辛，鈴木幾乎癱坐在地。你們兩個眞了不起——他打從心底這麼想。

孝次郎站到鈴木面前，伸出右手。

鈴木訝異得彎下身把臉湊過去，孝次郎用他一貫的竊竊私語聲，說：「這個給你。」

「咦？」鈴木看見他的右手握著一張貼紙。鈴木戰戰兢兢、不好意思地接過貼紙，湊近一看，上面有一隻美麗的紫色天牛。「我可以收下嗎？」他問道，孝次郎用力點頭。

鈴木仔細端詳那張貼紙，感覺彌足珍貴。「這很稀少吧？」他說，「我眞的可以收下嗎？」

孝次郎眼神認眞地搖了搖頭，「不是，那是重複的，我最多的一張。」

「我想也是。」比起失望，鈴木忍不住想笑。

「我送你吧。」槿說。

「不，不用了。」鈴木伸出左手，揮舞著。坐上你的車，好像又會發生什麼怪事——他正想這麼說，左手手指卻映入眼簾。啊啊……他沮喪地垂下頭來。

「怎麼了？」小菫問。

「還是請你送我好了。」鈴木低下頭。「我想去找戒指。」

「戒指？」

「我得去找才行。」

了不起，亡妻在耳邊拍手。「我還以爲你忘了呢。」——鈴木總覺得她會這麼說。爲了妳，我很努力吧？

# 鯨

鯨面對站在一旁的蟬——正確地說是蟬的亡靈，問：「還有機會是什麼意思？」

「有啊。機會很大唷，很、大。」

「在哪裡？」鯨已經無法把蟬當成不存在於現實世界的人，蟬的輪廓甚至比一旁的電線桿還要清晰。

「剛才的地方啊。」

「剛才的地方是指哪裡？」

「就是我被你幹掉的地方啊。就像約翰・藍儂死於達科塔大廈，織田信長死於本能寺，我就死在那片杉林裡。」蟬像是難爲情地搔搔頭。「去那裡吧。」

「回去做什麼？」

「我倒下的地方有一枚戒指，是那個叫鈴木的員工的。我拿走他的戒指，它就掉在那裡。」

這麼一說，鯨想起來了。在杉林遭到槍殺的蟬胸口出血，呼吸不規則，而他一直喃喃說著分不清是囈語還是瘋話，聽起來也像在跟鯨背後的亡靈對話。那時，他的確提到了戒指。

「鈴木會去找戒指。」

「爲什麼你認爲他會去那片杉林?」

「雖然不曉得是不是在杉林,但鈴木應該猜想得到戒指掉在那一帶。反正不是在車裡就是大樓裡,鈴木一定會去的。」

儘管不是眞的把蟬的話當一回事,鯨還是覺得值得一試,眼前反正沒有其他方法。

周圍開始喧鬧起來,成群結隊聚集在住宅區的進口車當然是原因之一,主要還是因爲發瘋似地大吼大叫的女人。有幾戶人家探出頭來。穿著西裝的「千金」員工們不知下一步該如何行動,備感狼狽。

這裡已經和鯨無關了。既然推手不在這裡,女人、「千金」和住宅區都與他無關。他掉頭走回休旅車。

「等一下,是公司打來的電話。」鯨聽見女人緊握著手機嚷嚷,「要是社長打來的話,我要怎麼解釋才好啊?」她完全失去冷靜喋喋不休。

眞難看,鯨想。他看著女人接電話,心想這女人露餡了,就算佯裝老練的惡棍,一旦發生事情卻是這副德行。

「你說什麼!」不一會兒,女人大聲叫喚,頻頻質問電話中另一頭的人。她不斷提出問題,反覆確認。聽不出談話內容,只聽到最後她說:「怎麼會這樣?那些傢伙是何方神聖啊？」

發生了什麼事嗎？周圍的西裝男子們逼問講電話的女人。鯨也移動腳步緩緩接近她。

「社長死了。」雖然不至於陷入茫然，女人的臉上明顯流露出失望與疲態，臉色發青，蒼白的肌膚浮現藍色的血管。

咻，蟬的亡靈吹了聲口哨。「寺原死啦？這下好了。」

「社長怎麼會死呢？」聽到旁人的問話，女人搖搖晃晃地擺動身體，呢喃著：「被殺死了，說是被人毒死了，有人下毒……」她像是念著咒語，像在夢魘裡呻吟般反覆說著。「說是在總公司喝了毒茶，死了。」

「誰幹的？」鯨不知不覺中站到女人面前詢問她。路燈照耀下，他看見自己的影子細長地投射在馬路上。「是誰下的毒？」

「那個啊，」女人仰著頭像是對著夜空說話，她旋轉著身體，像要三百六十度環顧四周一樣。「我們監禁的那兩個人也不見了，那對年輕男女，本來打算讓鈴木殺死的那兩個人。」

鯨聽不懂女人的說明，其他部下也是一頭霧水，身穿西裝、身形魁梧的男人們紛紛露出走投無路的表情。

儘管如此，女人依然伸展雙手，就像歌劇女伶般優雅地旋轉，心神狂亂。「那兩個叫什麼黃什麼黑的男女啊，他們殺掉社長了。難道那兩個人打從一開始就計畫好了，才接近我們？」她一邊哀嘆，一邊手舞足蹈，像是逐漸失去理智。

「黃與黑？」蟬的亡靈輕快地在鯨的耳邊說：「該不會是虎頭蜂吧？虎頭蜂的花色就是黃黑條紋吧？那種詭異的配色。」

「虎頭蜂。」鯨也出聲說道。這麼說來，以前曾聽說過有職業殺手是靠下毒來殺人的。

「是誰委託虎頭蜂的？」鯨問蟬。雖然覺得向自己創造出來的亡靈詢問自己不知道的事很愚蠢，卻還是忍不住問了。

「不曉得哪。不過，大家都想要寺原的命吧，這是確定的。」蟬飄然說道。「別管這些傢伙了，快走吧。去埋伏鈴木，然後跟推手對決。」

鯨轉過身，走過馬路。自己在路燈照射下投射出來的影子重疊在磚牆上。回到休旅車打開車門時，蟬已經消失得無影無蹤了。「這是對決。」鯨回過神時，話語已脫口而出。

# 鈴木

在槿的車內兩人幾乎沒有對話，儘管有說不完的話想說，卻不知從何說起，心情複雜。

鈴木坐在副駕駛座望著車窗外的夜景，這已經是今天第二次前往品川了，但可能是因爲天黑了，感覺就像奔馳在陌生的土地上，只看得見對向車道的車燈。白光滲入陰暗的車窗，像條線一般延伸出去，由於看不見車體，車燈彷彿亡靈般來來往往。

腦袋重重點了一下，鈴木發現自己差點睡著了。

「不要緊吧？」他聽見槿的聲音，鈴木回答不要緊，覺得頭很重，發疼。或許是比與子他們下的藥效力還在，腦袋充塞著鈍痛與睡意。

「你爲什麼會在寺原的公司工作？」

一開始鈴木無法對槿的問題做出回應，逕自沉默。槿再一次提出疑問。

「我對那家公司所知不多，但是你看起來不像是會在那種地方工作的人。」

「其實，」鈴木說到一半，又含糊其詞。其實我的妻子被寺原長男以好玩心態殺害，我爲了復仇，潛入這家公司。感覺很幼稚對吧？可是我是認眞的。我捨棄了平凡生活，決定在「千金」工作——只要一開口，話語似乎會在一瞬間抑制不住地傾瀉而出，所以鈴木暫時保持沉默。風一吹，四散地面的紙片陣陣揚起，鈴木的心就像紙片一般浮躁不安。總算停下來了嗎？才剛喘一口氣，風又立刻吹起，激起興奮的波濤。他保持沉默，靜靜地等待風停。但是四周太過寧靜，這次他又開始想睡，眞是棘手的狀態。

可能是察覺了鈴木的心情，槿沒有繼續追問。

「我想要復仇。」鈴木的聲音平靜得令自己滿意。

「向寺原嗎？」

「向他的長子。我想爲自己復仇。這麼說雖然自私，但是其他人會有什麼下場我都不在乎，所以我即使察覺那間公司賣的是非法藥物，也要自己不在意。」

「眞是自私呢。」

「不過是這麼一回事。」事實上，對於販賣非法藥物一事，鈴木並沒有懷抱太大的罪惡感。直到那黃黑二人組被帶到車上，比與子命令自己槍殺他們的時候，他第一次感到恐懼。對了，那兩個年輕人怎麼樣了呢？鈴木有些擔心。那個貌似自己學生的年輕人被平安釋放了嗎？要是寺原眞的死了，「千金」八成會陷入混亂，希望他們能趁亂逃跑。老師，謝謝你沒有拋棄我——鈴木並不期待對方這樣感謝自己，只是有些掛心。

鈴木坐在座位上，視線追著黑色的夜景。前面，後面，又從前面看到後面地視線追著景物。「槿先生，白天你提過蝗蟲的事，那是眞的嗎？」說完後，鈴木想到那不過是今天發生的事，驚訝不已，總覺得那已經是好久好久以前的事了。遠在十年前聽到的教授的話，記憶反倒更加鮮明。

「蝗蟲？」

「數量增加過多，讓大家都成了凶暴的褐色飛蝗。槿先生是這麼說的。」

「你不認爲嗎？」

「塞車的景象總是讓人煩躁。」

「人太多了。」

「所以你才會做這一行嗎？」也許是藥物引起的頭痛和睡意削減了鈴木對推手的畏懼，讓他能說出自己的想法。「所以你才會推人，殺死他們嗎？」

「這個國家一年有數千人死於車禍。」槿沒有正面回答，只是提出數據。

「好像是吧。」

「就算是恐怖分子也不會殺害那麼多人。沒有恐怖分子曾殺過一萬個人，對吧？如果包括傷者，車禍的被害者人數更是駭人。」

「嗯。」

「然而，有意思的是，卻沒有人提出不要開車的建議。這樣一來，人命根本不是最重要的，重要的是方不方便。比起生命，方便更重要。」

「槿先生雖然這麼說，自己不也開車嗎？」

「是啊。」

「車子感覺就像飛蝗伸展的翅膀呢。」

「或許是吧。」

這段對話說不上是契合還是牛頭不對馬嘴。鈴木不覺得彼此意氣相投，兩人之間也並非因此產生特別的羈絆，不過這段絕非爲了塡補沉默的對話令人感覺愜意。

「對了，」車子在十字路口停下時，鈴木突然想到。「我再也見不到小堇小姐跟健太郎他們了吧？」

「應該是。他們應該已經離開那棟屋子了，我再也不會見到他們了吧，我和他們只是偶然一起合作罷了。我的工作一向獨來獨往。」

「這樣啊。」

「你該不會是想說寂寞吧？」槿並非嘲弄，而是淡淡地說。

老實說，我自己也覺得不可思議，可是眞的很寂寞——鈴木想這麼回答，卻因爲羞恥說不出口。天眞的以爲他們是眞正的一家人，甚至一廂情願地萌生同伴意識，這令他羞恥到了極點。

燈號轉綠，槿踩下油門，開始加速的轎車順暢地行進。經過品川車站，靜靜駛入陰暗的道路。入夜以後，路上車很少，鈴木覺得從昨日以來這奇妙的兩天總算落幕了。

「雖然現在問有些太遲了，」就在鈴木被帶去的大樓影子倏地浮現在左手邊時，槿望著前方開口了。「你的戒指眞的掉在那裡嗎？」聽起來也像在問：有必要特地到這種地方來找嗎？

「我覺得是在這裡弄丟的。不是在車裡，就是在大樓裡。」

「你不覺得回到這裡很危險嗎？」

「我沒想那麼多。」鈴木老實回答之後，臉紅了。「我只想著，一定得來一趟。」

杉林宛如擁抱了夜的漆黑，一走進去黑暗的空氣瞬間包圍全身。鯨覺得每踏出一步，自己的身體就被染得漆黑，再踏出一步，覺得影子正舔舐著自己。

林中每一棵樹，都在夜裡屏息觀察自己。

蟬的亡靈再也沒出現，也沒出現其他的亡靈。樹林像凍結似地寂靜無聲，比起寂靜，寒意更加刺骨。

蟬的屍體倒臥在地面，完全沒有移動半分。空無一人的樹林深處倒臥著不爲人知的屍體，而屍體令人驚奇地完全融入景色之中，既不陰慘也不唐突，自然地與景色合而爲一，就像落在樹林裡的樹枝、昆蟲屍骸、杉葉和鳥糞。

鯨俯視屍體。明明沒有任何照明，卻能看清楚蟬的側臉，甚至是他臉頰上的胎毛。他還張著眼，如果就這樣放著不管，遲早鳥兒會在上面啄食皮肉、昆蟲會在上面產卵，或是偶然飛來的植物種子會進入耳朵或眼睛，開出花朵。蟬的屍體雙手朝前伸出，右肘彎折著，食指自手中突出。

簡直像在指示方向——鯨想著，他在手指前方看到了戒指，戒指沒有反光，但他立刻就找到一半沒入土中的戒指。鯨撿起它，他覺得蟬真是熱心，這麼親切地指點他戒指的所在。

鯨拍掉戒指上的泥土。他不敢保證鈴木真的會回到這裡，聽從亡靈的建議連他自己都不覺得這是正常人會有的行動，但是他別無選擇。鯨靠在樹皮皸裂的杉樹，閉上眼睛。他豎起耳朵，感覺冰冷的空氣，聽著自己的呼吸。

他決定暫時離開杉林，走著走著把手伸進外套內袋，一觸摸到皺巴巴的文庫本，一種安心的感覺在胸口擴散。

他離開樹林。眼前是單側兩線道的馬路，與它的寬幅不成比例，沒什麼車子通過。他望向對面的大樓，發現五樓亮著燈，鯨感到驚訝。

是寺原公司的員工在工作嗎？或者是夜間打掃的人？鯨移動到路燈正下方，靠在燈柱上。在形似巨大山巘的高聳路燈下，他打開文庫本，要平復心情，這是最有效的。

此時，大樓的燈熄了。原本五樓亮著的螢光燈就像大樓閉上眼皮般「啪」地熄掉了。

鯨在文庫本裡挾上書籤，闔上書頁放回口袋。他離開燈柱，目不轉睛地凝視大樓出口，等待有人走出來。應該會有人出來——他想，然後期待那是自己期盼已久的人。

鯨不曉得自己等了多久，他沒看手表確認，不清楚是數分鐘還是數十分鐘。

馬路對面，一個男人從正門走了出來。這一瞬間，鯨聽見「他來了」的聲音。一開始鯨以為說話的是蟬，但那又不像是一個人發出的聲音，好像有數人異口同聲，不是大叫或怒吼，而是小聲地提醒著鯨：「他來了。」

死不瞑目的政客祕書、被外遇對象背叛的女人、混淆了正義感與自我滿足的新聞主播、被栽贓的議員、被父母捨棄的謙虛年輕人、誤對政客女兒出手的黑道分子，還有辛勤地操持殺手經紀業的螳螂臉男人——這些人從鯨的裡裡外外，一口氣同時發聲。「他來了。」魄力十足的呢喃聲。

從大樓現身的男子身影逐漸顯露出來，是個清瘦的男子，年齡約莫二、三十歲吧，是鈴木。「你說得沒錯。」鯨對著不可能在場的蟬道謝。鈴木來了。鯨離開路燈，往左走去。他站在鈴木對面，兩人之間隔著馬路。

這是對決。

他聽見田中的聲音。沒錯——鯨點頭。我必須和那人對決才行，不過他又想：「那個人又不是推手本人，我有必要跟他對決嗎？」但這個想法立刻被其他聲音蓋過。「誰又能斷言那個男人不是推手呢？」

鯨不知道這句話是誰說的，但是這個訊息足以說服鯨，那個年輕男子可能是推手。當然，他的確很有可能是推手。快結束了——他無意識地呢喃——這是最後的對決，是清算的終點。

鯨隔著馬路，與鈴木面對面。由於路燈照耀，朦朧之間還是看得見鈴木的表情。鈴木看到鯨了，剛開始他只是茫然地望著鯨，但是很快就瞪大了眼睛，恐懼與困惑掠過他的臉。

鯨踏出一步，胸口那種開了空洞般的疼痛消失了，他知道，自己已經從那種劇痛中解脫了，也不再頭痛了。明明身體沒被鎖鏈綁住，也沒有背負石塊，鯨卻深深感覺自己重獲自由了。踏出下一步時，一個句子掠過腦袋，是口袋裡文庫本中的句子。

「如果我是出於飢餓，只是因爲這樣的理由而殺人的話，」

鯨記憶中，拉斯柯尼科夫這時停頓了一下，然後這麼說了：

「若是那樣的話，我現在應該是幸福的！」

不對。鯨反駁，不是出於飢餓。根本不需要理由。爲了清算，我要殺掉鈴木，然後獲得幸福。他懷著一種未曾有過的暢快心情，踏出腳步。

## 鈴木

鈴木在抵達大樓前先下了車，現在還不確定寺原已死的情報是否正確，小心起見，他決定從一百公尺遠的地方走過去。「你打算怎麼從這裡回去？」槿問。「總會有辦法的。」鈴木回答。最後兩人在這裡分手，沒有話別，也沒有舉手致意，各自離開。

鈴木慢慢走近大樓，發現大樓完全沒有人的氣息。他先尋找比與子他們開來的廂型車，但是沒找到。他想車子也許是停在大樓周邊的馬路上，但是繞了一圈都沒發現。

接著，他進入大樓，雖然沒上鎖，但自動門沒有反應，鈴木用蠻力撬開了門。電燈關著，裡面漆黑一片，鈴木摸黑前進，果然沒有人。搭乘電梯前往五樓期間，他一點也不覺得恐怖，必須找到戒指的使命感強烈得讓他忘了害怕。

鈴木在五樓打開電燈，趴在地面仔細審視自己待過的地帶。他四肢著地匍匐在寬闊的樓層，凝神細看。雖然可能性不高，他連通道及緊急逃生梯都查看了，結果只是把自己累得氣喘吁吁，沒有找到戒指。他想起戒指最有可能掉落的位置——在被蟬攙扶著前往電梯的通路間——來回尋找，卻一無所獲。頭痛慢慢加劇，眼皮也愈來愈重，好想睡——他氣勢怯弱起來，轉念間立刻要自己振作。儘管不知道戒指在哪裡，至少知道睡著了就不能找戒指了。

如果不在大樓裡，那會在大樓前的人行道上嗎？鈴木前往一樓。

穿過大樓正門時，鈴木突然感到一股異樣的壓迫感，像一團壓縮過的空氣迎面撲來。

一開始他以爲是正前方那片異常陰森的杉林詭譎的氣氛所致，但是很快地就察覺並非如此。

對面反向車道的人行道上、鈴木正對面，站著一個男人。對方就像一棵巨木，他背對著猶如巨大眼窩般的深邃杉林，像棵樹般聳立著。

是那個帶走蟬的巨漢，鈴木過了一會兒才察覺。

數小時前，打開休旅車駕駛座車門，把蟬拖出車的那個男人。

他一直待在那片杉林裡嗎？——鈴木訥悶。帶著蟬消失在森林深處後，那個巨漢待在那片樹林裡做什麼？沒看見蟬。鈴木甚至懷疑巨漢是樹林的一部分，或許他扮演著樹林的觸手，負責到樹林外擄來蟬或蟲子。

男人踏出馬路。他是森林的化身，森林的使者。

鈴木被那股壓迫感嚇得全身僵直，動彈不得，無法移動腳步，無法轉過身去，甚至連眨眼都不能隨心所欲。他是在什麼時候、從哪裡出現的？簡直像路上的影子突然站了起來。

男人往前踏出一步。他的臉有一半藏在陰影裡，以致看不清表情。此時，一個低沉的聲音在鈴木耳邊響起，那分不清是人聲、風聲還是自己的衣物摩擦聲。「每個人都想死。」他聽見這句話。

男人進一步逼近的同時，鈴木感到胸口變得沉重，像被壓上塡滿沙子的布袋似沉甸甸的，頓時陰鬱的情感竄遍全身，連呼吸都無法隨心所欲，再怎麼吐氣，胸口都無法舒坦。這種痛苦與先前的藥物後遺症明顯不同。

是逐漸靠近的巨漢散發出的氣息引起的嗎？鈴木想著，意識漸漸變得朦朧。

一股漆黑的憂鬱在鈴木體內擴散開來。

替「千金」工作的記憶映在腦中。鈴木在路上搭訕路過的女性，叫住剛從鄉下地方來到都市、打扮突兀的女性。她面露不安，帶著靦腆的表情，隨他到咖啡廳去。她全身散發出對都市的憧憬和對新生活的期待。鈴木打開小冊子，取出試用品的粉末，向她推銷。她想要確認錢包裡的數目，鈴木便大優待似地說「用過再付款就行了」，露出虛僞的笑容。她高興地帶著申請書回去了。過了兩星期，鈴木在同一條商店街看見那個女人，她之前那種純樸的笑容消失了，眼圈泛黑，被風月場所的招募人員拉住，腳步危危顫顫，毫無生氣。難道……鈴木心想。難道自己推銷的商品會危害健康——可能是有成癮性的毒品，而它侵蝕了她？

鈴木很快就否定了自己的想法，不可能短短兩個星期就出現影響，她看起來如此憔悴，恐怕是被都市的毒氣侵蝕了，和自己無關。鈴木這麼說服自己，然後繼續叫住路過的女性。

爲了替妻子報仇，這是無可奈何的。明明沒人責備自己，他卻開始自我開脫。我必須在這間公司工作，獲取信任，才能接近寺原長男。

不覺得自私嗎？非難的，也是自己的聲音。爲了達成自己的目的，成爲詐騙公司的職員參與惡行，也可以毫不在乎嗎？

沒錯，鈴木回答。這無關善惡，而是爲了解決自己的問題。只要能爲妻子復仇，一切都無所謂。

鈴木和自己辯白，拚命點頭。豁出去算是犯罪嗎？從胸口到喉嚨，從頭腦到內臟，黑暗的煙霧擴散開來。

這時，一個刺耳的聲音響起。「結果你根本沒幫妻子報仇嘛。」屈辱的指謫響起，雖然不曉得是誰說的，但絕對是對鈴木的冷嘲熱諷。聽起來刺耳，但沒有錯，根本是一語道破。

鈴木覺得眼前覆上一片暗幕，沒有濃淡的漆黑布幕籠罩了自己，就像風吹過空洞一樣，空虛的聲音在體內迴響。

他不知不覺踏出了馬路，看見馬路右邊遠遠出現微弱的燈光，兩道車頭燈照了過來，逐漸靠近。來得正好，眞是幸運。鈴木一步、兩步地走下馬路。得快點跳出馬路才行，他愈來愈焦急。得快點死才行。

難道亡妻也有相同的感覺嗎？——鈴木這麼想。寺原長男等人粗暴地開車撞上來的時候，或許她也期望著死亡。鈴木突然這麼覺得，或許這才是眞相，他如此確信。她敏感地察覺這個世界充滿絕望、悲慘，就像現在的我一樣，只想就此死去。一定是這樣的，我也應該追隨她去才是。

鈴木帶著一種作夢般的心情，靠近逐漸逼近的車燈，來車是一輛小貨車，漸漸看見像凶猛山豬的車頭了。

得跳過去才行，鈴木叮囑自己，他想亡妻一定也會爲自己高興。他踏出右腳，想再跨前一步，再差一步就要撞到車子了，快成功了；妻子當時一定也感到如此安心吧。正當鈴木這麼想，打算行動時，一個聲音傳來。

「不要擅自決定好不好？」

這不是眞正發出的聲音；亡妻彷彿依偎著鈴木，把嘴唇湊近鈴木的臉，發出她一貫的甜美笑聲，說：「爲什麼我非得想死不可啊？」

鈴木赫然一驚，停下腳步。小貨車在眼前擦身而過，千鈞一髮地避開了衝撞，鈴木完全聽不見引擎聲和輪胎摩擦馬路的聲音。

就在下一瞬間，他看見了。

應該站在對向車線的巨漢，往前撲倒似地跌在馬路上。他伸出修長的右手，倒在地上。

「啊！」

小貨車撞上了巨漢。煞車聲、男人身體被壓碎的聲音、車體的傾軋聲與司機的怒罵聲，這些鈴木完全聽不見。他只是失魂落魄地呆呆站著。粉碎的車頭燈、凹陷的引擎蓋、扭曲的男人手臂與他被輾過的上半身；這些影像都像用慢動作呈現。

小貨車向左滑行了數十公尺後，斜向停了下來。

這一刻，鈴木只能茫然站立，過了一會兒，他的腳能動了，走近被撞的男人。地上有一本文庫本，沒有封面，看起來常被翻閱。鈴木想撿起書，卻發現戒指就在一旁。鈴木立刻撿起，湊近細看。原來戒指是滾到這邊來了。

「喏，這不是找到了嗎？」亡妻的聲音響起。

鈴木左右轉著頭，忍不住尋找槿的身影。漆黑的杉林，欲言又止地擺動著枝幹。鈴木看著不知是血液還是汽油的液體伸展在寂靜無聲的夜晚道路上，覺得就要當場倒下。疲憊與安心感同時覆上全身，他的膝蓋頓時癱軟。咦？這麼想的同時，人已經癱倒在柏油路上了，腦袋感到一股頓時變重的壓迫感，臉部的肌肉垮下，眼皮閉了起來。夜空的藍與杉林的黑混合在一起，融入馬路無機質的灰——這麼想的同時，腦袋也染上了那個顏色。好睏。

## 鈴木

鈴木在飯店的餐廳——廣島飯店的最頂樓——面對著盤子，柔和的朝陽傾注窗邊，他坐在那裡嚼著叉子上的油炸料理，把食物用力咬碎，塞進喉嚨。

「您吃得眞多呢。」

聽到聲音，鈴木抬起頭來，一名消瘦的中年男子站在他的桌邊，是個陌生人，可能是剛好經過感到在意才出聲搭訕吧，從他的語氣聽不出是讚賞或輕蔑。「食慾眞旺盛。果然還年輕哪。」

「那是因爲，」鈴木臉頰肌肉放鬆，露出微笑。「自助餐是一對一決勝負啊。」

「什麼意思？」男人嘴角皺紋加深，露出苦笑。

「是跟每一道料理的對決呀。拿著盤子，面對每一道料理，問說：『這個吃得下嗎？還是吃不下？』」

「問誰？」

「問自己呀。如果吃得下就拿，就算整體分量因此變多，也根本不重要。」

「不，這很重要吧？」中年男子露出參差的齒列，他的盤子上只有味噌湯、白飯和鹽烤鮭魚。「像我，這樣就夠了。」

你瞧不起自助餐嗎？雖然想這麼回答，但鈴木只是「哈哈」地笑著，又把料理塞進嘴裡，淋在肉上的醋，味道在口中擴散開來。

鈴木一面用餐，一面回想起半年前的冬天。「那到底是怎麼一回事呢？」

從寺原長男之死開始，圍繞著推手的那場騷動。

那之後，當鈴木突然轉醒時，人已經在品川車站，就坐在上行月台的長椅上。醒來後，他慌忙掃視四周，卻沒有發現不對勁的地方。不曉得巨漢的屍體及小貨車的事故後來怎麼樣了，記憶一片朦朧，就連自己是走路還是坐車到車站來的，都不記得。

「對了。」他突然想起，摸摸衣服口袋，他想到裡面有孝次郎給他的貼紙。鈴木想看看貼紙，確定它的觸感，好印證至今為止的事並不是幻覺。但是他找不到，怎麼找都找不到貼紙，他一籌莫展。

回到住處也未免太沒戒心了，鈴木決定暫時找便宜的旅館住，他實在不曉得自己現在的處境。

鈴木在御茶水的商務旅館住了一個月，屏聲息氣地過日子，生活沒有特別變化。手機放著沒充電，自然不會接到比與子的電話，而天牛的貼紙終究沒有找到。

後來他戰戰兢兢地回到公寓一趟，沒發現異狀。雖然仍是困惑，但他怯生生地決定開始新生活。他到鬧區打聽情報，聽說「千金」的勢力基本上已經完全瓦解了。

鈴木不曉得那天發生的種種是不是公司倒閉的開端，或者不如說，他甚至不確定那場體驗是否實際發生過，連自己是否曾在「千金」工作過都忍不住懷疑。總之可以確定的是，「千金」似乎已經不存在了。

至於根戶澤公園城，他曾經在數個月之前造訪過，憑著直覺與記憶，他在房屋外觀相似的住宅區徘徊了一小時，卻沒能找出那戶人家，至少他找不到記憶中的那棟房子和車子。他走在路上，留心地上有沒有那張遺失的昆蟲貼紙，但是也沒有發現。

上個月的報紙刊載了一名二十多歲的女子跳下地下鐵自殺的新聞。女子自殺前言行舉止異常，運動報刊以相當大的篇幅刊登了這則新聞。鈴木總覺得那是比與子，照片拍到了掉在月台上的高跟鞋，看起來也像她的鞋子。當然，眞相不明。

唯一清楚的，是亡妻依然在另一個世界，而自己沒有爲亡妻復仇。

所以，這幾個月他悶悶不樂地活著。

「你在消沉什麼啊？」儘管聽見妻子鞭策的聲音，鈴木卻連回應的力氣也沒有。他關在公寓裡，期待榻榻米散發出的溼氣能讓自己發霉。

又過了一個多月，他下定決心，不再繼續迷惘。契機是件微不足道的小事。

偶然打開的電視機裡，畫面上出現許多狗，那些狗兒爭先恐後地爭食容器裡的狗食。牠們心無旁騖地，甚至可說粗魯地張動著嘴巴，牠們搶食的模樣讓鈴木赫然一驚。

他趕忙去買求職雜誌，找工作，覺得「不工作不行」。那些忘我爭食的狗兒讓他感受到一股可愛又可笑的生命力，讓他覺得「我也得活下去才行」。

他找到一個補習班臨時講師的工作，算是臨時約聘員工。招募廣告給人的感覺有些可疑，但鈴木並沒有猶豫。那家補習班離新宿有點遠，位在小巷裡。鈴木下定決心，要靠這個工作重新來過。

就在上班前一天，鈴木搭乘新幹線來到廣島。他想在重新開始前，到邂逅亡妻的飯店餐廳一趟，以這當作新生的儀式，再回到東京直接前往夜間的補習班工作。這是他預定的行程。

爲了翌日的早餐，他從中午開始就沒用餐，忍耐著空腹，緬懷與亡妻的回憶，拜訪了好幾年沒去的原爆圓頂館（註），等待早晨。晚上躺在床上幾乎無法入睡，不是因爲肚子餓，而是儀式之前的緊張。

而現在，鈴木面對裝了一大堆料理的大盤子，嚼動著嘴巴。他咀嚼、蠕動舌頭，連味道也沒仔細品嘗就吞下喉嚨。

「你看起來好像在挑戰什麼呢。」中年男子佩服地說。

「我是在消化。」鈴木嚼著炒蛋回答。

「吃下肚，當然會消化啦。」

「我是爲了消化很多事。」鈴木決心一次將亡妻消化。「我要活下去。」鈴木吞下食物，自言自語地說。

「什麼意思？」

「我想了很多。身而爲人，卻活得像行屍走肉，實在對內人太過意不去了。」

「你結婚了？」

「爲了活下去，得盡可能多吃才行，不是嗎？所以我要盡量多吃。」食物塞滿嘴巴，咬碎、吞嚥，不斷重複。他不打算說「吃飽了」，然後放棄。

爲了活下去，得盡可能多吃才行。

鈴木的話含在口中與食物混在一起，沒有發出聲來。

他覺得亡妻彷彿就坐在對面，前方一樣擺著裝得滿滿食物的盤子，按著肚子，臉色蒼白地說：「我吃不下了。」

我要全部吃完，我要活下去。鈴木幹勁十足。看著好了！我要活得像樣一點。

註：原本是廣島縣產業獎勵館，於一九四五年八月六日因美國投下原子彈而遭破壞。其遺跡做爲原爆災難的象徵，被永久保存。

「你的志氣是不錯，」男子露出同情的表情，「但照你那種吃法，可會短命的唷。」

那天午後，搭乘新幹線回到東京車站的鈴木站在月台上等待快速列車。時值黃昏，周圍有許多乘客，有彎著腰的老人，也有染了頭髮的男人，每個人都一臉悶悶不樂地提著皮包。黏在月台上的鴿子糞看起來就像白色的塗料。

即將進入盛夏的七月中旬，襯衫衣領和接觸脖子的部分滲滿了汗水。

夕陽燦爛地傾注而下，用一種符合「放射」這種形容、無分軒輊的照射方法。陽光反射在車站前矗立的電力公司大樓上。

鈴木的正面有軌道，前方是下行列車的月台，那裡也有人排隊，每個人都對惡毒的陽光感到厭煩，鈴木心想這些人期待的大概不是電車，而是電車裡頭的冷氣。

他聽見背後有個年輕男人嚷嚷著「我不是你的人偶」，似曾相似的一句話，但他沒有回頭。

鈴木轉頭望向軌道兩側，心想「電車怎麼還不來呢」，望向右邊，視線緩慢移動到對面的月台，發出了驚叫聲。「啊！」

正對面有兩個少年，穿著同一款式不同顏色的T恤，及膝的褲子襯托出他們的活潑與可愛。

他們似乎也注意到鈴木，較高的少年伸手指向這裡，是健太郎。一旁像是弟弟的少年也露出牙齒，是孝次郎。

鈴木知道自己的臉頰線條頓時柔和許多，同時感覺胸口糾結的繩結鬆脫了，溫暖的空氣慢慢地蕩漾出來。「啊，是眞的。」他差點脫口而出，「他們果然眞的存在。」他想告訴亡妻。

沒看到小菫的人影，也沒看到槿。取而代之的是，兩個少年背後站著一個未曾謀面的戴眼鏡男子。

那也是——鈴木想。那也是爲了工作嗎？是隸屬於「劇團」這個團體的新角色嗎？

他看見孝次郎腋下挾著一本像大相簿的東西，一定是那本貼滿了昆蟲貼紙的收集冊。他說那是他的寶物，這一定不是騙人的。

你給我的貼紙不見了——他想告訴孝次郎。既然是他多出來的，弄丟了也沒關係吧？站內廣播在這時響起，低沉模糊的聲音通知回程空車即將通過。

鈴木微笑著，目不轉睛地望著健太郎他們，一時間不曉得該怎麼做才好，少年們也只是面露笑容。鈴木舉起右手想要揮手，恰好這個時候，左方開進了進站的列車，電車迅速地駛入月台間。

就像河川堤防決堤，泥流傾洩而下般刺耳。急流通過眼前，完全看不見對岸了。

電車遲遲沒駛離，鈴木有些焦急。健太郎跟孝次郎會不會在列車通過時就消失不見？他感到不安。

電車好不容易駛離了——才這麼想，幾乎在同時間右方又駛進一列電車，車子在鈴木面前經過，車廂內有人影，所以不是回程空車，而是不停靠此站的急行列車。

帶著像要抹去景色般的猛勢，列車轟然急駛，揚長而去。視野被遮蔽，被車子的轟聲震懾，就在那一瞬間，鈴木聽見了聲音。

咦？——他感到詫異。正面月台傳來少年高亢的嗓音，喊著「少蠢了——」。那聲音雖然稚嫩，卻異常有活力，即使混在電車的轟聲當中，依然傳到這裡。這樣的話——鈴木心想，右手用力握拳。「這樣的話，把他們當成我們的孩子又何妨呢？」鈴木想這麼問亡妻。「哪有這樣的？」總覺得她會這麼反駁自己。

「少蠢了——」另一個少年的聲音響起，一定是孝次郎。怎麼，原來你能大聲說話啊，鈴木愣愣地想。

好想穿越軌道，走到他們身邊，鈴木有股衝動想這麼做，卻又覺得那簡直像是有推手推著自己去撞車一般，差點笑出來。

鈴木靜靜地望著列車通過。「話說回來，這電車會不會太長了點？」他悄聲地問亡妻。

急行列車依然通過。

——完——

解說

# 必要的時候，我會親手殺了另一個自己。

江莉勉

※本文涉及謎底，請讀完正文再行閱讀

看了伊坂幸太郎的故事，才知道日系推理的文風有明顯的分野。

一直以來，我所接觸的日系推理故事，總不離開以沉痛的文字，表達作者對於現實黑暗的控訴，故事結束了，經歷的是一場又一場發自內心的吶喊與反省。他們的文字很深，充滿隱喻，閱讀的過程中讀者如同找尋著一把鑰匙，鑰匙找到後，才能完全進去作者刻意隱藏在文字背後的探索空間。

習慣內斂文字之後，才接觸伊坂幸太郎的《重力小丑》。原本以爲只是因爲《重力小丑》是以一個年輕哥哥的角度描述弟弟的成長以及所做所爲，所以文字表達偏向青春，這樣的想法再看《孩子們》以及《死神的精確度》之後，於是了解伊坂幸太郎正用著他自己的文字遊戲，讓日系推理的世界，逐步走入文體的流變。就像《孩子們》裡的陣內，一開口動不動就是咒人離婚或鼓勵青少年犯罪，或是自大地以爲世界因爲自己而停止運轉，或是一出手就是往別人的臉上揮一拳。伊坂幸太郎外顯於故事表面的文筆，與其他大師級推理作家比起來，如此輕佻。如果松本清張還在人間，或是享有大師尊榮的土屋隆夫看到伊坂幸太郎描寫故事的方式，會不會覺得文字太過放肆？

然而，挑釁的文字，並不代表故事的膚淺，相反地，伊坂幸太郎將複雜的人性與現實訴諸於最淺顯易懂的文字，將所有黑暗的、晦澀的、無奈的現況與人性，以詼諧的口吻向讀者直接表白。看著這些文字，讀者似乎懂了，以爲他手捧著玫瑰，說著的是一則愛情故事，或是以爲他邊喝著啤酒，邊與人談笑聊天，然而，伊坂幸太郎手上拿著的其實是一把利刃，以不著痕跡的方式，狠狠切開事物的表面，讀者仍在困惑著眼前是一杯紅酒或是一攤血液時，伊坂幸太郎早已揚長而去，留下來的是驚醒過後的讀者。

隨筆般的風格，是伊坂幸太郎吸取讀者目光的計謀，對於故事情節的鋪陳，伊坂幸太郎則擅於將情節安排，完全授權給故事裡的每個角色。《重力小丑》裡，主述者是哥哥泉水，但故事走著，鏡頭不斷地轉動，有時場景以弟弟春爲主角，有時場景以父親爲主軸，有時會是在故事中看似不重要的角色唱獨角戲。或是在《蚱蜢》裡，鈴木、蟬、鯨、槿、岩西等人彷佛各司其職，在每個橋段以自己的身分導引情節，讀著伊坂幸太郎的故事，又像是一場接力賽，每位選手有其出場的排程，待說完某個橋段，即交棒給下一位選手。伊坂幸太郎透過故事裡每個角色的詮釋，讓讀者在閱讀的過程裡憑藉每一雙獨特的眼睛，擷取故事的每個片斷，再由讀者以自己的方式拼圖，將故事完整串連。

但是，當我逐漸習慣了伊坂幸太郎的風格之後，我卻又在《蚱蜢》裡摔了一跤。

在《蚱蜢》之前，詼諧的伊坂幸太郎存在於《重力小丑》、《孩子們》、《死神的精確度》裡，這些故事裡的角色，如笑話般地存在，實際上卻是靜靜地悲傷，但無論情節如何安排，每個角色總能破繭而出，找到最適合自己的姿勢繼續存在於這個扭曲的世界，但《蚱蜢》這個故事卻很悲哀，甚至令我幾乎無法面對現實。

《蚱蜢》這個故事依循伊坂幸太郎慣用的接力賽方式行走，故事先由鈴木開始串連。鈴木因爲亡妻的枉死，盤算著爲妻子復仇，從此生命走入另一個岔路。他加入以「千金」爲名的詐騙集團，想有一天接近撞死妻子的年輕老闆寺原，親手殺了他，然而，寺原卻在一場車禍中喪生。

身處出事現場的鈴木，突然被指派前去追查現場逃逸的凶手槿。然後是名爲「蟬」的殺手出現，年輕的他受制於殺手經紀人岩西，他等待著單飛的時機，他要讓岩西知道，他不是岩西的傀儡，他可以主宰自己的生命。

而後，故事便以「鯨」的自我對決拉出延長線。身爲引領人自殺的另類殺手，「鯨」總愛說，他不殺人，而是「每個人都想死。」他殺人的方式不同以往，人們只要看入他的眼，便是直視絕望，不自覺地走向「鯨」爲他們精心準備的自殺之路。因他而死的人愈來愈多，他卻無法感到滿足，只覺更加飄浮。

同樣談到死亡，《死神的精確度》的掌鏡者是死神，他們跟隨邊緣人或孤獨者一起生活，最後仲裁他們的生死。而在《蚱蜢》裡，「鯨」，這位從不親自操刀、不親自動手的他，最後卻企圖殺了愛賣弄刀法而且年輕的「蟬」，以爲「蟬」的死，可以讓他忘掉過去，也急著找到以雙手將人推向死亡的推手「槿」，以爲「槿」的死，可以讓他感到平靜。「蟬」與「槿」或許正是不同心理狀態的「鯨」，爲了讓自己能夠回歸原點，必要的時候，他會親手殺了「蟬」與「槿」，就像殺了另一個自己。

孤獨與群體一向是伊坂幸太郎書寫的主題之一，本書《蚱蜢》更加聚焦，著眼於過度擁擠的社會，如何吞噬個體，而個體爲了什麼原因，決然地放棄群體生活，是因爲過度異常而被排擠，或是個人身上承載著無法脫離的原罪？鈴木背負著爲亡妻復仇的包袱，「蟬」想逃離岩西的掌心，「鯨」想與自己的過去、幻想、現實切割，「槿」只想過著與自己的外表同樣祥和的生活。然而，他們曾經兀自獨立活著，每個人就像一隻孤獨的野貓，受了傷，只得靜靜地躲到角落，獨自舔舐傷口。

他們也許曾經想過不再擁抱孤獨，曾經想著融入人群，然而，就像「槿」所說的：「不管是什麼生物，只要群聚生活，形態就會逐漸改變。變得黝黑、急躁、殘暴。等到回過神來，已經變成了飛蝗。群生相會大批移動，蠶食各處作物，連同伴的屍體都吃。即使同樣是飛蝗，也已經和綠色飛蝗大不相同。人類也一樣。人類要是住在擁擠的地方，一樣會變得異常。」孤獨是他們的異常狀態，而他們孤獨太久，對群體早已感到恐懼。

一直以爲，對「自己」這個體很熟悉，但《蚱蜢》這個故事，卻說著「自己」是由環境造就而成。常態下的自己，是因爲成長背景順遂，如果我們和故事裡的殺手一樣，生命一路走來，滿是晦澀的灰階影片，我們是不是會和他們一樣，過著扭曲的人生，忘記眞實的自己，只能以嗜血的日子感覺自己的存在。但若退去所有因環境而產生的包袱，原始的我會是什麼形狀？

在《蚱蜢》裡的每個人，他們的存在如此可悲，總逃不出成長歲月中的挫折，這樣的陰影，羈絆著未來。就像故事裡各式各樣的殺手，逃離現實是一種悲哀，面對現實卻是一場無止境的追逐與戰爭，是不是只能從對方的死亡裡，才能看到希望？或是只有自己死了，才能眞正解脫？是伊坂幸太郎的文字，才讓我知道推理小說不只是談著殺人技倆，是伊坂幸太郎的故事才能跨界，讓我在進入推理小說領域裡時，窺看不同角度的悲哀人生。跨出《重力小丑》的溫馨，不再像《孩子們》裡的幽默，沒有《死神的精確度》裡的搖滾與爵士，伊坂幸太郎在《蚱蜢》裡成就了另類的殺手風景，讀者透過殺手的告白，或許可以從此讓自己的內心歸零，看到最初生的自己。

作者簡介

**江莉勉**，日系推理迷，想要一直當一位普通讀者。

伊坂幸太郎作品集06

# 蚱蜢

グラスホッパー

作者　伊坂幸太郎
翻譯　王華懋
原出版社　角川書店
責任編輯　詹凱婷
行銷業務部　徐慧芬、陳玫潾
特約編輯　陳亭好
版權部　吳玲緯
編輯總監　劉麗真
總經理　陳逸瑛
榮譽社長　詹宏志
發行人　凃玉雲
出版　獨步文化
城邦文化事業股份有限公司
104台北市中山區民生東路二段141號5樓
電話：(02) 2500-7696　傳眞：(02) 2500-1967
發行　英屬蓋曼群島商家庭傳媒股份有限公司城邦分公司
104台北市中山區民生東路二段141號2樓
讀者服務專線：(02)2500-7718；2500-7719
24小時傳眞服務：(02)2500-1990；2500-1991
服務時間：週一至週五　上午09:00～12:00　下午13:00～17:00
讀者服務信箱E-mail：service@readingclub.com.tw
劃撥帳號：19863813　戶名：書虫股份有限公司
香港發行所　城邦（香港）出版集團有限公司
新址：香港灣仔駱克道193號東超商業中心1樓
電話：(852) 25086231　傳眞：(852) 25789337
E-mail：hkcite@biznetvigator.com
馬新發行所　城邦（馬新）出版集團　Cite(M)Sdn Bhd
41, Jalan Radin Anum, Bandar Baru Sri Petaling,
57000 Kuala Lumpur, Malaysia.
電話：(603) 90578822　傳眞：(603) 90576622
email:cite@cite.com.my

城邦讀書花園
www.cite.com.tw

美術設計　萬亞雰
排版　陳瑜安
印刷　中原造像股份有限公司

三版　2020年11月
三版二刷　2022年10月25日
定價　420元
ISBN 978-957-9447-87-4

國家圖書館出版品預行編目資料

蚱蜢／伊坂幸太郎著，王華懋譯．三版．-- 台北市：獨步文化，城邦文化出版：家庭傳媒城邦分公司發行，2020〔民109〕11月

面；　公分．--（伊坂幸太郎作品集：06）

譯自：グラスホッパー

ISBN 978-957-9447-87-4（平裝）

861.57　　109014065